今世は悔いの無い人生を！

～転生したら貴族の三男坊でした。女神の祝福で俺だけスキルを取り放題～

しんこせい

俺は剣を構えたまま、わずかに速度を緩める。
迫ってくる俺を見ても、フェリスは顔色を変えずパチリと指を鳴らした。
「ウィンドガトリング、もいっちょウィンドガトリング」
フェリス

彼女が発動させたのは、
多数の風の弾丸を放ち続ける面の攻撃。
それを二つ、十字砲火《クロスファイア》の要領で放ってくる。
マルト・
フォン・リッカー

「それじゃあ冒険者になったばかりの頃の
三人の話を教えてよ」
ミラ

「あー……
私は薬草採取ばっかり
やってたなぁ」
「最初の頃はまだ
パーティーも組んでなかったしね」
「私は別のパーティーに居ました。
すぐに抜けちゃいましたけどね」
エイラ
マリア

（彼女が……エレオノーラ様）
ベッドの中で眠っているのは、
真っ白なお姫様の姿

普段なら見とれていたかもしれないけど、
今はそんな場合じゃない。
さっそく診察に移らせてもらう。
エレオノーラ

「久しぶりね、信徒マルト」
俺の目の前には、
女神様の姿があった。
女神さま

今世は悔いの無い人生を！

～転生したら貴族の三男坊でした。女神の祝福《ブレス》で俺だけスキルを取り放題～

・

しんこせい

ハガネ文庫

カバー・口絵・本文イラスト
Cover/frontispiece/text illustrations

●

samo*cha
samo*cha

Contents

プロローグ

『あなたを私の世界に転生させる代わりに、一つだけお願いがあるの』

なんだろう、この声。

どこかで聞いたことがある……けれどなぜか今まで完全に頭の中から消えていた、不思議な声だ。

『もちろんタダでとは言わないわ。それ相応の対価はあげる。あなた達の世界でいうチート……とまではいかないけれど、しっかりと努力を怠《おこた》らなければ一廉《ひとかど》の人物になれるような力を』

鈴の音のような涼やかな響き。

思わず聞き入ってしまいそうになる、一度聞いたら忘れないような美声を、俺はどうして忘れていたのだろう。

『だからあなたには――』

「そうか、俺は……転生したのか」
ベッドからむくりと起き上がる。
感じる強烈な頭痛。
中と外から同時にやってくる痛みに、思わず顔をしかめてしまう。
けれどそのおかげでこうして前世と転生の時の記憶を取り戻せたのだ。
これこそ正《まさ》に、怪我の功名《こうみよう》というやつかもしれない。
なんとか立ち上がり、部屋に置いてある姿見の前へ向かう。
そこに映し出されたのは……頭に血の滲《にじ》む包帯をしている、黒髪黒目の幼児だった。
「頭に強烈な衝撃を受けて、前世の記憶が戻ったのか……痛っ!?」
まだ傷が完全に塞《ふさ》がっていなかったからか、頭からたらりと血が流れてくる。
えっと、俺の年齢は三歳、名前は……マルト・フォン・リッカー。
この頭の傷をつけたのは……暇さえあれば俺のことをいじめてくる、次男のブルス。
うん、こっちでの記憶もきちんと保ててるな。

別に忘れていても良かった記憶も、バッチリと残っている。

「――マルト様ッ！　お目覚めになられたのですね！」

「……フェリスか。うん、おかげさまでね」

ものすごい勢いで部屋のドアを開いて、一人の女性がやってくる。

恐ろしいほどに整った左右対称の顔立ちをしている彼女はフェリス。

俺お付きのメイドであり、かつて冒険者をしていた俺の母さんの相棒でもある。

その耳は笹穂《ささほ》のように横に長く、背中には短弓を背負っている。

彼女はエルフと呼ばれる、長い時を生きる種族だ。

長命種などとも呼ばれており平均寿命は三百年を超える、見た目と年齢がまったく比例していないことでも有名だ。

エルフは皆魔法の達人だ。

当然フェリスも例外ではなく、こんなところで使用人をしているのがもったいないほどの魔法の使い手である。

フェリスが俺の側《そば》にいてくれるのは……俺が母さんの、忘れ形見だから。

遺児《いじ》である俺のことを、フェリスはまるで実の息子のようにかわいがってくれている。

本来であればプライドの高いエルフが、わざわざ使用人として雇《やと》われてまで側にいてくれるほどに。

こちらを心配そうに見つめている彼女を見つめ返す。

まだ頭の中は混乱しているけれど、一つだけたしかなことがある。

それは俺には……強くならなくちゃいけない理由があるということだ。

さっきまでのように、ただ兄のブルスにいいように嬲られるだけじゃダメなのだ。

「フェリス、俺に……魔法を教えてほしい。やられっぱなしは、趣味じゃないんだ」

俺の顔を見たフェリスは、きょとんとした顔をする。

そんな姿も絵になっているんだから、美人というのはズルい。

「ふふっ……やっぱり親子ですね」

何がおかしいのか、フェリスは笑いながらハンカチで俺の額の血を拭った。

そして包帯でガーゼの位置を固定してから、ぺろりと唇を舐める。

「私は厳しいですよ？　それと、しっかりと魔法を修めるまでは人への魔法やスキルの使用は禁止です。守れますか？」

「守る、約束するよ」

こうして俺は三歳にして、前世の記憶を取り戻した。

そして同時に魔法の師匠にも恵まれ、俺の人生は大きく転回していくことになる――。

第一章 ── リッカー家の三男坊

俺の名前はマルト。フルネームはマルト・フォン・リッカー。リッカー男爵《だんしゃく》家の三男坊だ。

そして前世の名前は木村雷蔵《らいぞう》。

そう、つい先日思い出したんだが……どうやら俺には、前世の記憶がある。

前世の俺は、しがない販売職のサラリーマンだ。

スーパーバイザーという、まぁ五人くらいの部下を纏《まと》める販売長はしていたものの、別に大して高給取りでもない独身リーマンだ。

物を売るのなんかしたいことでもなんでもないが、転職してもっとキツい環境になるくらいならここで我慢しとくか……そんな惰性《だせい》から新卒で入った会社を辞めることなく、十年以上も勤続していた。

趣味はゲーム。三十代の毒男《どくお》（死語）としては別段珍しいものでもないだろう。特に好きなのはＲＰＧ。

ストーリーを進めるのも好きだが、どちらかというとボスに挑むまでのレベル上げとかが好きなタイプだった。

そんなどこにでもいるおっさんだった俺はある日、三十代半ばにして交通事故で死んでしまった。

神様の手違いとかでもなんでもなく、ただスマホをいじりながら運転していた車に轢《ひ》かれたという、なんとも情けない死因で。

死んだ俺は、そのまま天国に行くようなこともなく、女神様に会った。

記憶を取り戻した瞬間に脳内で再生されたあの鈴の音のような声は、この世界に俺を転生させてくれた女神様の声だったというわけだ。

平和な現代日本で生まれた俺にいきなり剣と魔法の異世界で生きるのは辛かろうということで、俺はとある祝福をもらうことができた。

あ、ちなみに祝福っていうのは神様に気に入られた人間がもらうことのできる力のことな。

俺がもらった祝福は『スキル変換』――チートとは言い切れないけれど、とてつもなく有用な能力だ。

この力を使えば、魔法習得の助けになるのは間違いない。

まあ力をもらった代償《だいしょう》に、ある頼み事をされてしまったんだけど……それは今は置いておく。

とりあえずこの祝福を使うためには、まず魔力をしっかり扱えるようになっておく必要があるらしい。

なのでまずは、フェリスの魔法講義をしっかりと受けなくちゃいけない。

どれくらい厳しいのだろうと思うと少し怖くなるけど……途中で投げずに、最後までやり抜こうと思う。

やりたくないことを我慢してやってきた前世の人生は、今振り返っても後悔ばかりが残っている。

せっかく転生して第二の人生を送れるようになったんだ、今世こそは後悔のない人生を送りたい。

だから俺はまず最初に……俺に恒常的《こうじょうてき》に暴力を振るっていたブルスに、きっちりと仕返しをする。

こいつにボコボコにされなければ前世の記憶が戻っていなかった可能性もあるが、それはそれ。

受けた仕打ちは、きっちりと返させてもらうつもりだ。

俺が記憶を取り戻してから一週間ほどが経過した。

本当ならすぐにでも魔法を習いたかったんだが、怪我をしている状態では魔力の扱いに不安が残るということで、しっかりと怪我を完治させるまでにこれほど時間がかかってしまったのだ。

空いた時間を勉強に充《あ》てることで、おおむねこの家のことや世界の常識についての理解は済ませている。

まず現在俺がいる国は、アトキン王国。

俺のいるリッカー家というのは、王国で男爵位を持っている貴族家だ。

父であるヴァルハイマーはいわゆる豪商《ごうしょう》というやつだった。

彼は唸《うな》るほどの財力を使い、金に困っていた男爵家の娘のところへ婿入《むこい》りをして、貴族の仲間入りを果たしたのだという。

いわば爵位を金で買ったようなものであり、古い歴史を持つ王国貴族の中には眉をひそめる者も多いのだとか。

現在、うちのリッカー家には三人の息子がいる。

一人目は長男であり嫡男《ちゃくなん》のエドワード兄さん。

俺より十五歳ほど年上で、頼りになる爽やかイケメンだ。

剣や魔法に関しての才能はなかったらしいけど、その分だけ頭が切れ、そして優しい。

既にうちの商店の仕事もかなり任されているらしく、父譲りの商才で店を切り盛りしていくだろうと期待されているとのこと。

流石《さすが》イケメン兄貴、その完璧《かんぺき》っぷりには嫉妬《しっと》すら湧《わ》いてこない。

そして次男は、俺をボコボコにしたブルスだ。

ずいぶんと横にデカい肥満体型で、魔法は使えないが剣術は人並みに使える。

年齢は俺より八つ上の十一歳。

腕《うで》っ節《ぷし》だけで頭はまったく足りていないので、父さんが厳しくしないのをいいことに街でガキ大将のようなことをしているらしい。

自分より目上の人間にはペコペコして、自分より下の人間には容赦《ようしゃ》なく暴力を振るうという正真正銘の人間のクズである。

そんな正反対な二人の兄を持つ俺が、三男のマルト・フォン・リッカーだ。

俺は正妻である男爵家のミハイさんではなく、側室《そくしつ》であるレヴィ母さんから生まれてきた。

なので二人の兄とは、腹違いの兄弟ということになる。

ちなみにレヴィ母さんは既にこの世にいない。どうやら俺を産んでからすぐに亡くなってしまったらしい。

兄二人は父譲りの金髪碧眼《へきがん》で、俺は母さんの特徴を引いた黒髪黒目をしている。

俺は生まれてからというもの、ブルスに恒常的に暴力を振るわれ続けていた。

お前がいたらうちの家が不幸になるだのなんだのと適当な理由をつけては、殴る蹴るの暴行を受けてきた。

俺が記憶を取り戻したのも、ブルスにしこたま殴られて生死の境をさまよったのが原因だったしな。

今後のことを考えれば、現状をなんとかしておきたい。

ただ、三歳の俺が十一歳のブルスを倒すことはなかなかに難しい。

だが転生した異世界には、魔法やスキルと言われる超常の力が存在している。

だったらそれを使わないという手はない。

それに……せっかく剣と魔法の異世界にやってきたんだ。

使えるっていうのなら、使わなくちゃもったいないじゃないか。

「しっかし魔法か……なんだかわくわくしてきたぞ！」

俺はるんるん気分で、男爵家にしては広い屋敷の中をスキップで進んでいくのだった
——。


ドキドキしながら自室で待つことしばし。

フェリスが完治した怪我を改めて確認してから、魔法の講義が始まった。

「魔法を発動させるためには、二つの工程が必要とされています。それが魔力操作と魔法発動です。魔力の制御をおろそかにすれば出力を間違えて魔法が暴発することもありますし、魔法を間違えれば自分の身体が黒焦《くろこ》げになることもあります」

「……（ゴクリ）。なんでもできるすごい力って思ってたけど、なんだか思ってたよりずっと物騒《ぶっそう》なんだね」

「その通りです。魔法は強力な攻撃手段ではありますが、その分だけ取り扱いに注意する必要があります。なので基礎からしっかりと叩き込むつもりです。退屈に思われるかもしれませんが、マルト様に怪我をさせないための対策ですのでご容赦ください」

「うん、安全マージンは大切だもんね。気にしてくれてありがとう」

彼女の話は、非常に理路整然《りろせいぜん》としてわかりやすい。

未知の技術である魔法の師匠としては、彼女以上に適任な人物はうちにはいないだろう。

「安全マージン……ずいぶんと難しい言葉を知っているのですね。それになんだか話し方も、大人びたような……？」

「……（ギクッ）！　ま、まぁ誇張《こちょう》抜きで一度死にかけたからね。腹が据わったというか、なんだか生まれ変わった気分なんだ」

内心の動揺《どうよう》を悟られないよう、なんとか言いつくろう。

気取《けど》られないか心配しながらフェリスを見るが、幸いにもその心配はないようだ。

「すみませんマルト様、私が目を離した隙に……」

フェリスは申し訳なさそうな顔をして、ただ頭を下げるだけだった。

どうやら俺が怪我を負ったのは自分のせいだと、かなり思い詰めてしまっているらしい。

彼女の良心を利用しているようでチクリと胸が痛くなるが、前世の記憶の話を打ち明けるほどの勇気はまだ俺にはない。

「フェリスは何も悪くない。悪いのはあのバカ兄貴さ」

「はい……」

「もし気に病んでいるのなら、俺にきちんと魔法を教えてくれ。そうすればもう二度と、あんなことにはならなくなるはずだからさ」

「――はいっ、ありがとうございます！　えっと……それでは気持ちを切り替えて、改めて始めさせていただければと」

フェリスは小さな声でありがとうございますとだけ呟《つぶや》いてから、魔法の講義を再開するのだった――。


まず最初にやらなければいけないのは魔力の制御だと、彼女は言う。

「一番初めは体内にある魔力を認識することからですね。これができないことには、魔力を操ることもできませんから」

魔法使いになるための第一歩は、自分の体内にある魔力を知覚するところから始まるらしい。

「マルト様、身体の内側に意識を集中させてください。胸のあたりから全身に行き渡る魔力の渦を想像してみてください」

「うん、やってみる」

目をつぶって意識を集中させる。

魔力の渦か……うーん、いきなり言われてもなかなかわからないな。

「魔法や魔力は、イメージが大切です。自分の頭の中に明確なイメージがあれば、魔力はそれに応えてくれます」

イメージ、イメージか……。

胸から全身に行き渡るってことは……魔力は心臓から血液とかと一緒に送り出されてる感じなのかな？

だとしたら静脈《じょうみゃく》から心房《しんぼう》へ、そして心房から心室《しんしつ》へ、最後に心室から動脈を通じて行き渡っていくような感じをイメージして……んんっ、なんだろうこれ？

身体の中をグルグルと循環《じゅんかん》している……何かエネルギーのようなものを感じる。

一度認識してみると、今まで感じ取れていなかったのが不思議に思えるほどに自然と知覚することができた。

「熱くてむずがゆい……フェリス、これが魔力で合ってる？」

「――嘘っ!?　まさかこの一瞬で魔力を……いくらレヴィの息子だからってそんなはず

……（ぶつぶつ）」

どうやら全身をグルグルと巡っているこの熱いものが、魔力らしい。

血管の中に第二の血管が通っているような感じ、という表現が近いかもしれない。

循環している魔力を知覚するには、普通一ヶ月以上の時間がかかるらしいけど……これは多分、持っているイメージの明確さの差なんだろうな。

俺は全身には血管を通して血液が巡っていることがわかっているし、心臓の仕組みも生物の授業で習ったことがあった。

異世界人が全身に渦が行き渡っているイメージで魔力を捉えようとするのとは、イメージのしやすさに雲泥《うんでい》の差があるんだと思う。

「えー、こほんっ！　魔力の認識ができたら、次は魔力操作に移ります。全身を回っている魔力を、一箇所《かしょ》に集めてみてください。指先に魔力を集める形で想像するのがわかりやすいかと」

魔力の認識が思っていたより早く終わったので、第二段階の魔力の操作に移ることになった。

これも大切なのはイメージということだった。

何かを一箇所に集める、か……身体の中にある魔力を、ポンプを使って送り出すような感じを想像してみる。

全身を巡っている魔力を抽出《ちゅうしゅつ》。

そのまま横向きのポンプで、ぐぐっと手のひらの方に押し出す感じで……。

胸から腕、腕から手のひらへと魔力が押し出されていく。

うぐ、なかなか手のひらから出てこない……そうか、ここでもイマジネーションを発《はっ》揮《き》しないといけないんだな。

魔力を押し出す感じ……そうだな、それならてん突きを使ってところてんをにゅにゅっと出すイメージで……。

「――うわっ!?」

頑張って押し込んでいると、突然抵抗が消え、手のひらがカッと熱くなる。

そして手のひらからイメージした通りに、魔力がにゅにゅっと出てきた。

しかも……マジでところてんみたいな半透明な物体になって。

え……これ、魔力だよね？

困り果てながら見上げて、我が師に協力を仰《あお》ぐ。

「……（絶句）」

見上げてみると、フェリスは完全に言葉を失っていた。

彼女が見つめているのは、俺の手から出てきた魔力ところてん（めっちゃぷるぷる）。

二人の視線を感じたのか、床に落っこちたところてんがぷるるんっと震えた。

「……マルト様、これは一体なんですか？」

「何って……俺に言われても……なんか出ちゃった」

「魔力の物質化って……めちゃくちゃな高等技術ですよ。私の通っていた魔術アカデミーでも、使えたのは校長だけでした」

「このところてん、そんなすごいやつなの!?」

突っ込もうとすると、なんだか身体が少し重くなっているような気がした。

初めて魔法を使ったから、疲れたのかもしれない。

……いや、そもそもの話これは魔法なのか？

「魔力の物質化までできるのでしたら、あとは簡単です。今魔力を外に押し込んだ時、抵抗がありましたよね？　その抵抗を、魔法を使ってするりと抜けていく感じを想像すればいいですね」

なるほど、あの抵抗を無理矢理ところてん化で抜けようとしたせいで、謎の魔力とところてんが生み出されてしまったってことか。

「ええっと詠唱《えいしょう》はなんだったかな……最近まともに唱えてなかったからかなり記憶が曖昧《あいまい》で……」

どうやらまだかかりそうだったので、今の感覚を忘れないうちにもう一度魔力とところてんを作ってみることにした。

再度循環する魔力を抽出し、手のひらに持ってくる。

ぐぐっと感じる抵抗。

(そうだ、さっきはところてんをイメージしたからああなっただけで、しっかりと風をイメージしたらどうなるんだろ?)

物は試しだということで、イマジネーションを爆発させる。

抵抗のある手のひらを無理矢理押し通ろうとするのではなく、網目《あみめ》をすり抜けるようにイメージ。

起こすのは強風ではなく、あくまでそよ風。

思い出すのは前に高原に旅行した時に感じた、少し青臭い優しい風だ。

すると……手のひらから打ち出された魔力が変質しながら魔法が完成される。

現れたのは、薄い緑の光。

突き出した右手が淡く光ると同時、頬を優しい風がそっと撫《な》でる。

「ええっ、これってまさか……無詠唱魔法!?」

これが……魔法か。

さわさわと髪を揺らすこの風を自分が生み出したのだと思うと、興奮が止まらなかった。

鼻の穴を広げながら顔を上げると、そこにはこくりとこちらに頷《うなず》くフェリスの姿がある。

「このフェリス、今日一日で驚き疲れましたが……なんにせよ、おめでとうございますマルト様。これで今日から魔法使いの一員ですよ」

「よしっ、これならまたすぐに魔法を……あれっ？」

心は興奮しているというのに、全身から力が抜けていく。

虚脱感《きょだつかん》に襲われながらなんとか床に膝をつこうとすると、そっとフェリスに抱えられた。

「魔力切れになると強烈な眠気に襲われ、そのまま気絶してしまうのです。一時的に気を失いますが、安心してお休みください」

精神年齢が三十代のおっさんが美少女（年齢不詳《ふしょう》）に抱っこされているという状況が恥ずかしくて身体を動かしていると、言われた通りの強烈な眠気に襲われた。

ドカ食いをした後に血糖値《けっとうち》スパイクでそのまま眠くなるような、一切の抵抗を許さない眠りの誘惑に、俺はゆっくりと目を瞑《つぶ》る。

「……ふふっ。こうして眠っていると、ますますそっくりですね」

意識が遠のく間際、フェリスの笑い声が聞こえた……ような気がした。


「……戦闘中に魔力切れは、絶対起こせないな」

目が覚めると、既に完全に日が落ちていた。

魔法の練習を始めたのが午前十二時からだったことを考えると七、八時間くらいは眠っていたんだろうか。

身体も問題なく動く。

試しに精神を集中させると、内側にある魔力も問題なく感じ取ることができた。

「前世ではなかなか寝付けなくてたまに睡眠薬《すいみんやく》を使うこともあったけど、少なくとも今世で不眠になることはなさそうだ」

周りを確認するが、人影はない。

少しだけお腹が空いているけれど、今はそれよりも魔法だ、魔法。

とりあえず、もう一度そよ風を起こしてみる。

本来なら詠唱が必要らしいが、さっきと同じく念じただけで風が発生した。

続いて魔力ところてんを再びにゅるっと出す。

身体が少し重くなるが……まだ動く。

瞼《まぶた》も少し重たくなったが、今すぐに気絶するほどじゃない。

(俺の魔力が増えたのかもしれないな)

まだもう一発くらいは魔法が使えそうな感覚だったので、風を起こそうかと思い……ギリギリのところで踏みとどまった。

危ない危ない……せっかく魔力を扱えるようになったんだから、女神様の祝福である『スキル変換』の能力について確認しておかなくちゃいけない。

——この世界には、スキルと呼ばれる特殊能力が存在している。

火魔法のスキルがあれば火魔法を使うことができるようになるし、剣術スキルを持っていれば剣の上達速度がぐぐっと速くなったり、武技《ぶぎ》と呼ばれる魔力を使って発動できる技を使えるようになったりするのだ。

俺のこの『スキル変換』は、魔力と引き換えにスキルを手に入れることのできる力だ。

最強無敵の力……では決してない。

なにせスキルには、スキルレベルと呼ばれる概念《がいねん》がある。

レベルが上がるほどに、スキルによる恩恵《おんけい》も大きくなっていくのだ。

俺はどんなスキルでも手に入れることができるが、そのスキルレベルは必ず1。

つまりスキルを手に入れることができても、それをしっかりと育てていかなくちゃならない。

正に女神様が言っていた通り、『しっかりと努力を怠らなければ一廉《ひとかど》の人物になれるような力』なのである。

「それじゃあやるぞ……『スキル変換』」

どうやって使うかはわからなかったので、とりあえず口に出してみる。

するとフォンッと音が鳴り、目の前にＳＦなんかでよく見るようなホログラムの板が現れた。

【変換するスキルを選択してください】

メッセージをタップすると、そのまま大量のスキル群が現れる。
とりあえず上から見ていくか……。

火魔法
水魔法
風魔法
土魔法
氷魔法
雷魔法
闇魔法
光魔法
付与魔法
召喚《しょうかん》魔法
精霊魔法

時空魔法

一番上に並んでいるのは魔法系のスキルだった。

上の四属性が、中では一番重要度が高いってことなんだろうな。

フェリスが言っていたんだけど、魔法というのは、そもそもスキルがない人間は習得することができないのだという。

けどそれは裏を返せば、『スキル変換』を持っている俺は後天的に全属性の魔法を使うことが可能ということになる。

下の方にある精霊魔法や時空魔法なんかも使えるようになる……はずだ。

そういえば俺、さっき風魔法は普通に使えたんだよな。

つまり俺は実は風魔法のスキル持ちだったってことになる。

自分が持っているスキルとかを教えてもらえる方法ってないのかな。

持ってるスキルを変換しちゃったらまるきり無駄になるわけだし、魔法系を取るのはフェリスに指導をしてもらってからでも遅くないかも。

魔力回復、消費魔力減少、魔力量増大……取っておいて損はなさそうなスキルがいくつもある。

俺がその中で一番気になったのは、与《よ》ダメージ比例魔力回復だ。その上には与ダメージ比例体力回復もある。

ドラク○とかF○とかだと、良く使ってたんだよ。

回復アイテムなしで戦い続けられるから、レベル上げが捗《はかど》るんだよなぁ。

魔法系のスキルが終わると、次は剣術や槍術《そうじゅつ》といった武器系のスキルが並んでいた。

魔法一辺倒《いっぺんとう》だと近付かれたらそこでゲームオーバーになっちゃうだろうから、可能であれば近接用の攻撃手段も確保しておきたいよな。

剣より初心者向けって聞いたことあるから、槍術とか取っておきたい。

かなりゲーム的な思考になっちゃってる気もするが、おおむね間違ってはいないはずだ。

魔法使いが魔法しか使っちゃいけない道理なんてないだろうし。

それからも下にあるスキル群をスクロールしながらざっと見ていく。

気になるスキルがめちゃくちゃあるな。

それにスキル名だけだと意味がわからないものもある。

この愛され子っていうのはなんなんだろう？


……鑑定……

おっ、鑑定スキルもあるのか。

これが俺の知ってる鑑定なら、この世界の情報を手に入れるのに役立つはずだ。

ん、待てよ？

鑑定スキルがあるってことは自分のスキルを他人に見られる危険もあるわけだ。

それならあんまりレアなスキルを取り過ぎるのも考えものか……。

……隠蔽《いんぺい》
……偽装《ぎそう》
……隠密《おんみつ》

なんて考えていると、今度は隠蔽や偽装なんてスキルも出てきた。

なるほど、スキルを隠すためのスキルなんてものもあるのか。

どんなスキルでも手に入れられるってなると目移りしちゃうけど……とりあえず目立ちそうなのは避けて、実用的なスキルを取りたいところだ。

ゆっくりと時間をかけてスキルの確認を終えてから、俺は早速一つ目のスキルを選ぶことにした。

俺がまず最初に選んだのは……タフネスのスキルだ。

さっきも思ったけど、三歳児の身体はすぐに疲れてしまい、なかなか魔法の訓練に身を入れることができない。

とりあえず今後のことを考えると、体力がつくスキルがほしいんだよな。

スキルをタップしてみると、メッセージが切り替わった。

タフネス……持ち主の肉体・精神を強くするスキル

【タフネスのスキルポットに魔力を充填《じゅうてん》しますか？　はい／いいえ】

……スキルポット？

よくわからないけどはいを押す。

すると目の前に、謎のポットが現れる。

表に『たふねす』となぜかひらがなで書かれた紙が貼られた、蓋《ふた》なしのポットだ。

色は薄めの緑色で、側面にはメーターがついていた。

……この上の穴から魔力を入れて、満タンにすればいいってことかな？

【スキルポットに魔力を充填してください】


頭を悩ませていると、メッセージが現れた。

どうやら合っていたらしい。

魔力を入れようとして……脇に置いていた魔力ところてんが目に入った。

そういえば魔力ところてんって、物質化した魔力なんだよな。

てことはこれを入れても、魔力を充填したことになるんだろうか。

試しにポットに入れてみる。

すると魔力ところてんはポットの中にスッと消えていってしまい、メーターが右に動く。

大体メモリ的には、全体の1％もないくらいだろうか。

続いて魔力を循環させ、押し出して直接ポットに入れてみる。

すると魔力が中に吸い込まれていき……メーターがわずかに右に動いた。

メーターの動きはさっきより明らかに小さくなっているように見える。

消費魔力的には……物質化させて入れた方が効率が良さそうだ。

多分だけど、物質化させた魔力ところてんはそのままポットの中に入るけど、ひり出した魔力はポットに入る前に空気に溶けてしまいロスが発生している、みたいな感じなんだと思う。

うーん、魔力を出したせいでまた眠くなってきたな。

でもギリギリもう一回くらいなら……。

「マルト様、目を覚ましたのですか？」

「――えっ!?」

フェリスの声が、後ろから聞こえてくる。

ギギギ……と油の切れたブリキ人形のように振り返ると、既に彼女は俺の真後ろに立っていた。

い、いつの間に……もしかしてフェリスは隠密スキルでも持ってるのか!?

……って、俺が『スキル変換』に没頭《ぼっとう》していたからですね。

完全に俺が悪いわ、これは。

「良い経験になりましたね、マルト様。魔力切れを起こすと強烈な眠気に襲われ、そのまま気を失ってしまうのです。ですので魔法使いにとって魔力管理は何よりも大切で……」

（……ほっ、どうやら俺以外の人間には祝福は見えないみたいだ）

ひとしきり話をしてからいきなり魔法講義を再開させたフェリスは、やっぱりスパルタだった。

ちなみに彼女はホログラムやスキルポットにはまったく目を向けておらず、とりあえず一安心である。

まずはこのタフネスのスキルを得るために、魔法の練習と並行して魔力の充填を行っていくことにしよう。

◆

「ふんふん、ふふっふーん」

今日の俺はご機嫌だった。

——とうとう今日、タフネスのスキルポットが満タンになるのだ！

いやぁ長かった、まさかスキルを一つ手に入れるのに二ヶ月近くかかるとは……魔法の練習と並行してたからね、しょうがないね。

あ、ちなみに俺の魔力量はこの二ヶ月の間に着実に増えている。

どうやら魔力をギリギリまで使うことで、微量ではあるが総魔力量が増大する仕組みになっているらしい。

おかげで今では、魔力が満タンの状態なら魔力ところてんを十個は出せるようになった。

二ヶ月もやると魔力操作のコツも掴めてきているため、最近はところてんを出さずに直《じか》にスキルポットに魔力を充填することもできるようになった。

ところてんを出すのって地味に集中力が要るから、こっちの方が楽なんだよな。

まあ魔力操作の練習になるから、可能な限り魔力とところてんで出すようにはしてるんだけど。

ただフェリスと一緒に魔法の特訓をしているため、スキルポットに魔力を充填しすぎるわけにもいかない。

フェリスに何かを勘付《かんづ》かれないよう毎日ちょっとずつ溜《た》めていたら、思っていたより時間がかかってしまった。

ご機嫌にスキップをしながら曲がり角を曲がると……ドンッ！

強い衝撃に、思わず床に倒れてしまう。

「んんっ……？　誰かと思えば、チビマルトちゃんじゃないか」

誰かと思えば、デブで意地悪な方の兄のブルスだ。

今日も相変わらず太っている。

というか、そんなギリギリな名前で呼ばないでほしい。

俺の心の友蔵《ともぞう》が俳句詠《よ》んじゃうから。

「俺にぶつかってくるなんて生意気だぞ！」

「痛っ！」

ブルスに思いっきり殴られた。

これ……三歳児にふるって良い力じゃないぞ。

間違いなく青あざになるだろう。

「最近上手いこと逃げ回りやがって！　むかつくから、サンドバッグになりやがれ！」

三歳児の足の速さではブルスから逃げ切ることもできず、何発も攻撃をもらってしまう。

攻撃が来るとわかっていれば、準備はできる。

ブルスが攻撃をしてくる場所に魔力を集中させることで防御力を上げさせてもらう。

おかげでダメージをある程度カットすることができた。

ただ少し強化ができる程度なので、正直普通に痛い。

ブルスは俺が倒れても一切攻撃の手を緩めることはなく、容赦なく攻撃を繰り返してくる。殴られ蹴られ、ボコボコにされる。

痛みに耐えきれず、涙が出てきた。

ただ泣いているのをブルスに見せるのは癪《しゃく》だったので、必死になって服で顔を拭った。

俺の様子を見て溜飲《りゅういん》を下げたのか、ブルスがぶふーっと鼻から大きく息を吐き出す。

「ふぅ……おいマルト、これ以上殴られたくなかったらフェリスを俺によこせ。あれだけの美人だし、俺の女にしてやるよ」

ブチッと俺の中の何かが切れたような音がした。

フェリスから教わった風魔法でこいつを切り刻んで……。

『それと、しっかりと魔法を修めるまでは人への魔法やスキルの使用は禁止です。守れますか？』

……そうだ、まだ俺は魔法を人に使うことは禁じられている。

ボクサーがストリートじゃ喧嘩《けんか》をしないように、魔法使いは半人前のうちは人に魔法を使ってはいけないのだ。

だから今は我慢だ、我慢……でもむかつく。

絶対に後で、ぎったんぎったんにしてやるからな。

俺は決意を新たにしながら、近くの窓を開けて下を確認してから、そのまま外に飛び出した。

「フェリス、今会いに行きます！」

そのまま裏庭で待っていたフェリスの下《もと》へ飛び込むと、彼女の風魔法でふわりと受け止められる。

「マルト様……もうっ、後でお説教ですからね」

上の方からは、ブルスが癇癪《かんしゃく》を起こしている様子が聞こえてきた。

へっ、ざまぁみやがれ。

その日の夜、俺は緊張しながらスキルポットに触れた。

ちょっとばかし嫌なこともあったけど、スキルゲットの喜びの前では些細《ささい》なことだ。

ゆっくりと、残っている魔力を流し込んでいく。


【タフネスを獲得しました】


おおっ、タフネスが手に入ったぞ。

これで俺の身体が以前より活力に満ちた……はずだ。

まだ実感は湧いてないけど。

とりあえず魔力がまだ余っていたので、風魔法の練習をしてしっかり使い切ってから眠ることにした。

細かい検証は、明日すればいいだろう。

◆

目が覚めた。

けれどなんだか違和感がある。

その理由はすぐにわかった。

俺は今まで、魔力が切れると九時間ほど気絶したように眠っていた。

なので夜寝る前に魔力を使い切ると、毎日快眠ができて朝になっていたのだ。

「あれ……まだ夜だ」

間違いなく、タフネスの影響だろう。

体力がついたことで、気絶の時間が短く済んだってことなのかな……？

(そういえば魔力の回復の方はどうだろう)

通常、魔力切れになってから寝て起きると、魔力は全快する。

これはどれだけ魔力量が多い人間であってもそうらしい。

魔力に関しては、ドラク○の宿屋みたいなシステムになってるようだ。

この短い睡眠でもしっかり魔力は回復しているのかと思い試してみると……魔力ところてんを十一個出すことができた。

なるほど、体力がついたことで短時間の気絶で済むようになったけど、魔力切れして気絶した際の魔力の高速回復の効果は健在と。

つまりこれって……今までよりもはるかに効率よく、魔力を回復することができるようになったってことだよな。

ここに魔力消費による総魔力量増大の効果も組み合わせれば……将来的にかなりの魔力量になるのも夢じゃないかもしれない。

「とりあえず……次のスキルを何にするか考えるか」

魔力ところてんは同じ場所に長時間放置すると消えてしまう。

なのでとりあえずこいつを使って新たに得るスキルを決めることにしよう。

フェリスに調べてもらったところ、俺は火・水・土・風の四つの属性のスキルは持っているみたいだから……他の属性の魔法にしておくのが無難だろうか。

魔法なんか、なんぼあってもいいですからね。

ただやっぱり……悩むなぁ。

スキルは本当に沢山《たくさん》の種類がある。

魔法系や武器系だけではなく各種耐性《たいせい》から恒常的なバフまで。

まあそのあたりのやつはいいんだけど、悪魔化や人食いなど明らかに取ってはいけなそうなスキルなんかも多数あるのがちょっと怖いんだよな。

リストの下の方にいくとレアなスキルが固まっていて、勇者や魔王、ドラゴンやハイエルフといった『それ本当にスキルっていうくくりで合ってる？』と問いかけたくなるようなものも存在している。

この世界のことをよくわかってないから、こういう地雷になりかねないところはパスしておきたいんだよなぁ。

ただ今後のことを考えると……とりあえず一番必要なのは魔力を増大させて、沢山のスキルを手に入れておくことだ。

そうなると……。

「やっぱこれかな」

俺が選んだのは、

気絶耐性……気絶に対して一定の耐性を得ることができる

事前に候補として目をつけていた、気絶耐性のスキルだ。

タフネスを使うことで、気絶した際の睡眠時間を削ることができることがわかった。

それなら同様の効果が期待できそうなこのスキルを取り、より効率的に魔力の使用と充填を行っていきたい所存《しょぞん》だ（ちなみに他に睡眠耐性や体力増大といったスキルも存在するため、とりあえずここら辺はまとめて全部取ってしまいたいところだ）。

とにかく魔力を使い切って短時間の睡眠で増大させるというサイクルを回して、魔力量とスキルを増やしておきたい。

魔力量増大、魔力回復も魅力的ではあるけれど……そこはゲーマーとしての性《さが》というべきか。

ローリスクで一定量を増やすより、ミドルリスクで無限の可能性を秘めている方を選びたくなっちゃうんだよ。

あ、もちろん余裕ができたら取らせてもらうつもりだけどさ。

そんなわけで俺はその日から、フェリスからの魔法の特訓と並行して『スキル変換』によるスキル獲得とスキルのレベル上げ、それに魔力の増大を並行して行っていくことにした。

俺の目論見《もくろみ》は見事的中し、無事各種耐性やスキルのおかげで俺の魔力はどんどんと増大していくことになる。

大量のスキルを手に入れそれを磨きながら魔法の練習を続け……気付けば、二年もの月日が流れていた。

◆

五歳になった俺は誕生日の翌日、とある人物を裏庭に呼び出していた。

「おいチビマルト、俺を呼び出すとは……覚悟はできてるんだろうなっ!!」

そこにいるのは、不摂生《ふせっせい》な食生活のせいで二年前よりも更に横に膨れたブルスだった。

顔はにきびだらけだ。なんだか全体的に脂《あぶら》でべたついていて、髪もテカテカしている。

「うるさいぞブルス」

「実の兄に向かって、なんだぁその口の利き方は？　こりゃあ、お仕置きが必要みたいだなぁっ！」

そう言うとブルスはにやつきながら、右手で握った木刀の感触を確かめ始めた。

逆の手でパシパシと剣を掴みながら、こちらを見下ろしてくる。

——あれからも、ブルスの俺への暴力はエスカレートし続けていた。

体力増大やタフネスなんかのスキルを取りまくったおかげで大したダメージを受けることはなくなったんだが、それが良くなかったらしい。

俺に効いていないとわかったあの豚はとうとう得物《えもの》を使うようになり、最近では躊躇《ちゆうちよ》なく木刀で殴打してくるようになっている。

いくらこっちが無抵抗だからって限度がある。

ダメージ的には問題なくても、普通に痛みは感じるんだぞ。

「げひひっ、お前をボコボコにしてフェリスを俺のメイドにしてやる。たあっぷりかわいがってやるから安心し——なっ！」

ブルスがいつものように、木刀を構えて距離を詰めてくる。

騎士《きし》から稽古《けいこ》をつけてもらっているだけのことはあり、その剣速はそこそこ速い。

……十三歳にしては、だけど。

俺はブルスの攻撃をひらりと避《よ》ける。

「……なにっ⁉」

初めて自分の攻撃を避けられ、ブルスが驚いている。

なんだ、避けられるとは思ってなかったって顔してるじゃないか。

打っていいのは、打たれる覚悟のあるやつだけだ。

散々俺のことをいたぶってきたんだ。

当然……やられる覚悟は、できてるんだろうな？

俺はブルスの斬り上げを避けながら距離を取り、魔法を発動させた。

「エアインパクトッ！」

「ぐわあああああああっっ⁉」

風の衝撃波を生み出す魔法を食らい、ブルスが吹っ飛んでいく。

身体が丸いからか、ごろごろとボールのように転がっていった。

――そう、俺は五歳の誕生日にようやく、フェリスからスキルと魔法を人に対して使う許可が下りた。結構頑張ったんだが……二年もかかってしまった。

二年分の鬱憤《うっぷん》、晴らさせてもらうぞっ！

「身体強化《フィジカルブースト》」

既に俺はいくつもの四属性外の魔法――系統外魔法を習得している。

そのうちの一つ、付与魔法の身体強化をかけ、己の身体を強化しながら倒れているブルスの下へ駆けていく。

いくつもの強化系スキルを取得している俺の身体能力は、既にブルスなんぞよりはるかに高い。

そこに更にバフを乗せて一撃を放てば――。

「あがっ!?」

血の混じった唾《つば》を吐き出しながらブルスが吹っ飛んでいく。

……おっとっと、いけないいけない。

この二年間の思い出が脳裏をよぎったせいで、つい手加減を忘れてしまった。

「ハイヒール」

光魔法を使い、ブルスの怪我を治していく。

そのまま胸ぐらを掴み、思い切り殴ってやる。

強い衝撃を受けたからか、奥歯がぽろりと落ちる。

安心しな、どれだけやっても最後は光魔法で治してやるとも。

「ゆ、ゆるひて……ゆるひてください……」

「俺がそう言っても許さなかったくせに」

ブルスを思い切りぶん投げ、ファイアボールを発動。

的が大きいから狙いやすいや。

ジュッと嫌な音と臭いを発しながら、火球はブルスに命中した。

「あ、あばばばば……」

とうとう言葉を発することができなくなったブルスは、そのまま気絶してしまった。

……なんだ、まだまだこれからのつもりだったのに。

俺のことは何十分も殴ってきたくせに、痛めつけがいのないやつだ。

……とりあえず、これで今までのことは水に流してやることにしよう。

これだけ痛めつけてやれば、もう二度と俺に逆らおうという気持ちも起きないだろうし。

しっかりと光魔法で怪我を治してから、時空魔法を使って焦げて穴あきになってしまっている服を元の状態に戻してやる。

最後に白目を剥《む》いて気絶しているブルスの姿を脳内メモリに焼き付けて、くるりと後ろを振り返る。

するとそこには、一部始終を見ていたらしいフェリスの姿があった。

「お見事です、マルト様」

「戦いのあとは……いつも虚《むな》しい……」

俺はハードボイルドを気取りながら、この二年間の成果を改めて確認することにした。

「鑑定」

マルト・フォン・リッカー
火魔法　レベル４
水魔法　レベル３
風魔法　レベル７
土魔法　レベル２
光魔法　レベル６
付与魔法　レベル５
時空魔法　レベル６
物質魔法　レベル４
魔力回復　レベル５
魔力量増大　レベル２
鑑定　レベル６
タフネス　レベル６

体力増大　レベル４
肉体強化　レベル３
精神力増大　レベル４
気絶耐性　レベル４
睡眠耐性　レベル４

「うむ」

頑張ってきたんだから、これくらいになってなくちゃ困る。

自分で言うのもなんだが、この二年間、夜は魔力切れになって気絶してはすぐに目を覚まして、気絶しては目を覚ましてという廃人プレイを続けてたからな……。

あれ以降、ぐっすり八時間眠ったことは一度としてない。

体力と精神力をスキルで強化しておかなければ、メンタルがブレイクして途中で挫折《ざせつ》してしまっていたことだろう。

ただ頑張った甲斐《かい》あって、今の俺の魔力量は着実に伸び続けている。

今はもう、魔力ところてんを五十本以上出すこともできるしな（ちなみにあの魔力ところてんは物質魔法という謎魔法としてカウントされている）。

魔力量に余裕ができたおかげで、付与魔法や時空魔法やなんかもゲットすることができた。

あ、そういえばスキルを取っていくうちにわかったんだけど、スキルポットに入れなくちゃいけない魔力量はスキルごとに違っていた。

この二つの系統外魔法は、タフネスの十倍以上の魔力を使わなくちゃ取れなかったのだ。

多分だけど、スキルとしてのレア度とかによって変わってくるんだろうな。

「しかし、これでもフェリスにはまだまだ届かないというね……」

「そりゃあ、積み上げてきた年月が違いますからね」

「あれ、フェリスの年齢って……」

「あれぇ、何か不穏な単語が聞こえた気がするなぁ？」

一瞬にしてフェリスの姿が消える。

肉体強化のスキルを使い五感を研《と》ぎ澄《す》ませると、ふわりと風がやってきた。

けれど、時既に遅し。

気付いた時には既にアイアンクローで顔を掴まれ、持ち上げられてしまっていた。

足をバタバタさせてなんとか拘束《こうそく》から逃れようとするが、万力のような力強さのせいで顔へのダメージが増えるだけという悲しい現実が俺を襲う。

「痛たたたたっ!?　じょ、冗談だって！」

「冗談で済ませていいことと悪いことがあるのでは？」

「ご、ごめんなさい、俺が悪かった！」

この二年間、俺は魔力増大やスキル獲得と並行して魔法の特訓も続けてきた（魔法のスキルレベルが上がってるのがその証拠だ）。

けれど今の俺の実力は、正直フェリスの足下にも及んでいない。

ちなみに隠蔽系のスキルを持っているからか、彼女には鑑定を使っても弾かれてしまう。

更に言えば素の身体能力もめちゃくちゃ高いし、魔法の腕に関しては言わずもがなだ。

フェリスはなんでこんな男爵家でくすぶっているんだろうと不思議に思えるような逸材《いつざい》だ。こんな人を師に持てた俺は、めちゃくちゃ運がいいんだと思う。

「さて、それなら魔法の修行をしますよマルト様」

「——うん、そうだね」

今の俺に、立ち止まってる暇はない。

だって俺には……女神様から授かった使命があるから。

『だからあなたには——邪神の使徒と戦ってほしいの』

この世界で女神様と権力を二分しているという邪神。

その悪《あ》しき神は使徒を使い、女神様の使徒である人間達を滅ぼそうとしているのだという。

そんな悪い奴ら相手に俺の力がどこまで通用するかはわからない。

けどせっかく第二の人生と、これだけ強い祝福をもらったんだ。

やれるところまでやってみようと思う。

「ほらマルト様、置いていきますよ」

「――わっ!?　ちょっと待って、今行くから！」

先に歩き出していたフェリスに追いつくため、走り出す。

俺の異世界転生は、まだ始まったばかり――。

第二章 ―― 修行の日々

五歳になったからといって、別に何が変わるわけでもない。

俺の毎日は鍛錬《たんれん》の繰り返しだ。

「ん……もう二時間経ったか」

夜になって眠ってから目を覚ますと、まだまだめっちゃ夜だ。

だがこんな光景にももうずいぶんと慣れてきた。

鑑定の練習がてら、もう一度俺のスキルを確認してみよう。

「鑑定」

マルト・フォン・リッカー
火魔法　レベル4
水魔法　レベル3

風魔法　レベル7
土魔法　レベル2
光魔法　レベル6
付与魔法　レベル5
時空魔法　レベル6
物質魔法　レベル4
魔力回復　レベル5
魔力量増大　レベル2
鑑定　レベル6
タフネス　レベル6
体力増大　レベル4
肉体強化　レベル3
精神力増大　レベル4
気絶耐性　レベル4
睡眠耐性　レベル4

うーん、我ながら五歳児とは思えないステータスをしている。

これほどまでに大量のスキルを手に入れることができているのは、当然女神様からもらった祝福《ブレス》である『スキル変換』のおかげだ。

現在の俺はタフネス、体力増大、気絶耐性、睡眠耐性、肉体強化と、体力と睡眠に関するスキルを五つ持っている。

これによって本来であれば八時間前後の間死んだように眠ってしまう、魔力切れでの魔力の高速回復の時間を、現在はおよそ二時間ほどにまで短縮することができるようになっていた。

気絶して魔力を使い切り、また気絶して魔力を使い切り……ということを睡眠時間を短縮して行うことで一晩に何度も何度も眠り、その度に魔力を回復させる。

そのおかげで俺は、普通の人の何倍もの速度で魔力を使うことができるようになっていた。

それによる恩恵が、この各種スキルのレベルの高さだ。

光魔法と付与魔法と時空魔法はマジでめちゃくちゃレベルが上がりにくいが、なんとかここまで上げることができた。

直近の一年間は、この三つの魔法のレベル上げに費やしたといっても過言ではない。

……え？

それなら魔法のスキルレベルを上げるより、別の強力なスキルを手に入れた方がいいだろって？

たしかにそこは悩んだんだが……俺は新たなスキルの取得よりも、今あるスキルをきちんと伸ばすことを優先した方がいいかなって思ったんだよね。

俺のこの祝福の力はたしかに有用だ。

最終的にはあらゆるスキルや武技を使えるようになる、無限の可能性を秘めている。

ただ下手に食指を伸ばしすぎるのは良くない気がするんだよね。

色んなスキルを取り過ぎて全部が中途半端な器用貧乏になったら目も当てられないし。

なのである程度勝手がわかってくるまでは、ある程度絞って練習してしっかりスキルレベルを上げるつもりなのだ。

スキル群の効果の重ね掛けのことや今の俺の年齢のことも考えれば、ある程度魔法を重点的に強化していくのがいいのは間違いない。

ただ個人的には、魔法を使いこなせるようになるのは最低限だと思っている。

何せ女神様直々《じきじき》にお願いをされちゃったわけだしね。

ゆくゆくは邪神の使徒を倒せるくらいに、しっかりと強くならなくちゃいけないのだ。

……しっかし、邪神の使徒かぁ。

どれくらいの強さなのかわからないのが怖いよなぁ。

フェリスに聞いてみてもまったく知らないみたいだったし……一体どこで何をしている奴らなんだろうか。

そんなことを思いながら魔力を使い切ったからだろうか。

俺は気絶している間に、死後の世界で女神様と対話したあの真っ白な空間での出来事を夢に見るのだった……。

◆

女神様は、本当に女神様だった。

彼女は誇張抜きに美の化身で、俺のちんけな語彙力《ごいりょく》では上手く表現することができないくらいに美しさの権化だったのだ。

美の神アフロディーテを彷彿《ほうふつ》とさせるような恐ろしいほどに整った目鼻立ち、吸い込まれそうな唇……そしてその恐ろしいほどに完璧で、左右対称な顔のパーツの配置。

ただ不思議なことに、これほどの美人を前にしても獣欲《じゅうよく》が一切湧いてこない。

トーガの下からちらちらと見えている肢体《したい》を見ても、まったく欲情しなかったのだ。

差している後光とかその神聖なオーラのなせる業《わざ》なのだろう。

つまり女神様は、本当に女神様なのである（二回目）。

「――と、まぁうちの世界に関してはこんな感じね。何か質問はあるかしら？」

転生に関する説明を一通りされた後は、質疑応答タイムに移った。

「ええっと……」

「遠慮する必要はないわ。日本人が信仰心に篤《あつ》くないことは、しっかり理解しているつもりだから」

妙にものわかりのいい女神様に甘えさせてもらい、気になっていることをいくつか尋ねていくことにする。

「邪神というのは、女神様と対《つい》を成して、魔物や悪人なんかに力を与える邪悪な神様という認識で間違いないでしょうか？」

「おおむねその認識で合ってるわ。追加しておくと私が自分の使徒に対して祝福を与えることができるように、邪神は自分の使徒に対して対価と引き換えに契約《けいやく》を結ぶことができたりもするわね」

「契約ですか……邪神の使徒が契約によって得られる力は、祝福と同程度のものと考えていいでしょうか？　太刀《たち》打《う》ちできないなんてことになると、ちょっと厳しいかなぁと思うんですが」

「基本的に力を与えられた瞬間を切り取れば、祝福よりも強いと言えるわね。邪神が行うのは力の授与ではなく契約なの。邪神の使徒は己の寿命や精神、スキルなどを供物《くもつ》として捧《ささ》げることで邪神の力をそのまま使うことができるようになるのよ」
風はまったく吹いていないのだけど、なぜか纏っているトーガがひらひらと揺れている
女神様は、真面目な顔をしながらそう教えてくれた。
なるほど、俺はただ魔力を使ってスキルを得ることができるだけだけど、邪神の場合は
あげなくちゃいけない対価が結構エグいんだな。
寿命を捧げるのはしんどそうだ……でもそれだけのものをあげるわけだから、リターン
も大きいんだろうな。
それで邪神の力をそのまま使うなんて無茶もできるようになるってわけか……。
ローリスクミドルリターンとハイリスクハイリターン、みたいな感じなのかもしれない。
「対して私があげる祝福は基本的には即座《そくざ》に強くなるようなものではなく、あくまで成長
を促進するものに過ぎないわ。邪神の契約は代償と引き換えに即座に強力な力の行使を可
能とするけれど、祝福の場合は時間をかけてゆっくりと強くなっていくの」
「聞いている感じ、結構な無理ゲーな気がするのですが……？」
女神陣営の圧倒的不利さに思わず呟いてしまう。
だってそうだろう。
女神陣営は力を得てもすぐには強くなれないのに、代償込みとは言え邪神陣営は即座に
強力な力を行使できるようになるわけだから。

「そのあたりは神々の権能《けんのう》というか得意分野の問題でね……簡単に言うと私は成長を促進させるのが得意で、邪神エルボスは即物的な力を与えるのが得意なのよ。最終的な強さでいけば、私の使徒の方が圧倒的に強くなることが多いわね。だから数が劣勢《れっせい》でも、今までなんとかなってきたわ」

「なるほど……」

女神様の祝福は大器晩成《たいきばんせい》型で、邪神の契約は早熟型という話らしい。

いきなり力を与えられてもつまらないので、俺としては女神陣営に拾われてラッキーだったな。

寿命や精神性を捧げてまで強くなりたいとは、欠片《かけら》ほども思わないし。

「女神様の使徒が祝福を使って強くなるよりも前に、サーチ&デストロイで大量に生産された邪神の使徒達に潰《つぶ》されたりしたら、どう考えても詰みだと思うんですが……そのあたりも問題はないんですか？」

「基本的にお互いの陣営からは、相手の使徒がどの人物なのかはわからないようになっているの。判別するための魔道具なんてものもないから、目立ったことをせずに着実に力を溜めていけば、邪神の使徒相手でも対等以上に戦うことができるはずよ」

その後も質問を続けていくと、大体この世界の仕組みが見えてきた。

この世界においては、神は決して万能の存在ではない。

そのため女神様と邪神という二柱の神達は、自分達の陣営を有利にすることができるよう、人に干渉《かんしょう》できるリソースを奪い合うために争っている。

イメージとしては、女神の使徒が白、邪神の使徒が黒でリバーシをしているような感覚に近いかもしれない。

女神様の使徒が邪神の使徒を倒すことができた場合、くるりと石をひっくり返し今まで邪神が使っていたリソースを女神様が使えるようになる。

そんな風にお互い駒を配置して、相手に負けないように戦っているわけだ。

ちなみにうちの女神様は現在、かなりの劣勢に立たされているらしい。

俺が頑張らないと、女神陣営は窮地《きゅうち》に陥ってしまうかもしれない。

つまり俺一人で大量の邪神の使徒を相手取らなくちゃならないってわけだ。

「ちなみにリソースがどちらか片方に完全に固まった場合はどうなるんですか？」

「その神が世界を征服《せいふく》できるようになるわ。私の使徒が全滅したら、この世界は邪神のものになるわね」

「めちゃくちゃ責任重大じゃないですか!?」

邪神が世界を征服すると、この世界は悪人と魔物が我が物顔で闊歩《かっぽ》するリアル世紀末ワールドになってしまうらしい。

「ただ、そこまで思い悩む必要はないわ。あなた以外にも使徒も信徒もいるし、せっかく

だからこの世界を楽しみながら、無理のない範囲で邪神の使徒を倒してほしいかな」

「無理のない範囲で邪神の使徒を倒す、とは……？」

二時間の気絶タイムを終えて、ぐりんぐりんと腕を回す。

どうやら女神様自身俺に異世界を楽しんでもらいたいという話だったから、まあ無理のない範囲で強くなっていけたらと思う。

戦闘経験を積むのは今は難しいから、とりあえず魔法の訓練を頑張らなくっちゃな。

それに俺がこの世界で戦わなくちゃいけないのは、何も邪神の使徒に限らない。

何せこの異世界には魔物と呼ばれる、魔力を使う化け物達がいたりするらしいし（まだ見たことはないけど）。

「とりあえず、今は光魔法を使うか……ハイヒール、ハイヒール、ハイヒール、ハイヒール……」

俺は魔力が切れるまで光魔法を使い続け、目が覚めたらまた気絶するまで光魔法を使うというワンセットを朝が来るまで続けるのだった。

二年もやってればもう慣れたもんだけど……よくよく考えると、修行僧みたいなストイックな生活してない、俺？

これって異世界を楽しんでるって言えるのだろうか……少し悲しい気分になりながらも、俺は無事気絶して朝を迎えるのだった。


現在俺が夜に練習しているのは、主に光魔法と付与魔法の二つである。

この二つを練習している理由は単純だ。

強力かつ、夜中に一人で使っていても問題がないからである（ちなみに系統外魔法が手に入るまでは、四属性魔法で唯一室内で使っても問題がない風魔法を使っていた。おかげで四属性魔法の中だと、一番風魔法が得意だったりする）。

光魔法は回復魔法や結界魔法なんかのゲームでヒーラーが使えそうな感じの魔法。

そして付与魔法は、人や物に魔法を付与して強化することができる魔法だ。

同じく室内で練習できる魔法には系統外魔法である時空魔法もあるが、これはレベルが6に上がった時点で一旦《いったん》練習を止めている。

レベルが上がったことで、時空魔法で一番ほしいと思ってたアイテムボックスが使えるようになったからね。

アイテムボックスは亜空間《あくうかん》を作り出し、そこに物を自在に出し入れすることができるという魔法だ。

収納スペースは現時点で俺の私室分程度。

今は収納するものも大してないので、これで十分だ。

話を光魔法と付与魔法に戻そう。

光魔法には、この異世界で生きていくのに必要な魔法が数多く存在している。

このアトキン王国の文明レベルは決して高いとは言えない。

光魔法があるおかげで、医療技術もほとんど進歩していなかったりする。

基本的に病人や怪我人が出たら光の魔導師がやってきて、回復魔法を使って治せれば完治、そうでなければ打つ手なしという適当ぶりだ。

おまけに光魔法の使い手は数が少なく、診療代が結構シャレにならない。

こんな状況では、うかつに風邪を引くこともできない。

俺は将来的には家を出て行くつもりだから、自活のためにも回復魔法の習熟は必須《ひっす》と言えた。

それに身内が大怪我を負ったりしたら、治してあげられるからな。

回復魔法の腕は上げておいて損はない。

もちろん光魔法で有用なのは、ヒールやハイヒールを始めとした回復魔法だけではない。

光魔法に、ピュリファイという魔法がある。

これは身体と衣服の汚れを落とし、身体を清潔に保つ魔法だ。

これはマジで神魔法だ。

というか、清潔な環境が当たり前だった現代日本の頃の感覚を持っている俺は既に、ピュリファイなしでは生きていけない身体になってしまっている。

この世界の衛生観念は、控えめに言って終わっている。

皆毎日風呂に入るわけではないし、大通りをちょっと外れて裏路地へ向かおうものなら、道を歩けば野ぐそに当たる素晴らしい世紀末っぷりである。

そんな状況下でこのピュリファイを重宝しないわけがない。

とまぁ、こんな感じに光魔法は生きていく上で必要なので頑張って練習している。

そしてもう一つの付与魔法は、純粋に強い。

これは人と物を強化することができる。

身体強化《フィジカルブースト》を使えば身体能力を上げることができるし、集中強化《コンサスブースト》を使えば魔法の威力を上げることができる。

そして自分にだけではなく、この付与魔法は物にもかけることができる。

そのため俺が着ている服は、付与魔法をかけまくり耐寒・耐熱・耐衝撃・防刃《ぼうじん》仕様の特別製になっている。

ただ気をつけなくちゃいけないことに、付与魔法には時間制限がある。

現状では自分自身にかける魔法は五分前後、物にかける魔法は一日くらいしか効果が保たないのだ。なので服には毎日かけ直す必要がある。

なんでも魔道具造りの知識があったり、上手いこと魔力を溜めることができる物を嵌《は》めたりすれば効果を完全に定着させることもできるそうなんだけど……少なくとも今の俺にはまだできない高等技術だ。

付与魔法の本家は、アトキン王国から北に行ったところにあるゼラール魔導王国らしい。

暇ができれば、ぜひ一度訪ねて色々と技術を盗み……もとい学ばせていただきたいところだ。

とまぁ、俺の夜の鍛錬はおおむねこんな感じだ。

だがこの世界は地球と変わらぬ一日二十四時間制。

当然ながら夜よりも昼の方が長い。

今の俺がお昼に何をしているかというと……。

「それでは……対戦よろしくお願いします」

「今日こそは一発入れる！」

「元気があって大変よろしい」

——フェリスとひたすら実戦形式でのトレーニングをしている。

父さんに使用許可をもらった、リッカー家が所有している資材搬入《はんにゅう》用の土地。

ここで手合わせをするのが、俺とフェリスのここ最近の日課になっていた。

「それっ！」

「エアクッション……うふふ、お上手ですよマルト様」

俺が放つ上級風魔法のウィンドバーストを、フェリスはそれよりずっと威力の低いはずの風魔法で相殺《そうさい》してみせる。

つまりこれが、俺とフェリスの間に広がっている実力差ということだ。

「負けてたまるか……身体強化！」

「どうぞマルト様、何度でもボコボコにしてさしあげましょう」

なんでこんなことになったのか、説明が必要だろう。

俺は魔法は座学で教わるものだとばかり思っていた。

けれど俺達が膝突き合わせて勉強をしたのは、最初の数回だけだった。

『マルト様は下手に型を教えるより、自由にやってもらった方が良さそうです』

基本的に魔法というものには、一定の型がある。

たとえば火魔法のファイアランスの場合、縦の長さが一メートルで柄《え》の太さは直径十センチ前後、飛距離はおよそ三十メートルで……という風に基本的な型が決まっている。

まず師からこの型を教わり、同じものを発動させることができるようにしていく……というのが、この世界での一般的な魔法習得のやり方らしい。

『マルト様の強みは、そのイメージ力の高さと既成《きせい》概念に囚《とら》われない発想の自由さです。なので私が下手に型を教えるよりも、自分で型を編み出した方がいいでしょう。その分時間はかかるかもしれませんが、最終的にそちらの方が強くなるはずですよ』

一般的なやり方を覚えれば、習得までにかかる時間を短縮できるというメリットがある。ただその分応用が利きにくくなるというデメリットもある。

フェリスは俺が無詠唱魔法を使ったり独自に物質魔法を編み出してしまったりしたことから、俺の発想力やイメージ力を活かすように方針を変更してくれたのである。

なので早々に俺に魔法のことを教えるのを止めており、今は日々模擬《もぎ》戦とブレインストーミングを繰り返し、戦闘のＰＤＣＡサイクルを回すような毎日を送っている。

フェリスは一の言葉の代わりに、十の魔法で俺に実践的な戦い方を叩き込んでくれている。彼女と戦う度に俺は魔法をどうやって使った方がいいのかというノウハウを蓄積させ、それを自分なりに昇華《しょうか》して魔法に落とし込んでいくことができた。

この世界の魔法の師弟関係としてはかなり特殊だろうが、たしかに俺も自分にはこのやり方が合っていると確信できた。

フェリスの魔法戦闘技術は、口頭での説明や魔術書の小難しい理論よりも、はるかに参考になる。

聞けば彼女は以前、レヴィ母さんと一緒にパーティーを組み、冒険者をやっていたのだという。

なんと彼女達のパーティーは、冒険者としては最高ランクであるSランクまで上り詰めたらしい。

そんな人物から魔法を教わることができる幸運を噛《か》みしめながら、俺は今日もボコボコにやられるのだった。

「ハイヒール……うーん、今日もダメだったかぁ」

「レヴィも使ってましたけど、光魔法って便利ですよねぇ。どれだけ怪我を負わせても跡が残らないので、私も気兼《きが》ねなくキツめの指導ができてありがたいです」

果たしてフェリスに一矢《いっし》報いることができるのはいつになるのだろう。

できればこの国での成人とされる十二歳の時までには、追いつけずとも背中が見えるくらいのところまでは近付いておきたいな。

◆

更に二年の月日が経ち、俺は七歳になっていた。

ブルスを倒してからというもの、俺は今までの血と暴力による圧政が嘘であったかのような、平和的な毎日を送ることができている。

フェリスとの訓練のせいで心がボロボロ（身体の傷は光魔法で治せるから）になることはあっても、深刻な怪我を負うようなことはなく日々強くなっている。

ちなみにブルスはというと、どうやら俺のことを化け物か何かだと思っているらしい。あれから廊下なんかですれ違う度にひぃぃ～と叫びながら逃げられている。

まぁ実害はないので、放っておいている。

この二年間で俺は更に強くなった。

俺の成果を、刮目《かつもく》して見よ！

「鑑定！」

マルト・フォン・リッカー

レベル11

火魔法　レベル7
水魔法　レベル6

風魔法　レベル9
土魔法　レベル5
光魔法　レベル10（MAX）
付与魔法　レベル10（MAX）
召喚魔法　レベル3
精霊魔法　レベル1
時空魔法　レベル8
物質魔法　レベル7
魔力回復　レベル8
魔力量増大　レベル5
消費魔力減少　レベル6
与ダメージ比例魔力回復　レベル2
鑑定　レベル10（MAX）
剣術　レベル3
短剣術　レベル3
投擲術　レベル3
タフネス　レベル10（MAX）

体力増大　レベル7
肉体強化　レベル5
与ダメージ比例体力回復　レベル2
攻撃力増大　レベル4
防御力増大　レベル3
敏捷《びんしょう》増大　レベル5
精神力増大　レベル7
魔法攻撃力増大　レベル6
魔法防御力増大　レベル5
気絶耐性　レベル10（MAX）
睡眠耐性　レベル10（MAX）

鑑定のレベルを上げたことで、とうとう俺自身のレベルが見られるようになった。

レベル11……実際に魔物と戦ったりせずにここまで上げられているのは結構すごいと思う。

屋敷の外に出た時に練習がてらよく鑑定を使うんだけど、明らかに戦うことを生業《なりわい》としている人でもない限り、レベルが10を超えることはあまりないからな。

ステータス表示みたいな感じで攻撃力や防御力まで詳細な値《あたい》が出るかと思ったんだけど、そう上手い話はないようだった。

ただやはりレベルが上がると各種能力値も上がるようで、今の俺は付与魔法なしでも、本来の七歳児では持てないような重い荷物を持ったりできる。

次はスキルレベルについて見ていこう。

この二年間、とにかく魔法と最大魔力量を鍛えることだけに注力したことで、とうとう付与魔法と光魔法のレベルが10になった。

MAXの文字を見てわかる通り、スキルのレベルは10で最大だ。

なのでこの二つの練習はとりあえず一段落とし、今まで練習していた分を他の魔法に使うようにしている。

そのおかげで、各種属性のレベルが着実に上がっている感じだな。

もちろん新しいスキルもいくつも取っているぞ。

まず魔法で言うと、召喚魔法と精霊魔法の二つだな。

ただこの二つの魔法なんだが……現時点で、あまり戦闘の役には立っていない。

召喚魔法は、簡単に言うと召喚獣と呼ばれる僕《しもべ》を召喚して使役《しえき》する魔法だ。

どうやら使役が可能な召喚獣の数と種類はレベルが上がるごとに増えていくらしく、現時点で九体の召喚獣の使役が可能となっている。
一、四、九という風に増えていったので、恐らくレベルの自乗分の使役が可能になるのだろう。
つまり将来的には十種類の魔物を十体ずつ、合わせて百体の召喚獣を使役することができるようになると思われる。

俺が最初に付与魔法を極めようとしていたのは、実はこの召喚魔法とのシナジーを考えてのことだった。

付与魔法で強くした召喚獣を使って無双しようと思っていたんだが、俺の目論見はあっけなく崩れ去ることになる。

召喚獣に対して付与魔法を使うことは可能だったのだが……召喚獣が、ぶっちゃけてしまうと結構弱かったのだ。

レベルが最大まで上がった付与魔法を使えば一応そこそこの強さにはなってくれているんだけど……少なくとも現時点で俺が戦って勝てるくらいの強さなので、今後の戦いを考えるとついてこれないと思う。

スキルポットに入れた魔力量は正直時空魔法や付与魔法より大きかったので何か使い道があるとは思うんだけど……今のところはあまり有効活用できていない。

そしてもう一つの精霊魔法は、世界中に遍在《へんざい》している精霊達の力を使う魔法だ。

精霊魔法の利点は、魔力を使わずに発動することができること。

そして欠点は、精霊が多く集まる場所でしか使うことができず、魔法自体が安定しないこと。

魔力を使わずに魔法が使えるというのは魅力的だが、今のところ使おうとしたらボヤ騒ぎが起きたため完全に封印しているためレベルは1のままだ。

本当は氷魔法や雷魔法みたいな攻撃用の系統外魔法も取っておこうかなと思ったんだけど、とりあえずこの二つを取らせてもらった。

ぶっちゃけ、攻撃は四属性魔法だけで事足りると思うんだよな。

フェリスも色々手を出すより一つの属性を極めた方がいいと言っていたし、とりあえずフェリスが一番得意な風魔法で免許皆伝《めんきよかいでん》を受けるまでは、あくまで戦闘で使う魔法は風属性中心でいこうと思っている。

この二つの魔法以外にも、色々と各種バフや武器関連のスキルなんかも取っている。

これだけスキルを取りまくっていると、スキルについてのことも色々とわかってきた。

フェリスとしか戦っていないのでイマイチ上達しているか自信が持てないけど、戦闘勘みたいなものは着実に育ってきていると思う。

未だに一本取ることはできないものの、以前と比べると勝負が決まるまでの時間も延びるようになってきているし。自分で言うのもあれだけど、ある程度いい勝負ができるようにはなってきていると思う。

そう遠くないうちに、白星をあげることもできるようになりそうな気配がしている。


「うーん……」

「どうしたのですか、マルト様？」

「――わあっ、フェリス!? な、なんでもないよ!?」

けれど俺には一つ、悩みがあった。

前世のこと、そして転生のこと、女神様から与えられた『スキル変換』の祝福のこと。

これら重大な秘密を、俺は未だにフェリスや父さん達に言うことができないでいる。

俺が明らかにこの年齢としてはおかしな力を持っていることには、皆気付いているはずだ。けれど皆俺のことを考えてくれているからか、誰一人として詳しい事情を聞こうとするようなことはしてこなかった。

俺としても、その優しさに甘えてしまっている部分があった。

でもそれじゃ……ダメだよな。

それに今後強くなることを考えれば、スキルのことや魔法のこと、国際情勢や邪神の使徒の情報などなど、知らなくちゃならないことは沢山ある。

「フェリス、話があるんだ」

「はい……なんでしょうか？」

そうだ……勇気を出して打ち明けよう。

一度覚悟を決めてしまえば、後は早かった。

俺は大きく息を吸うと、勇気を振り絞ってフェリスに事情を打ち明けるのだった——。

SIDE フェリス

そこは見慣れた、けれど今では様変わりしたリッカー家の屋敷の一室だった。

ベッドに横たわっている女性と、その手を握っている私。

どこか俯瞰的《ふかんてき》にその光景を見ている私は、自分が夢を見ているんだとすぐにわかった。

この光景を夢に見るのは、今回が初めてのことではない。

何度見たことかわからない。

「レヴィ！　レヴィ！」

「……うるさいな。そんなに叫ばれなくたって、聞こえてるって」

ベッドの上に横になっている女性は黒髪黒目の、エルフの私ですら嫉妬したくなるほどの美人だ。

レヴィ——冒険者としての生活よりも一人の母としての生き方を選んだ、我が終生のライバルは、ゆっくりと目を開きこちらを見上げた。

レヴィとの思い出は私にとって、何よりも大切なものだった。

私は彼女と出会い、彼女と共に歩んできたことで、それまでの生が色あせたものだったのだと、そう心から理解することができた。

レヴィは誰よりも輝いていた。

しかしそんな彼女であっても、忍び寄ってきた病に勝つことはできなかったのだ。

「レヴィ、気張りなさい！　ドラゴンスレイヤーのあなたが、たかが病で倒れるわけがない！」

「げほっ……無理言わないの、フェリス。自分の身体のことは、私が一番よくわかってるわ……私の命がもう長くないことくらい、とっくのとうに理解してる」

レヴィが咳《せ》き込むと、口から血の塊《かたまり》がこぼれだす。

彼女は子供を産み弱っていたところを、病魔に冒されてしまった。

臓器が徐々に活動を止めていき腐っていく『腐乱病《ふらんびょう》』はどれだけ高位の光魔導師に見せたところで治せない、いわゆる不治の病だった。

私はどれだけ強力な魔物であろうと倒すことができるSランク冒険者だ。

金なら腐るほどあるし、魔法の腕ではレヴィにだって負けていない。

私は自分が、なんでもできると思っていた。

けれどそんなことはなかったのだ。

だって……私には、本当に大切な人をこの手で助けてあげることすらできないのだから。

自分の情けなさに、涙がこみ上げてくる。

膝立ちになっている私の頬を、レヴィが優しく撫でた。

「一つだけ……お願いが、あるの……」

「――なんでも言いなさい！　私に叶えられないことなんて、ないんだから！」

精一杯の空元気を振り絞りながら、胸を張る。

それが最期の願いだというのなら、たとえどんなものだって叶えてみせる。

そんな風に気張っている私を見たレヴィが笑った。

土気色になったその顔色を見ていると、更にぽろぽろと涙がこぼれてくる。

「マルトを……お願い……」

「任せなさい！　あなたに負けないくらいに一流の魔導師に――」

「マルトには……普通の生活を、させてあげたいの。でももしあの子が自分から魔法を学びたいと言ったなら、その時は――」

了解の意を告げるために、強く手を握りながら頷く。

その様子を見たレヴィは優しく笑い……そしてその手は、力を失った。

この日私は、世界で一番の親友を失った。

そしてその忘れ形見であるマルト様を見守るため……メイドとして彼の側仕えをする決意を固めたのだ――。

幸い、リッカー家の当主であるヴァルハイマー様は優しい人だった。

彼は私の願いを聞き入れ、メイドとして雇い入れてくれたのだ。

里にいるエルフ達が私のことを見れば『誇り高いエルフが下賤《げせん》な人間に仕えるなど！』と激怒するに違いない。

ただ私は里を出て姓を捨てた時点で、既にエルフとしてのプライドなど捨てている。なので敬語を使ったり、使用人としての所作を学ぶことにもまったく抵抗はなかった。

レヴィの子供を様付けで呼ぶのに、最初は少しだけ戸惑《とまど》ったけれど。

幸い私は記憶力と要領はいい方だ。

私は仕事を覚えてからは適度に手を抜きながら、メイドライフを満喫《まんきつ》することになる。

私がレヴィの子供であるマルト様のお付きのメイドになったのは、彼が二歳になった時のことだった。

マルト様は、不思議な子だった。

ぽやぽやしているようで、芯《しん》がしっかりとしていて。

どれだけぶたれても文句の一つも言わない心の強さは、レヴィ譲りなのだろう。

マルト様の兄であるブルス（当然あんな豚は呼び捨てだ）は、本当にひどい子供だ。

レヴィに似た美しい黒髪黒目を馬鹿にするだなんて！

本当ならブルスを八つ裂きにしてやりたいところだったけれど……マルト様の立場を考えるとそれもできなかった。

上の二人は正妻の息子達だが、三男であるマルト様は既にいない側室の子供だ。

家の中ではその立場も弱いため、正妻であるミハイ（こいつも性悪《しょうわる》だから呼び捨てだ）に目をつけられるわけにはいかなかった。

下手に私が口出しをするわけにもいかず、できることといえば大きな怪我をこしらえた時に回復の魔道具やポーションを使って傷を治してあげることくらいだ。

回復の魔道具は結構値が張るけれど、金には困っていないしそれは問題ではない。

しかし、完治させてしまい私が手を回していることを勘付かれるわけにはいかなかったため（そんなことになればお付きのメイドを替えられ、マルト様が本当に死んでしまうかもしれない。それだけは絶対にごめんだった）、私は応急処置しかすることができなかった。

ブルスが成人する十二歳になればこの暴力も減るだろう。

そう思って耐えてきたのだが……想定外のことが起こった。

いくらお付きのメイドとはいえ、四六時中一緒にいることができるわけではない。

私が目を離していた隙に、ブルスはマルト様を意識を失うほどにボコボコにしたのだ。

急ぎ回復の魔道具とポーションを使い治療を試みる。

幸いにも傷はある程度治ったが……完治したとは言いがたい。

回復魔法が使えないことを、また後悔することになるとは思わなかった。

幸い呼吸は安定しているが、意識を失ってから丸一日が経っても目を覚まさなかった。

私が覚悟を決めて私費で光魔導師を呼び出そうとしたその時……マルト様は意識を取り戻した。

きっとそれはマルト様の、第二の目覚めだったのだと思う。

「フェリス、俺に……魔法を教えてほしい。やられっぱなしは、趣味じゃないんだ」

そう口にするマルト様の顔は、私が憧《あこが》れて共に歩んできたレヴィにそっくりで。

『でももしあの子が自分から魔法を学びたいと言ったなら、その時は――』

――レヴィ。

どうやらあなたの息子は……母譲りの負けず嫌いに育ったみたいですよ。

そして……安心して天国で見守っていてください、レヴィ。

この子は私がきっちりと――どこへ出しても恥ずかしくないような、一流の魔導師に育ててみせますから。

◆

生まれて初めての魔力切れで倒れてしまったマルト様をベッドに寝かせてから、私は日課の仕事を終え、私室に戻ってくる。

ふぅと軽く息を吐くと、張っていた緊張の糸が切れ思わずへなへなと倒れ込んでしまいそうになった。

「まさかたった一日で魔法を使えるようになるなんて……」

今日私は、マルト様に翻弄《ほんろう》されているうちに一日が終わってしまった。

たった一日で魔法を使える……というのは、普通ではあり得ないことだ。

通常、体内にある魔力が知覚できるようになるまでに時間がかかるのは当然のこと。

一ヶ月以上必要になることもざらで、私も当然それくらいの期間を見込んで育成計画を立てていた。

幼い頃から神童と周囲にもてはやされてきた私でさえ、知覚できるようになるまでに三日かかったのだ。

それがまさか当日……というか、言われてからすぐにできるようになるなんて。

まぁ、それはいいのだ。

厳密に言えば良くはないのだけど……その後のことと比べれば、すぐに魔力が知覚できるようになったことくらいは些細なことだ。

「無詠唱と魔力の物質化……魔力を知覚した当日に使えるようになるなんてことがあり得

るの？　……いや、実際に目にしたからあり得るのはわかってはいるんだけど」

無詠唱魔法は、超がつくほどの高等技術だ。

己の中に、よほど確固たるイメージがなければ使うことができず、難しすぎるわりに覚えた際のリターンが見合わないと誰も練習をしない技術の筆頭である。

たとえば私は、詠唱をせずに魔法名だけを口にする、いわゆる詠唱破棄《はき》の技術を使うことができる。

私はこの技術を使えるようになるために三年かかった。

ちなみに詠唱破棄に三年というのは、エルフのアカデミーで最短記録だった。

王国の魔法使いの水準で話をすると、一般的な魔法使いでは詠唱を短縮する詠唱短縮ですら使える者はごく一部。

この事前知識があれば、マルト様がたった一日で無詠唱魔法を使ってみせたことがどれくらいあり得ないことなのかよくわかると思う。

詠唱というのは魔法を使うための説明書のようなものだ。

自身の中に内在している魔力を外へ取り出し自然の摂理《せつり》をねじ曲げるためには、複雑な工程が必要となる。

それをアシストし、自身を魔法発動までの一つの部品のようにすることで魔力を人に扱えるようにした技術こそが魔法だ。

無詠唱で魔法を使うというのはたとえるなら、設計図を作らずに家を建てるようなものだ。


それで曲がりなりにも風魔法が発動したのだから、マルト様の規格外っぷりは凄《すさ》まじい。

優秀な魔法使いが一つの属性を数年という期間をかけて極め、属性の性質そのものの根源を理解できるようになって初めて使える技術が詠唱短縮。

その上位互換《ごかん》が詠唱破棄であり、更に越えられない壁の先にあるのが無詠唱だ。

三歳児で無詠唱魔法が使える。

この事実を知られると……色々な意味でマズい。

どのくらいマズいかと言われると、多分辺境の田舎《いなか》で彼の才能が見つかっていれば忌《い》み子として幽閉《ゆうへい》生活を送っていたであろうくらいにはマズい。

とりあえず詠唱破棄と言い逃れができるように、しばらくの間は魔法名だけは叫んでもらう必要があるだろう。それでもおかしいのはおかしいんだけど、そこは私の弟子だからで通せばなんとかなるはずだ。

「それに魔力の物質化までやっていたし……末恐ろしいわね、ホントに」

彼がどこまで行けるのか、見てみたい。

立ち上がり鏡を見つめると、青銅鏡の向こう側にいる私は笑っていた。

「……鬼の子もまた、鬼ってことなのかしらね」

レヴィ、あなたの息子はきっととんでもない逸材《いつざい》だ。

マルト様が成長したら一体どうなってしまうのか……ちょっと怖いけど、それ以上に楽しみで仕方がないわ。


私は事前に立てていた学習計画を全て、捨てることにした。

王国と比べれば優れているエルフ式の魔法教育であっても、今のマルト様には窮屈《きゅうくつ》すぎる。

この子の自由な発想力を、凝《こ》り固まった固定観念で縛り付けるべきではない。

そう思った私は教師としてはあり得ないことかもしれないが、彼に対して何かを教えることを止めることにした。

私はマルト様が魔法を使う様をジッと見つめ、そして助言を求められればその時は遺憾《いかん》なく自分が持っている知識を発揮する。

そして毎日模擬戦をして、彼に自身の魔法を改良させるというやり方を採ることにした。

一見すると遠回りに見えるかもしれない。

けれど私には、これが一番の近道であるという確信があった。

たしかにマルト様がやっていることの中には、エルフとして長い時を生きてきた私ですら理解のできないようなことも多かった。

どこからどう見ても無駄にしか見えなかったり、一見すると遠回りにしか思えなかったり……見ていて思わず口を出しそうになったことは、一度や二度ではない。

けれどマルト様は、紛《まぎ》れもない天才だ。

私が持っている魔道具に、測定球というものがある。

これは自分の得意属性を調べることのできるものなのだが、マルト様がこれを使うと得意属性が四属性全てだということが判明した。


通常、魔法使いの得意属性は一つ、多くとも二つに限られる。

それを四つ同時に……これもまた、あり得ないことだ。


だがこの程度は序《じょ》の口《くち》。

彼は修行を始めてからさほど時間も経たないうちに、光魔法と時空魔法、付与魔法という三つの系統外魔法を使えるようになっていた。

エルフが魔力との高い親和性を持っているとは言え、私が使える魔法は四属性魔法と時空魔法、精霊魔法の六つのみ。

既に使える魔法の種類では、追い抜かされてしまったということになる。

私がどれだけ練習をしても使えるようにならなかった光魔法の才能がマルト様に宿っているというのもあって、思わず苦笑せずにはいられなかった。

この時点で使える属性が七つ……更にそこから間は空いたものの、次は召喚魔法や精霊魔法まで使えるようになってしまった。

開いた口が塞がらないというのは、こういうことを言うのかもしれない。

（一体どれだけ多才なのですか！）

今ではマルト様の器用さは、今まで見たことがあるどの魔導師よりも上。

既に使える魔法の数でも、アカデミーで魔法を教えていた校長に匹敵しているだろう。

まだ成人する前からこれだ。

果たして将来どれほどの傑物《けつぶつ》になるのか……。

魔力を使い続けていたからか、最近では魔力の量もかなり増えている。

そういえばどこかで、幼年期の魔力の使用による魔力量増大法の論文を見たことがあった。眉唾物《まゆつばもの》だと思っていたけれど……今のマルト様を見ていると、あれは本当だったのかもしれない。

既に私に迫るほどの魔力量を手に入れつつあるマルト様は、魔法のスキルレベルをかなり高いところまで上げていた。

魔法はスキルレベルが上がればそれだけ魔法発動に必要な魔力量が減り、また新しい魔法を使うこともできるようになる。

今はまだマルト様ご自身のレベルが低いために私が圧倒することができているが、マルト様が将来魔物と戦いレベルを上げていくようになれば、追い抜かれてしまうかもしれない。

……いや、何自然にマルト様が冒険者になって魔物と戦うと想像しているのですか、私は！

そういえばマルト様は最近、近接戦でも戦えるようになりたいからと武器庫から武器を取り出して使い始めている。

しかも恐ろしいことに、誰に習ったわけでもないのに剣の腕が上達しているのだ。

(一体何と戦うおつもりなのですか⁉)

ドラゴンスレイヤーである私が、心の中でそう突っ込まずにはいられないほどに、マルト様はメキメキと実力を上げていく。

そのあまりの上達の早さの理由はわからない。

私個人としては、わからないままでいいのかもしれないと思っていた。

七歳であそこまでストイックに戦う訓練をし続けるのには、理由があるに決まっている。

けれどそこに突っ込んでしまえば、私とマルト様の関係性が変わってしまうかもしれない。私はそれが怖くて……マルト様の事情を聞けずにいた。

もちろんこれがいけないことだとはわかっている。

いつまでも何も聞かずにはいられないということも。

でもこの四年間は、私にとって何物にも代えがたいほどに楽しかった。

それこそレヴィと一緒に冒険者をやっていた時に匹敵するほどに。

だからこそ私はただマルト様を強くすることができればいいと、そう思っていた。

けれど聡明《そうめい》なマルト様が、そんな私の気持ちに気付かないはずがなく……私はある日、彼に突然真実を告げられた。

「フェリス。俺には……前世の記憶があるんだ」

マルト様は真剣に、自分の身にあったことを教えてくれた。

自分がここではない世界から、女神様に見込まれてやってきたこと。

邪神の使徒と戦わなければいけないこと。

マルト様が抱えているものの重さを知り、私はあそこまでストイックに訓練を続けていた理由をようやく知った。

彼は今まで、たった一人で戦い続けていたのだ。

魔法の師匠である私にすら、本当の事情を隠したまま。

なんという体《てい》たらくだろう。

これでは師匠失格だ。天国にいるレヴィにも顔向けができない。

「マルト様……ずみばぜんでじた!!」

「な……なんでフェリスが謝るのさ！　フェリスは何も悪くなんか……悪いのは色々と隠してた俺で……ぐすっ……」

私は気付けば涙を流し、マルト様は気付けばもらい泣きをしていた。

私達は二人で泣き合って……そして頷き合った。

きっとこの時、私達は本当の師匠と弟子になったのだと思う。

レヴィ、あなたの息子はとんでもない子で……だからこそ、どうしようもなくあなたの子供よ。

でも私はこの子を、しっかりと育ててみせるわ。

だって大切なものを失うのは、もうこりごりなんだもの。

私はこの子が将来、どんな敵と戦っても倒すことができるように……鍛え上げてみせる。

そしてその日から、私は今までより更に真剣に、本気でマルト様と向き合うようになるのだった——。

◆

光陰《こういん》矢のごとしとはよく言ったもので、俺は気付けば十歳になっていた。

このアトキン王国では十二歳が成人……つまりは仕事に就くまでに残されている時間は、あと二年まで差し迫っている。

けれど逆に言えば、まだあと二年もあるのだ。

そんな風に楽観的に考えながら、俺は今日も魔法の訓練とフェリスとの鍛錬を続けようと思っていたのだが……。

「マルト様、旦那《だんな》様がお呼びです」

「父さんが？」

「ええ、いわゆる進路相談というやつですね」

「嫌な響きだ……僕が一番嫌いな熟語かもしれない」

今のところヴァルハイマー父さんとの仲はすこぶる良好だ。

母さんに似ているという俺のことをかわいがってくれ、基本的には放任主義で自由に育ててもらっている。

けれど父さんは海千山千《うみせんやません》の豪商であり、決して甘いだけの人間ではない。

進路の話か、一応決めてはいるんだけど……と、俺は少し重い足取りで父さんの部屋へと向かうのだった。


「入っていいよ」

ノックをしてからドアを開くと、そこには椅子に座って書類とにらめっこしている父さんの姿があった。

豪商と言うと成金で横にぶくぶくと太っているブルスみたいなやつを想像するかもしれないが、父さんはその真逆だ。

商売には印象というものも大切らしく、決して悪印象を抱かれぬよう父さんやエドワード兄さんはしっかりと細身の身体を維持していた。

最低限の自衛くらいはできるようにしておこうと今でも剣を振っているらしく、たしかに父さんの身体は、素人目に見ても引き締まっている。

ただその身体とは裏腹に、顔つきは優しい。

父さんはいつだって柔和《にゅうわ》な笑みを浮かべている。彼が厳しい言葉を使っているのを、俺は一度も見たことがない。

「あと二年で成人だ。僕がどうしてマルトを呼んだのかわかるかな？」

「はい、魔法学院への入学が十歳から許可されるから……ですよね？」

「その通り。マルトは賢いね」

「父さんほどではありません」

「口の達者さも僕譲りだね」

今まで完全に放任主義だった父さんが、なぜ急に俺のことを呼び出して進路の話をしようとしているのか。

考えてみれば、答えはすぐに出た。

――王立魔法学院への入学が許されるのは、十歳から。

父さんは俺に入学の意思があるのかを、確かめたいのだろう。

「父さんとしては通ってほしいと思っていますか？」

「商人として、そして新興貴族としての立場から言うならＹＥＳかな」

王立魔法学院とは、貴族の子弟達を立派な魔法使いにするための教育機関である。

入学した生徒達は二年という在学期間で、魔法のイロハと王国への忠誠心を叩き込まれる。

最初は地方貴族の子供達をある種の人質に取るためのシステムだったらしいが、今では地方貴族の子供達の方がこぞって入学を希望するようになっている。

何せ王族や上級貴族の有力子弟達と接点を作れるチャンスだ。

親御《おやご》さん達の中にはなんとかして魔法学院に子供を入れようと、必死に家庭教師をつけて学力を上げようとする人も多いと聞く。

「そういえば父さんは僕に家庭教師はつけなかったですよね？」

「うん、魔法関連の教育ならフェリスにしてもらえると思っていたし……それにマルトは本を読むのが好きだろう？　本人のやる気に任せて好きなように勉強してもらった方がいいかと思ってね」

なるほど、そういう意図があったのか。

でもいくらなんでも本と試験に出てくる問題では差が大きすぎる気もするけど……。

「それにマルトは魔導師なんだろう？　それなら実技試験の結果だけで特待生で入れるよ」

この三年間で、俺の秘密を知っている人はフェリス・父さん・エドワード兄さんの三人になった（当然のごとく、ブルスには言っていない）。

既に俺は父さん達にも女神様の祝福や転生の話をしている。

自分で想像していたよりもあっさりと、事情を受け止めてもらうこともできていた。

――そう、蓋を開けてみれば何も問題は起こらなかったのだ。

何せこの世界では女神様の啓示《けいじ》を受け取れる祈祷《きとう》なるスキルがあるらしいし、女神教では輪廻《りんね》転生はわりと普通に受け止められている。

案ずるより産むが易《やす》しとは正にこのことである。

「先に答えを言いますと……僕は魔法学院に入るつもりはありません」

「ほう、それはどうしてかな？」

「今更入っても、自分が得られるものがあまりないと思うので。それなら二年後のことを考えて、みっちりと自分を鍛えておきたいです」

「二年後……ということはつまり、将来の進路も決まったということでいいのかな？」

「はい、僕は——冒険者になるつもりです」


俺は家に残るのではなく、冒険者を目指すことにした。

冒険者というのは、簡単に言えば荒事《あらごと》もできる何でも屋だ。

薬草などの採取から魔物の討伐《とうばつ》まで実に多様な依頼を受けながら、その身体と命を担保《たんぽ》にして金を稼ぐ仕事のことである。


——魔法の練習を始めてからの七年間で、既に俺のレベルは頭打ちになっていた。

フェリスによるとこれが鍛錬で行ける限界ということらしく、これ以上レベルを上げて強くなろうとするのなら、やはり実戦を行う必要があるようだ。

強力な魔物と戦うためには各地を巡る必要もあるであろうことを考えると、やはり選択肢は冒険者以外に考えられない。

「冒険者、か……」

冒険者というのは根無し草のくせに力だけはある厄介者《やっかいもの》のような扱いを受けることも多い。

子供が冒険者になると口にして、それに賛成する親はほとんどいないだろう。

けれど父さんの声色からは、そういった反対というより、どこか諦念《ていねん》じみたようなものが感じ取れた。

「フェリスから話は聞いているよ。マルトが既に魔導師らしいと聞いた時は、自分の耳を疑ったよ」

「はい、一応フェリスからもお墨付《すみつ》きをもらっています」

「魔導師本人の言葉なら疑うはずもない。たしかにそんな人間が魔法学院に行く必要もない、か……」

この世界には魔法使いに三つの区分けがある。

一つ目が魔法使い、これはその名の通り魔法を使うことができる者のこと。

二つ目が魔術師、これはいくつもの魔法を使いこなすことができる者のことを指す。

そして三つ目が、魔導師だ。

魔導師とは魔法を使う者達を導くことのできる師だけが名乗ることを許される称号で、ざっくり言うなら一流の魔法使いのことを指している。

俺は五歳になってからすぐ、フェリスから人に対する魔法使用の許可を得る段階で魔導師を名乗ることを許されている。

「やっぱりレヴィに似たのかなぁ……僕がどれだけ説得しても、決意は変わらなそうだね」

「すみません」

「どうして女神様はことごとく僕の思惑《おもわく》を外そうとしてくるんだろうねぇ。ここまでくると、この悪運が誇らしくなってくるよ」

俺の言葉を聞いた父さんが、背もたれに身体を預ける。

頭を掻《か》きながら苦笑する様子は、俺が知っている父さんよりも老けて見えた。

年相応に見える父は立ち上がるとこちらに歩いてきて、そのまま俺の頭を乱暴に撫でてくる。

「いいよ、わかった。マルトはマルトの好きなようにやればいい。ただ一つだけ、約束を守ってくれればね」

「約束……ですか？」

「ああ」

父さんがしゃがみ、膝立ちになる。

目線が合い、その碧眼がじっと俺のことを見つめている。

見つめ返す俺の頭を、ぽんと叩く。

「絶対に父さんより……早く死なないでくれ。大切な人を失うのは……もうこりごりだ」

「……はい」

その瞳に映る寂寥感《せきりょうかん》に、思わず息を飲む。

母さんを失った父さんの傷は、きっと今もまだ癒《い》えていないのだ。

本当なら親の仕事の手伝いをしたり、教育を受けたりするような幼少期を、魔法に捧げることを許してくれた。

魔法を教えてくれたフェリスにはもちろん感謝しているけど、俺の好きなようにやらせて文句の一つも言わない父さんにだって、同じくらいに感謝している。

気付けば背筋が伸びていた。

ありがとう、父さん。

俺は父さんにわがままを言ってばかりだ。

俺は彼に、一体何を返せるだろう。

前世では大して親孝行をしないうちに、父さんは死んでしまった。

だから今世では、恩返しがしたいと、そう強く思った。

「いつか……」

「ああ」

「いつか誰にも負けないくらい強くなったらその時は……父さんのことを、助けてみせます」

「――おお、それでこそ僕と……レヴィの息子だ！」

こうして俺は魔法学院には通わず、あくまでも独学を続けさせてもらうことにした。

そして更に二年の月日が経ち、旅立ちの日がやってくる――。

◆

「ふぅ……」

剣を正眼《せいがん》に構えて相対するのは、俺の魔法の師であり、同時にメイドでもあるフェリス。

彼女はスカートの内側に仕込んでいる黒い短剣を抜き取り、両手に構えた。

「シッ！」

俺が全速前進すると同時、フェリスの右手が揺れる。

手首のスナップによって投擲されたナイフは、通常ではあり得ない速度と軌道で俺の右脇腹を狙って襲いかかってくる。

（投擲術による速度補正と、風魔法による投擲武器の加速……大丈夫、これならまだ捌《さば》け

る）
俺は正眼に剣を構えたまま、わずかに速度を緩める。
そして足は止めずに、迫ってくるナイフの方へ目を向けた。
そのまま無詠唱で水の壁を作り出し、俺とナイフの間に即席の壁を作り上げる。
水の中にダイブしたナイフは、その勢いを殺されながらも直進し貫通する。
けれど逆側から出てきた時には、既にその場所に俺はいない。
各種付与魔法をつけている俺の速度もまた、常人から逸脱《いつだつ》している領域にある。
迫ってくる俺を見ても、フェリスは顔色を変えずそのままパチリと指を鳴らした。
「ウィンドガトリング、もいっちょウィンドガトリング」
彼女が発動させたのは、多数の風の弾丸を放ち続ける面の攻撃。
おまけにそれを二つ、十字砲火《クロスファイア》の要領で放ってくる。
軽く息を吸い、止める。
気合いを入れ、魔法を発動させた。
土の壁を生み出しながら前に進む。
当然ながら弾丸の前ではすぐに壁は壊れ、穴が空いてしまう。
けれど穴が空けばまたすぐに新たな壁を生み出していく。
進むスピードは遅くなったものの、激しい攻撃に晒《さら》されても傷一つ負うことはない。

無詠唱魔法の強みは、この展開力と発動までの圧倒的な速さにある。

詠唱をする必要もなければ、魔法名を唱える必要もない。

即時発動を狙うなら魔法は己の魔力量に飽《あ》かせたシンプルなものに限られてしまうが、それでも相手より手数を増やせるという重みは大きい。

俺はフェリスの邪魔をするためにファイアボールを無詠唱で発動させ、彼女へ向ける。

少し多めに魔力を込めたおかげで、一撃の威力は高い。

フェリスは右手側の魔法の攻撃方向を変え、火球を迎撃《げいげき》。

その分攻撃密度が薄くなった。

これなら——力押しで通れるッ！

「隙ありッ！」

「まだまだです！」

十分に近付いてから一撃を叩き込んだが、見事にフェリスに受けきられてしまう。

彼女の短剣はその刀身をゆらめかせながら、奇妙な光を放っている。

一撃、二撃、三撃。勢いをつけて攻撃を叩きつけるが、見事に受けられる。

フェリスが使っているのは短剣だが、彼女は風魔法を使うことでその刀身を延長させている。

なので得物による有利不利の差はない。

しかし俺と彼女では、振ってきた剣の数が違う。

俺の一撃は彼女のメイド服をわずかに裂くだけに留まっているが、フェリスの風の刀身は着実に俺に失血を強いていた。

ただ、元が短剣である分、相手の一撃は軽くなる。

致命傷だけは食らわないよう弱点への攻撃は避けながら、剣と並行して魔法を練り上げていく。

無詠唱で発動させるは水の槍《やり》。

「甘いですッ！　こっちも工夫がお粗末！」

俺の本命は水の槍と少し離れた位置から放った風の槍だったのだが、工夫は見透かされ、どちらもさらりと避けられてしまう。

二連続の回避で体勢を崩したところを狙ってみたが、それすらブラフでこちらを誘い込むための罠《わな》だった。

気付けば防戦一方になり、傷が増えていく。

「ウィンドブースト」

フェリスが風を纏い、更に速度が上がっていく。

付与魔法の方が強化効率は高いはずなんだが、熟練度の差が俺とフェリスの速度の差を更に大きくしてしまう。

気付けばフェリスの斬撃は目にも止まらぬ速さに加速しており、無詠唱で発動させる回復魔法をフェリスがつける傷の数が上回るようになった。

こうなったらジリ貧《ひん》だ。

俺は無詠唱で風を思い切り叩きつけ、距離を置いてから精神を集中させる。

少しの余裕があれば、無詠唱でも全ての魔法は行使できる。

俺は今放つことができる最大火力の魔法である上級風魔法、グリムテンペストを発動させた。

暴風が渦を巻き、フェリスへ襲いかかる。

渦に巻かれてフェリスの姿が消える。

「ウィンドテンペスト」

フェリスの声が聞こえると同時、竜巻が消え、首筋にピタリと剣が当てられる。

「降参しますか？」

こんな状況で降参しないはずもないので、素直に白旗を上げる。

ため息を吐きながら回復魔法で傷を癒やし、フェリスにできている傷も治す。

最後に時空魔法を使って破れた衣類を修復してから、どかっと地面に座り込んだ。

「はぁ……結局最後まで一度も勝てなかったか……」

「でもどんどん強くなっていますよ。このままではそう遠くないうちに抜かれてしまうかもしれません」

そう言って笑うフェリスには、まだまだ余裕がありそうだった。

背中くらいは見えると思ってたんだけど、どうやら戦いの道はまだまだ先が長いらしい。

レベル差の問題はあるだろうけど、この九年間でスキル構成に関しては恐らくこの王国でも一、二を争うくらいに充実させられたという自負がある。

それでも結局、一度だってフェリスに本気を出させることもできなかった。

「冒険者としてやっていけるか、なんだか不安になってきたよ」

「何も不安になる必要はないと思いますが……マルト様は十分、人外の領域に片足を突っ込んでますので」

「……それ、褒めてる？」

「もちろん褒めてますよ、なぜなら私もそちら側なので」

「──本当に褒めてたんだ!?　それならもうちょっと言葉を選んでよ！」

今日は俺の十二歳の誕生日──つまりは独り立ちするために家を出る、旅立ちの日だ。

最後くらい一矢報いてやろうと思ったんだけどなぁ……。

俺が悔しがっていると、フェリスは笑いながらごそごそと何かを取り出した。

「これは……？」

そこにあるのは、一本の剣だった。

長さは短すぎず長すぎず、俺が今使っている直剣くらい。

刀身は薄く虹色に光っており、魔力感知を使ってみるととんでもない魔力量があることがわかった。

「冒険者だった頃に、あなたの母——レヴィが使っていた剣です」

「母さんが……」

受け取ってみると、ずしりと重い。

今の俺の腕力だと、付与魔法を使わなければ十全に振り回すことはできないかもしれない。

「それと……これを」

「これは……マジックバッグ？」

アイテムボックスの魔法を付与した、本来より大量の物を入れることのできる魔道具だ。

現代の技術では再現が難しいらしいが……フェリスの話によると容量はかなり多いらしい。

となると十中八九、古代文明のアーティファクトだろう。

とんでもなく高価な代物だ。

「中にはレヴィと私が冒険者だった頃に使っていたアイテムが入っています。大事に使ってくださいね？」

「それはもちろん！　でも……本当にいいの？　こんな貴重なもの……」

「この子達も、埃《ほこり》を被《かぶ》っているより使われた方が嬉しいでしょうから」

「そっか……それならありがたくいただくね」

こうして餞別《せんべつ》ももらい、俺は身支度を整えてから屋敷のドアを開く。

外へ出ると、俺を待ち受けていたらしい父さんとエドワード兄さんの姿があった。

「これ、最初は何かと入り用だと思うから」

エドワード兄さんが渡してくれたのは、金貨の詰まった袋だった。

持った感触からすると、かなりの額が入っているようだ。

「僕からはこれだ。何か困ったことが起きたらこれを使って解決するといい。ただ大切なものだから、決してなくしたりしないようにね」

父さんが渡してくれたのは、リッカー家の家紋《かもん》である、ペンと剣の交差する紋章の彫り込まれたプレートだった。

これはリッカー家の縁者であることを示すものらしい。

こんな大切なものを……たしかにこれを出せば、面倒なゴタゴタも解決できるに違いない。

「マルト様……ご武運を。マルト様であれば越えられない困難はないと、このフェリス信じております」

「うん、フェリスもありがとう。——それじゃあ、行ってきます！」

今日のために父さんがチャーターしてくれた馬車に乗って、出発する。

こうして俺は、リッカー家を後にすることになった。

向かうは強力な魔物が跋扈《ばっこ》するという王国辺境の地——ジェン。

俺はまだまだ強くなる。

そしていつか……こうやって笑顔で送り出してくれる皆に、恩返しをしてみせる。

「……ぐすっ」

気付けば瞳からは涙が溢《あふ》れていた。

馬車から身を乗り出すと、轍《わだち》から外れガタリと車体が揺れる度、ぽろぽろと涙がこぼれた。俺は滲む視界の中、以前より大きくなった手を、屋敷が見えなくなるまで必死になって振り続けるのだった——。

父さん達と暮らしていたのは、男爵領として拝領している王国東部にあるギバルという街だ。

ジェンはそこから東へ進んでいったところにある辺境の街である。

治めているプジョル辺境伯はどうやら父さんと知己《ちき》ということらしいので、いざという時はあのプレートが威力を発揮することになるだろう。

そんなことにならないことを祈るばかりだ。日程は馬車を使って二週間ほど。

その間に俺は、今の自分にできることとできないことを確認していくことにした。

今の俺のステータスは、こんな感じだ。

マルト・フォン・リッカー
レベル19

火魔法　レベル10（MAX）
水魔法　レベル10（MAX）
風魔法　レベル10（MAX）
土魔法　レベル10（MAX）
光魔法　レベル10（MAX）
闇魔法　レベル10（MAX）
氷魔法　レベル10（MAX）
雷魔法　レベル10（MAX）
付与魔法　レベル10（MAX）
召喚魔法　レベル10（MAX）
精霊魔法　レベル5
時空魔法　レベル10（MAX）
物質魔法　レベル10（MAX）
呪術　レベル5
封印術　レベル6
魔力回復　レベル10（MAX）

魔力量増大　レベル10（MAX）
消費魔力減少　レベル10（MAX）
与ダメージ比例魔力回復　レベル10（MAX）
鑑定　レベル10（MAX）
剣術　レベル10（MAX）
短剣術　レベル8
双剣術　レベル6
槍術　レベル5
投擲術　レベル9
タフネス　レベル10（MAX）
体力増大　レベル10（MAX）
肉体強化　レベル10（MAX）
与ダメージ比例体力回復　レベル10（MAX）
攻撃力増大　レベル10（MAX）
防御力増大　レベル10（MAX）
敏捷増大　レベル10（MAX）
精神力増大　レベル10（MAX）

魔法攻撃力増大　レベル10（MAX）
魔法防御力増大　レベル10（MAX）
物理耐性　レベル10（MAX）
魔法耐性　レベル10（MAX）
熱耐性　レベル6
寒さ耐性　レベル5
気絶耐性　レベル10（MAX）
睡眠耐性　レベル10（MAX）
麻痺《まひ》耐性　レベル3
毒耐性　レベル4
呪い耐性　レベル5
隠蔽　レベル10（MAX）
偽装　レベル10（MAX）
隠密　レベル10（MAX）
魔力感知　レベル10（MAX）
生体感知　レベル10（MAX）
夜目《よめ》　レベル10（MAX）

マジックバリア　レベル2
物理障壁《しょうへき》　レベル2
言語理解　レベル10（MAX）
祈祷　レベル1

この九年間でできることは全部やった。

そう言い切れるだけのステータスになっていると思う。

取るスキルは全ての事情を知っていて、かつ先達《せんだつ》として色々な経験を持っているフェリスのアドバイスを大いに参考にさせてもらった。

その結果、色々と追加でスキルも取っている。

もちろん、全部を鵜呑《うの》みにしたわけじゃない。

一属性を極めた方がいいというフェリスのアドバイスを聞いた上で、魔法を追加で取ったりもしてるし（ちなみに新たに取った呪術や封印術といったスキルは、珍しいが一応持ってるやつも稀《まれ》にいる、くらいのレア度らしい）。

魔法以外にも各種耐性なんかも、とりあえず取れるものは全部取っておいた。

物理耐性と魔法耐性のおかげで、攻撃や魔法を食らってもそのまま動くことができるようになったのは大きい。

精神力や体力を色んなスキルで上げまくっているおかげで、今の俺はそんじょそこらの魔物の攻撃ではひるまないくらいには仕上がっている。

あと取って有用だなと思ったのは、魔力感知と生体感知かな。

前者は魔力を感じ取ることのできる力、そして後者は生き物の生命エネルギーを感じ取ることのできる力だ。

この二つのおかげで今の俺は不意打ちを警戒したりする必要がなくなった。

純粋に索敵《さくてき》能力も高くなったので、狙った獲物を探したり薬草を採取したりするのに今後困ることはないだろう。

恐らく今後冒険者稼業《かぎょう》をやっていく上で、大いに助けになってくれるはずだ。

各種体力系および気絶・睡眠耐性系のスキルを最大まで上げたおかげで、今の俺は気絶をしてから数分もすると意識を取り戻すことができるようになっている。

そのため、俺の魔力は増大の一途を辿《たど》っている。

魔力量はどうやらある程度のところで頭打ちになるというようなこともなく、既に魔力ところてんを魔力の限り出し切るよりも俺の集中力が切れる方が早いというところまで来た。

これ以上魔力を増やしてどうするのかと思わなくもないが、とりあえず夜に魔力を使い切るようにはしている。

ただここまで魔力が増えると使い切るのもなかなか難しいため、各種スキルポットに魔力を充填しまくっている。

魔法の訓練をしても余っちゃうけど、捨てるのはもったいないし。

今のところ魔力消費として有用なスキルもいくつか発見しているし。

ちなみにその筆頭は勇者スキルだ。こいつは獲得までに必要な魔力があり得ないほど多いため、俺の持っている魔力を全てぶち込んでもほとんどメーターが動かない。

ただフェリスとの話し合いをした上で、俺はあまりヤバすぎるスキルはある程度強くなるまでは取らないようにしようと決めていた。

なので俺のスキルポットには、充填完了寸前のところで止めてあるものが大量に存在している。

スキルを取り過ぎるというのも考え物なのだ。

ステータスを確認する時に見づらい……というだけではなくて、普通に色々とマズいことになりかねない。

例えば俺は魔女や魔人、聖女や勇者といった普通では絶対に取れるはずのないスキルを、祝福の力で取ってしまうことができる（そう、なんと驚いたことにどうやら俺は聖女にもなれるらしいのだ……なる気はさらさらないけど）。

死霊《しりよう》術や禁術などは持っているのがバレただけで国際指名手配犯になるくらいヤバい魔法らしいし、その他にも所持していること自体が犯罪とされるようなスキルも存在している。盗賊王や偽聖女、傾国《けいこく》や毒婦《どくふ》なんかがそれだな。そして当然ながら、俺はその全ての獲得が可能だ。

更に言うと不老のような持っていることがバレたら最後、研究所送りになるようなスキルも多くある。種族変化のスキルなんかは明らかにヤバそうなので、俺がハイエルフのスキルを獲得する日は一生来なそうだ。

スキルなんかあればあるだけいいと思っていたが、なかなかそうもいかないようだった。なので俺はもうちょっと王国の事情に精通してから、問題なさそうなスキルを取っていこうと思っている。

スキルの一つ一つの能力は、即座に勝ち負けに直結するようなものではない。ある程度ゆっくり決めていくくらいの余裕はあるはずだ。

ただ俺は一つ、取るかどうか迷っているスキルがある。

『スキル変換』を使用し、ホログラムをスクロールさせていく。

……

スキル魔法

……

スキル魔法――フェリスの話では、恐らく俺の祝福でだけ得られる特別なスキルの可能性が高いってことだったが、うーん……取るべきだろうか。

スキルポットに既に魔力はギリギリまで溜めている。

おかげで取ろうと思えば、いつでも獲得は可能だ。

……いや、やっぱり答えは女神様に聞いてからにしよう。

何かあった時に話を聞けるように、わざわざ祈祷スキルも取ったんだし。

ジェンに行ったら、女神様の教会に行ってさっそく話を聞くことにしようかな……そんな風に考えながら、いつものように魔力を使い切っては起きてを繰り返すことしばし。

そろそろジェンの街が見えてくるか……といったところで、俺の魔力感知と生体感知に反応があった。

これは……反応的に人と魔物、かな？　動物にしては魔力が多い気がするし……。

感知を続けていると、どうやら人間側が劣勢のようだとわかる。

窮地を知っているのに助けないのも寝覚めが悪い。

「ごめん、ちょっと人助けするから待っててくれる？」

「え……ちょっと、坊ちゃん⁉」

俺は御者《ぎょしゃ》のおっちゃんの制止を振り切り反応の下へ急行する。

するとそこには――手負いの女の子達三人と、それを取り囲むように睥睨《へいげい》している豚頭の巨人の姿があった。

「ちっ、ミラ、残りの魔力は！」

「あと二発……気絶していいなら三発！」

「ジリ貧だな……上等ッ！」

女の子達は、いかにも冒険者ですといった格好をしていた。

真っ赤な革鎧《かわよろい》を身につけた女剣士に、ローブを身に纏っている魔法使い然とした女の子、そして既にグロッキーな状態で膝立ちになっている、プリーストのような格好をした女の子だ。

魔物達の数は合わせて四体。剣士の女の子を二体がかりでしっかりと押さえ込み、残る二体が魔法使いの女の子へじりじりと近付こうとしている。

元Sランク冒険者であるフェリス直伝《じきでん》の情報と照らし合わせながら、状況を観察する。

（あの豚頭は……多分オークだな。ランクは下から三番目に高いD相当、けれど群れて四体いることから考えると、難易度としてはCランク前後ってところかな）

オーク自体はDランクの魔物だ。

Fランクから始まる冒険者の中では可もなく不可もない強さといったところだろう。

けれどその肉体は非常に強靱《きょうじん》で、振るう力も人間とは比べものにならないほどに強い。そんな奴らが複数で群れているとなれば、普通の冒険者パーティーでも厳しいということなんだろう。

「ブヒイイイイイッッ!!」

（しかし、あれが魔物か……）

話に聞くのとこうして目で見るのとでは違う。

人間の胴体についている豚の頭は鳴き声を出しながらよだれを垂らし、三人に視線を固定させている。

中には舌なめずりをしている個体もいて、その様子を見たプリーストの女の子はか細い悲鳴を上げていた。

オーク達が何を考えているのかも、大体想像がつく。

この世界では、魔物のうちの一部は人間との生殖《せいしょく》が可能だ。

あのオーク達は恐らく三人全員を生け捕りにして、お楽しみにふけるつもりなのだろう。まあそんなこと、させるつもりはないけど。

せっかくなので実地でスキルを使おうと、隠密のスキルを発動させる。

瞬間、すうっと自分の身体が薄くなっていくような感覚が訪れたかと思うと、わずかに魔力が消費される。近付いていくが、オーク達も女の子達もこちらに気付いた様子はない。

試しに足音を立ててみるが、それでも気付かれなかった。

なるほど、Dランクの魔物程度ならほとんど気付かれずに奇襲ができるのか。

魔法使いの女の子の後ろに回り込もうとしていたオーク達の後ろに立ち、そのまま剣を取り出す。

両手で握るのはフェリスから手渡された、母さんの形見の剣だ。

えっと名前はたしか……聖業剣《せいごうけん》カルマって言ったっけ。

せっかくだし、この剣──カルマの試し切りでもさせてもらおうかなっ！

剣を振り上げ、思い切り首筋へ一撃を叩き込む。

「プギイイイイッッ!?」

幸いそこまで硬くはなかったようで、分厚い脂肪の奥の動脈を切った手応えがあった。

「助けが必要かと思ったから割り込んだけど、大丈夫？」

「──ええ、ありがとうございます！」

「そうか──ウィンドブラスト！」

迫ってきていたもう一体の方に手を向ける。

次はオークの魔法耐性を調べてみたかったので、風魔法を使ってみることにした（もちろんフェリスのアドバイス通り、きちんと詠唱破棄をしているようにみせかけながら）。

暴風がオークの脂肪を押し上げ、その下にある筋肉と臓器をズタズタに裂いていく。

風魔法の中ではそこまで強力な魔法でもないけれど、オークは一瞬で事切《こと き》れてしまった。剣士の女の子をいたぶって楽しんでいたらしい残る二体は、突然の乱入者に慌てふためいていた。

狩る者が狩られる側に回るなどとは思ってもみなかったらしい。

付与魔法の身体強化を使い、警戒されないように剣士の女の子の下へ近づいていく。

「あ、あんたは……？」

「俺か？　俺は――」

ボロボロになっていた彼女が、こちらを見て目を見開いているのがわかった。

残る二体のオークは、顔に焦りの表情を浮かべながらそのまま逃げ始めた。

一瞬のうちに二体の同胞《どうほう》を倒してみせた俺を見て、敵わないと悟ったんだろう。

しかし、オークの身体能力は高いとは聞いていたが……こんなもんか。

フェリスの風魔法の高速機動を見た後だと、スローモーションを見ているみたいだ。

剣の振り下ろしで右のオークを斬り伏せ、そのままV字に切り上げて左側のオークも倒してみせる。

「――通りすがりの、冒険者志望者だ」

二体が絶命したのを確認してから、剣士の子の方に歩いていく。

彼女の怪我が一番重そうだ、下手をしたら骨の一本や二本は折れているかもしれない。

「……まさか冒険者ですらねぇとはな……」

ガクッと地面に倒れこみそうになった彼女の腰を抱き留める。

思っていたよりもほっそりとしており、思いっきり抱きしめてしまった。

この世界ではスキルがあるから、見た目と能力が一致しないのが困りものだ。

「あ、ありがとう……」

「大丈夫、それよりひどい怪我だ、早めに治さないと——ハイヒール」

見ず知らずの人間にあまり魔法の力を見せすぎるなと言われているので、とりあえずハイヒールを使って傷を治していく。都合三度ほど使うと、剣士の子の傷は完全に治った。

「——す、すごいです！」

「わわっ!?」

気付けば隣にプリーストの女の子がやってきており、俺はがしっと手を掴まれていた。

彼女はなぜかきらきらとした顔でこちらのことを見つめている。

「詠唱破棄でハイヒールを三回だなんて！　もしや高名な司祭様だったりしますか!?　そうですよね、私にはお見通しです！」

「いや、生憎《あいにく》教会に一度も行ったことはなくて……」

「なんと!?　それでそこまでの光魔法の腕をお持ちとは……」

先輩冒険者ということで、とりあえずきちんとした態度を取っておくことにする。

俺はまだ冒険者ですらないわけだし。空いている左手で軽く剣士の触診をする。

どうやら傷は完全に治ったらしく、問題はなさそうだった。

折れていた腕も、問題なく動くようだ。

「ごめん、この子――マリアは一度スイッチが入るとこうなっちゃう子でさ……あたしは剣士のエイラっていうんだ。あんたの名前は？」

「マルト……冒険者志望のマルトです。冒険者になるために、ジェンの街に向かってます。その道中で戦闘音が聞こえてきたので助けに来ました」

「本当に助かったわ……私は魔法使いのミラ、よろしくね？」

気付けばミラさんに空いている方の腕を取られていた。な、なんという早業《はやわざ》……。

「とりあえず倒したオークは持っていってくれていいぜ。なんなら魔石と討伐証明部位だけでも取ってこようか？」

魔石は知ってるけど……討伐証明部位？

話を聞いてみると、名前そのままギルドに持って行くと討伐を証明してもらえる部位だそうだ。

オークの場合は鼻になるらしい。

「いや、大丈夫です。まとめてしまっちゃうので」

アイテムボックスを使い、オーク達の死骸《しがい》をまるごと収納していく。

それを見た三人は……あんぐりと大きく口を開いていた。

……しまった！

いつもの癖で、つい……。

「マ、マルト、それってもしかして……」

「時空魔法⁉」

「は、はい。一応アイテムボックスは使えますね」

「なんつぅルーキーだ……まさかアイテムボックス持ちとは……」

「す……すごいわ！　ねぇマルト、詳しい話を聞かせてくれないかしら！」

「マルトさん、私には回復魔法の詠唱破棄について是非……」

「ちょ、ちょっとストップ！」

こんな風に複数人の女の子から猛烈に話しかけられることが前世も含めてなかったため、戸惑ってしまう。

落ち着け俺、素数を数えてクールになるんだ……一三まで数えたところでちょっとだけ頭がクールになった。

大丈夫、問題ない。まだ十分リカバリーは利く。

どうせアイテムボックス持ちなことはいずれバレてたはずだ。

それなら先輩冒険者から色々聞けるチャンスと捉えることにしよう。

俺は一回深呼吸をしてからくいっと親指で後ろの方を指す。

「馬車を待たせてますので……よければ乗っていきますか？」

三人がそれに否《いな》やと言うはずもなく。

俺は馬車の中で色々と質問攻めに遭ったり、逆に質問攻めにしたりしながらジェンへとたどり着くのだった――。


「オークやゴブリンの討伐証明部位は鼻でさ。間違って削《そ》ぎすぎると鼻水が垂れてくるんだ。魔物の鼻水ってめちゃくちゃ臭いから、上手いことやらないと袋の中が鼻水まみれで臭くなるんだぜ」

「しかもオークのってなんかドュルドュルってしてて気持ち悪くて……」

「うわぁ、聞きたくなかった冒険者のリアルだなぁ……」

俺は剣士のエイラさんがリーダーを務める『左傾《さけい》の天秤《てんびん》』の三人と、普通に仲良くなっていた。

窮地を助けられておまけに怪我も治してくれたというだけあって、三人の好感度は俺が思っていたより高い。

普通に話してほしいと言われたので、今ではため口で話をしている。

三人はEランク冒険者パーティーらしい。ちなみに年齢は全員俺の一つ上とのこと。ただ学校自体がお貴族様の通う高等教育機関ということもあり、王国では現代日本と比べると年齢に関してはアバウトなところが多い。

なので俺も先輩冒険者というより、年の近い女の子達という感覚の方が強かった。

『左傾の天秤』は同じ時期に冒険者デビューをした三人で組んだパーティーらしく、最近では魔物相手の戦闘もある程度こなせるようになってきたということらしかった。

「一応ゴブリンやスライム相手なら後れを取ったことはなかったんだけど……自分達より多いオーク達に襲われたら流石にどうしようもなかったよ」

「なるほど……オークが四体現れるというのは、あまり普通ではないことなのか？」

「ああ、ジェンの近くはプジョル辺境伯の領軍が定期的に魔物を狩ってるからな。基本的に森に行かないと強い魔物は出てこないはずなんだが……」

どうやらあそこは本来オークの生息域ではないらしい。

エイラさん達『左傾の天秤』はいつものようにゴブリンとホブゴブリンを討伐していたところ、突如《とつじょ》として現れたオーク達に襲われて戦闘に入ったのだという。

そんな話をしていると、ジェンにつくまではあっという間だった。

「冒険者志望ってことは、まだギルドカードは持ってないですよね？　身分証とかありますか？」

マリアさんに聞かれた時、脳内に父さんからもらったプレートがよぎった。

……流石にあれを使うほどのことじゃないよな。

彼女の口ぶりから察するに、身分証がなくても問題はなさそうだし。

「ないとマズいかな？」

「その場合はボディチェックと通行料、場合によっては保証人が必要ですね」

「もし何か言われたら私が保証人になるから、安心してくれていいわよ」

「ちょ！　あたしが言おうと思ってたのに！」

実際問題はないらしく、通行料として銅貨五枚を払い、軽いボディチェックを受ければ問題なく通過はできるらしい。

母さんの剣をしまい、アイテムボックスの中に入れていた鉄の剣を出す。

フェリスに餞別としてもらった、母さんが使っていたもののうちの一つだ。

そしてここまで連れて来てくれた御者に別れを告げて少しのチップを渡し、あとは徒歩で門へと向かうことにする。

「大きい……」

見えてきたジェンの街は、ぐるりと城塞《じょうさい》で囲まれていた。

辺境なだけのことはあり、魔物への備えは万全らしい。

立っている衛兵達も、なかなかに魔力量が多い。

「ジェンの街は全域を鉄の城塞で囲んでるんだ。おかげで定期的に起こる魔物の襲来があっても、まだ魔物達の侵入を許したことがないんだぜ」

「鉄で……それはすごいな」

城塞都市とは聞いていたが、石でできた石壁をイメージしていた。

外から見ると妙に黒っぽいように見えたのは、あれが鉄だったからなのか……。

街を覆うとなると、とんでもない量の鉄鋼が必要なはずだ。

もしかすると近くに鉄鉱山でもあるのかもしれないな。

少し並んでから、ボディチェックを終えて問題なく許可が出る。

「今思ったんだけど、マルトって武器とか自由に持ち込み放題だよな」

「エイラ、いくらなんでもそれは時空魔法使いに対する思いやりが欠けてるわ！」

「お、おお、そうだったか……ごめんなマルト、あたし魔法に関してはどうも疎《うと》くてさ」

「いや、気にしてないよ。実際俺も似たようなことを思ったりはするからさ」

アイテムボックスがあれば、ボディチェックなんかあってないようなものだ。

密輸や要人暗殺なんかの犯罪に使おうと思えばいくらでもできてしまう。

「時空魔法使いは国の宝よ。魔法は刃物と一緒。コックが使えば見事な料理を生み出すし、冒険者が振るえば人を魔物の被害から守ることができるわ。大切なのはどんな力があるかじゃなくて、その力をどんな風に使うかなんだから！」

どうやらかつて時空魔法の使える悪人が色々と悪さをしたこともあるらしい。

そのせいで地域によっては、時空魔法使いのイメージが悪い場所もあるんだって。

ミラさんはそのことが我慢ならないようで、本気で怒ってくれていた。

自分のために誰かが怒ってくれるという生まれて初めての経験に、戸惑ってしまうが……彼女が俺のために本気で怒ってくれているという事実に、なんだかちょっと胸が温かくなってくる。

少しだけ胸を弾ませながら、三人と一緒に街の中へと入っていく。

「街灯があるんだな」

「辺境伯領は魔物の数が多いので、街灯に魔石を使う余裕があるんです」

魔物には魔石と呼ばれる、魔力が溜まってできる胆石《たんせき》のようなものがある。

そして魔力を宿している魔石は、魔道具のエネルギー源として使われるのだ。

どうやらあの街灯も、魔石を使って光る魔道具の一つらしい。

あの街灯がそれほど高いものではないとはいえ、銀貨一枚では利かないはずだ。

そんなものが街中に大量に設置してあるとなると……どうやら辺境伯領の治安は、想像以上にいいみたいだな。

「んじゃあこのままギルドに行くか？　今ならあたしらが色々と説明するけど」

「それじゃあ遠慮なくお願いして……」

ギルドで冒険者登録をしようと思っていたんだけど、今ふと閃《ひらめ》いた。

せっかくなら先に、あれをやった方がいいかもしれない。

言葉を切った俺を見て首を傾げているエイラさんへ告げる。

「もしよければ先に教会に行ってもいいか？　実はマリアに言われて、ちょっと気になってたんだ」

「是非行きましょう！　エイラ、お祈りの後にギルドに行きますので待っていてくれますか？」

「お、おう……」

エイラさんがちょっと引き気味に答える。

マリアさんとミラさんが一癖も二癖もある人達なので、リーダーのエイラさんは苦労していそうだ。

俺はエイラさんとミラさんに別れを告げ、目をキラキラと輝かせるマリアさんに手を引っ張られながら、教会に向かうことにした。


鼻息を荒くするマリアさんと教会へ行き祈りを捧げると——次の瞬間、俺は見たことのある真っ白な空間に飛ばされた。

そして俺の目の前に……。

「久しぶりね……まったく十年以上待たせるなんて、信心が足りないわよ」

俺をこの世界に転生させてくれた、女神様が現れたのだった——。

◆

ここは……以前転生した時にやってきた場所と同じ、かな？

何一つものがないので、確信は持てないけど。

一瞬あたりを確認しようとしたけれど、今はそんなことをしている場合じゃないとビシッと姿勢を正す。なにせ目の前に、使徒の不信心を嘆いている女神様がいるのだから。

彼女は見て明らかなほど頬を膨らませながら、ぷりぷりと怒っていた。

「すみません……ギバルには教会がなかったので来るのが遅れてしまいました」

女神様を祀《まつ》る女神教は王国全体で信仰されているいわゆる国教というやつなのだが、教会は比較的大きな都市にしかない。

司教以上の人間がいなければいけないという教会側のルールのせいで、結構数が少ないのである。

「ま、いいけどね。こうして来てくれたわけだし」

どうやらさっきの怒りの表情は演技だったらしい。そう言ってパチンと茶目っ気たっぷりにウィンクをする女神様は、正しく女神様だった。

今日は以前とは少し趣が違い、清楚《せいそ》な感じのワンピースを身に纏っている。

神様も着替えとかするんだな……と少し不思議な気分になってくる。

「えっと……ここに来て女神様とお話ができるというのが、祈祷スキルの効果ということでしょうか？」

「まさか！　祈祷スキルじゃ私の声がうっすら聞こえるようになるくらいが限界よ。最大までレベルを上げても、声をある程度聞き取るのが関の山ね。こうして実際に会うには、上位スキルの寂滅《じゃくめつ》スキルが必要になるかな。今回会えるのは、あなたが祝福をあげた私の使徒だからよ」

「なるほど……ん？」

今、聞き捨てならない何かが聞こえてきたような。

耳をダンボにしていると（死語）、はぁ……と女神様の呆れたようなため息が聞こえてくる。

「そう、上位スキルよ。次に来た時に説明すればいいかと思ってたら……あなたったら成人するまで教会に来ないんだもの」

上位スキルと聞いて、俺の疑問が一つ解けたような気がした。

女神様の話を聞こうと思っていたスキル魔法……もしかしてあれと関係しているんじゃないだろうか。

「上位スキルはざっくり言うと、複数のスキルを掛け合わせたくらいに強力なスキルのことよ。ちなみに上位スキルは二種類あるわ。一つは今あなたが頭の中で考えている通り、スキル魔法を使って生み出すことのできるもの、そしてもう一つは……」

「どれだけスキルポットに魔力を充填してもほとんどメーターが動かないスキル……？」

「ご名答」

俺が魔力消費に重宝している勇者スキル。

あれはそれだけ大量のスキルを掛け合わせたくらいの強さがあるから、あんなに魔力が必要ってことか……。

「耐性系やタフネス系なんかの似た系統のスキルはまとめてより強力なものにできるわ。ちなみに魔法系は複数属性を混ぜ合わせて同時に発動できるマルチキャストを使えるようにしたり、武術系と合わせて魔法戦士系のスキルにしたり、魔力系やステータス増強系と合わせることでより強力な魔導系のスキルに進化させたりと色々とやりようがあるわ」

……なるほど。各属性の魔法をカンストさせたのに未だに魔法戦でフェリスにはまったく手が届かないのには、レベル差以外にもそういう理由があったのか。

多分だけどフェリスは風魔法を極めて、それと他のスキルを組み合わせた魔法戦士系や魔導系のスキルを取っているんだろう。

「スキル魔法を使ってスキルを消費した場合、獲得のためのスキルポットは再出現するんでしょうか？」

「ある程度時間をおくと復活するわ、今は私の力が抑えられてるからどれくらい時間がかかるかはちょっとわからないけれど。ただ邪神の使徒を倒せば、あなたへ使えるリソースが増えるからすぐに再出現させることもできるようになると思うわ。あ、ちなみにだけど邪神の使徒を倒した場合、相手がしている契約も再構築した上で使用できるようになるからね。もちろんあちらが使っていたものより弱いものにはなるけど」

ふむふむなるほど、相手のものより多少劣るとはいえ、デメリット無しで力の一部を使えるというのはありがたい。

スキルポットの回復のことも合わせると、積極的に邪神の使徒を倒した方がいいのではとも思えてくるな。

その後もスキル魔法やスキルの結合やスキルポットについて、必要な情報を聞いていく。以前は祝福を渡されてすぐにおさらばだったけれど、今回は時間制限はないらしく必要な情報は一通り教えてもらうことができた。

教会に来なかったことを後悔している俺の方を見て、女神様が笑う。

「これを機に定期的に参拝なさいな。ちなみにお供《そな》えは甘い物がいいわ。あなたの前世のスイーツを再現させてくれると嬉しいわね」

「承知致しました、可能な限り善処《ぜんしょ》致します」

「絶対にやらないやつの言い方ね、それ……」

ジト目の女神様に見送られながら、俺は白い空間を後にする。

そして長いこと祈祷し続けている信心深さをマリアさんに褒められながら、その足で冒険者ギルドへ向かうのだった。


「すごいですよマルトさんそもそも女神様の声を聞くことができるというだけで非常に稀で、それを行うためにはレベル6以上の祈祷スキルが必要とされているんです。それをレベル1のマルトさんができるとなると将来的にはもしかすると女神様に会うことすら可能かもしれません。それにあの光魔法の腕前があれば、司祭どころか司教だって目指せるような逸材かもしれません。いや、もしかしたらあの聖女様と双璧《そうへき》をなす聖者になることだって可能かも……」

「どうどうマリア、それくらいにしときな」

「どいてエイラ、それじゃあ勧誘できません！」

「あ、あはは……」

想像していたよりはるかに信仰に篤かった（かなりマイルドな表現）マリアさんの攻勢

をいなしながらギルドへ入る。

なんか三人とも思ってたより大分フランクな感じだな。

心の中でさんづけをしていたのが馬鹿らしくなってきた。

前世でも友達が多い方じゃなかったからそんなに慣れてるわけじゃないんだけど……俺も少し頑張って、砕けた感じにした方がいいかな？

ギルドはかなり大きい二階建ての建物だ。中央の絨毯《じゅうたん》を歩いていくとY字の階段になっているようで、楽しそうに話をしながら階段を上がる冒険者の姿が見えた。

階段を上がったところには看板が立っており、ウェイトレスの高い声が聞こえてくる。

喧噪《けんそう》と香ばしい良い匂い、そしてほのかなアルコールの匂いが漂ってくる。

「ギルドの中には酒場が併設されてることが多いわ。ちなみに値段は割高だけど、冒険者の中にはまともな計算や損得勘定《かんじょう》ができない奴らが多いからわりと人気ね。私は自炊《じすい》派だけど」

「あたしは面倒だから外食が多いけど、たしかにギルドで食うと高いからあんまり食わないな」

値段的には高いけれど、一仕事終えて空腹の状態でこの匂いを嗅《か》いで抗える冒険者はなかなかいないのだという。なるほど、ギルドもあこぎなお金の稼ぎ方をするなぁ……。

一階は大きく左右に分かれていて、右が依頼の受付や達成報告、左が素材買い取りや各種受付という風になっていた。

わりと細分化されていて、前世で役所に行った時を思い出す。

冒険者登録のための受付には、若い女の子が座っていた。

長い赤銅《しゃくどう》色の髪を横に括《くく》っており、ハープでも弾きそうな感じのおっとり美人さんだ。

エイラやマリア達を見ていなければ、思わずドキッとしていたかもしれない。

この世界の女の子って、レベル高いよな……フェリスみたいなエルフじゃなくても、美人が多い気がする。

「ようこそ冒険者ギルドジェン支部へ。私は受付嬢のウーラと申します。本日のご用件は冒険者登録の方でお間違いないでしょうか？」

「あ、はい、そうです」

説明をしようとした受付嬢が俺の後ろの方をチラリと見て、驚いた顔をする。

「おや、『左傾の天秤』も一緒とは珍しい……」

「この子、期待の新星だから。ちなみに私が育てました（ドヤッ）」

「堂々と嘘を教えないでくれ、ミラ」

「私がこれから育ててもらいます（ドヤッ）」

「育ててもらう側ならドヤ顔しないでくれ」

なぜか自信ありげに胸を張るミラに、げんなりしながら訂正を入れる。

ローブ越しだというのにバストがなかなかに強く自己主張をしていて、思わず目のやり場に困ってしまう。

思わず突っ込んでしまう俺を見て、またもやウーラさんが驚いた顔をする。

「仲が良いんですね……これは珍しいものを見ました」

「そうなんですか？」

「ええ、『左傾の天秤』の女性陣は気難しいと界隈《かいわい》では評判なので……」

彼女達にはよくわからない評判が立っているようだ。

気難しいなんて形容詞、三人から一番遠いものの気がするけど……もしかすると彼女達も、俺と同じで内弁慶《うちべんけい》タイプだったりするんだろうか。

「たしかに初対面の時はちょっと面食らったけど、慣れてくると別にかわいい女の子達だと思うんですけどね……」

自分の気持ちを正直に伝えると、三人ともなぜか顔を赤くしてしまった。

も、もしかして変なこと言っちゃったかな？

気を悪くしてたらどうしよう……その様子に少し不安になりながら、冒険者になるにあたって必要そうなことを聞いていく。

ランクなんかの知っている情報については省略してもらい、細則とかの中でも知っておいた方がいい重要事項について、ざっと説明をしてもらう。

「へぇ、喧嘩は負けたもんが悪いみたいな感じじゃないんですね」

「当たり前じゃないですか。基本は喧嘩両成敗《りょうせいばい》ですし、もめ事がひどくなりそうなら即座にギルドが強権を発動させて介入しますので」

「マルト……あんた一体、どんな修羅《しゅら》の国で育ってきたの？」

「いや、人づてに聞いた話だよ！」

どうやらこの世界の冒険者ギルドは冒険者の質の維持やギルドのイメージ向上にかなり気を配っているらしい。

素行不良の冒険者はどれだけ腕があろうがクビを切られるようだ。

ギルドの言うことをまったく聞かずに度々迷惑をかけるが、下手に腕があるせいで手が出せない……そんなファンタジー小説にいそうな存在は、この世界では冒険者としてやっていくことはできないらしい。

冒険者とはざっくり言えば、仕事をギルドという大本を経由して受注するフリーランスみたいなものだ。いくら腕が良くとも冒険者自身の評判が悪ければ、仕事が回ってくることはめったにないということらしい。

夢がないというか、地に足ついているというか……そこまで無法ができないのは、一般市民的な感覚が染みついてしまっている俺からすると普通にありがたいな。

ちなみに実力のある問題児といったファンタジー世界にありがちな存在は、基本的に貴族の私兵か傭兵《ようへい》になることが多いらしい。

なので戦争には素行に問題はあるが実力だけはあるやつらが集まってくるとのこと。

「……」

「マルトさん、どうかされましたか？」

「……いえ、なんでもありません」

冒険者についての話をウーラさんから聞いていて、思ったことがある。

これ、多分なんだけど……邪神の使徒達って、その貴族の私兵や傭兵を隠れ蓑《みの》にして活動してるんじゃないだろうか？

邪神の使徒なんていう明らかにヤバい力を持っている連中は、一体どこを拠点にして活動しているんだろうというのは、ずっと疑問ではあったのだ。

聞けば邪神の使徒の数は俺達女神の使徒と比べるとかなり多いって話だしね。

寿命を対価に差し出していれば後先考えず暴れるだろうし、契約の中には精神性をいじくってより凶暴なものにしてしまうようなものもあるというからカタギではないと思ってたんだけど……となると戦場に行く時は、気をつけなくちゃいけないな。

(おっといけない、今は話に集中しなくちゃ)

気を取り直し、不思議そうな顔をしていたウーラさんに続きを促す。

登録を終えた俺は、見習いのＦランクから活動することになるらしい。

一応討伐依頼も受けられるけど、可能なのはスライムくらいで、それ以外はほとんど何も討伐できない。どうやら最初のうちは色々な採取依頼や街の人達からの依頼をこなしながら、依頼達成数を増やしていかなければいけないらしい。

郷《ごう》に入《い》っては郷に従えと言うし、頑張って依頼をこなして、すぐに戦えるようになりたいところである。

「あ、そういえば一つ聞いてもいいでしょうか？」

ギルドを出ようとしたところで、ウーラさんの方に振り返る。

なんでしょうかと尋ねてくる彼女の方を見ながら、俺は長年気になっていた質問をぶつけることにした。

「レヴィという冒険者を知りませんか？　なんでもかなりの高ランクだったらしいんですが……」

「レヴィ様……ですか？　もちろん知っております。何せ——彼女は冒険者達の憧れですから」

スッとウーラさんが何かを指差す。そこにあったのは、一つの額縁。中の絵には四人の人物が描かれていて、その右端の女性は……どこか俺に似ていた。

「あそこに描かれているのがSランクパーティー『終焉《ビー・オーバー》』の『迅雷《じんらい》』のレヴィ様です」

どうやら母さんは、ギルドに絵が置かれているようなすごい人だったらしい。

話には聞いていたけど……俺も負けていられない。

「ありがとうございました、それじゃあ……」

「あ、ちょっと待ってよマルト！」

俺が意気込んでギルドを後にしようとしていると、『左傾の天秤』の三人に食事を一緒にしないかと誘われた。

声をかけられる間際まで、俺の頭の中はスキルのことでいっぱいだった。

女神様から色々教えてもらえたおかげで上位スキルやスキル魔法のことも知ることができたし、良い機会だから一度自分のスキルを見つめ直したいとも思っていたからだ。

なので断ろうかとも思ったけど……喉の奥のあたりまで出掛かった言葉を、なんとかしてせき止めることに成功する。

（先輩から話を聞けるチャンスだぞ、マルト。それもむさ苦しくて自信家なおっさん達からじゃなくて、かわいい美少女から話を聞けるチャンスだ）

やってきたはいいものの、俺はこのジェンの街のことをほとんど知らない。

右も左もわからない状態からまずは宿を探して、その後でご飯処《どころ》も見つけなければいけないわけだ。

それなら食事をしながら、色々と教えてもらった方がいいだろう。

一人で修行をする時間が長すぎたせいで、すぐに一人になろうとする癖がついてしまっている。これは良くない。

せっかく人の沢山《たくさん》居る街にやってきたんだから、積極的とまではいかずともある程度の人付き合いはしていきたいところだ。

それによくよく考えてみると、俺の用事というのもせっかくの彼女達のご厚意を無下《むげ》にするほどのものではない。

別にスキルを取得するのが少し遅れた程度で、致命的な差は出ない。

どうせ寝て起きてを繰り返して高速でレベルを上げていくわけだから、多少の遅れはすぐに気にならなくなるはずだ。

「よろしくお願いします」

「そうこなくっちゃ！」

というわけで俺はエイラ達の案内に従い、彼女達一押しの酒場『どんでんダイナー』へと向かうのだった——。


『どんでんダイナー』は良くも悪くも冒険者が好きそうな感じの店だった。

テーブル同士の間隔も狭く、耳をそばだてれば隣のテーブルの会話が聞こえるくらいの距離感だ。

かつての彼女達の行きつけのお店というやつで、今も定期的に利用しているらしい。

「よし、今日はあたし達のおごりだ！」

「ええっ、いいの？」

「マルトがいなければあたしらもヤバかったしな！　せめてもの恩返しってやつだよ」

ミラ達の方を見ると、二人ともこくこくと頷いている。

どうやらエイラが勢いで決めたというわけではなさそうだ。

それならありがたく、おごってもらうことにしよう。

別にお金に困っていなくても、人からおごってもらうというだけでそのご飯が何倍にも美味しくなるような気がする。貧乏性、というやつなのかもしれない。

俺が頼んだのは、肉と野菜のごった煮のスープだ。添えられて出てくるのは、ずいぶんと前に焼かれていそうな黒パンだ。実家ではしっかり精製した小麦粉を使った白パンを食べることがほとんどだったけど、この王国で一般的に食卓に上る主食はライ麦を使って作られた黒パンが主流だったりする。

この黒パンの特徴はなんといっても……。

「うーん、相変わらず固いなぁ」

噛み切れないほどの固さだ。人差し指で叩いてみると、こつこつっと石でも叩いているような硬質な音が返ってくる。

基本的に黒パンは単体では食べず、水分に浸してやわらかくしてから食べる。

けど水に浸してもただびしゃびしゃのゲロまずパンになるだけなので、温かいスープの中に入れてやわらかくさせることが多い。

ちなみにレベルが上がり身体能力が上がるとそれに比例して噛む力も上がるため、直で噛みちぎることができるようになる。

試しに思いっきり噛んでみると……問題なく噛みちぎることができた。

前食べた時はまったく歯が立たなかったのに……レベルを上げるとこんなにも違うのか。

「おっ、マルトも結構レベル高いんだな」

そう言ってパンを食べ始めるエイラ達。

三人ともしっかりとレベルを上げているらしく、スープに浸さず直食いである。

「最初はこうしてしっかり噛むと、早くお腹に溜まってありがたいんですよねぇ」

「思い出すわね……レベルも足りず食べられない黒パンを、なんとか唾液《だえき》でふやかしながら必死に食べてた、駆け出しの頃のことを……」

どこか遠い目をするミラ。昔を懐かしんでいるんだろう、その顔はどこかノスタルジックで物憂げだった。

どうやら今はこうして元気にやっている彼女達にも、色々とつらい過去があったようだ。

「またやりたいわね……」

ガクッと思わず倒れそうになる。

アンニュイな顔はしていたけど、別につらくはなかったようだ。

話しているミラの顔には、笑みが浮かんでいる。もしかすると彼女には、キツいことを嬉しく思ってしまうＭっ気があるのかもしれない。

全員で話をしているうちに、店員が飲み物を持ってきた。

運ばれてきたのは三杯のエールと、一杯の水だった。

この国では、十二歳からは成人として立派な大人とみなされる。

なので法的には問題ないんだけど……なんとなく前世の知識のせいもあって、まだ一度も酒を飲んだことはない。

レベルを上げると基本スペックも上がるこの世界では地球の常識も通用しないんだろうから、そこまで遵守《じゅんしゅ》する意味はないのかもしれないけどさ。

「なんだ、マルトは飲まないのか？」

「うん、お酒あんまり好きじゃないんだよね。苦いし」

「わかるわ～、高級店で出るような甘いお酒だとまた違うんだけどね～」

どうやらこの世界にもカクテルみたいなものがあるらしい。

ただ王国において、砂糖というのは実は結構な高級品だ。

王国では穫れずに輸入に頼っているということもあり、小さな袋一つで金貨一枚くらいの値段がするからね。

なのでよほどお金に余裕でもできない限りは甘い酒は飲めないのだという。

俺がお菓子作りを普及させるのを断念した理由もそれだ。

自分でしっかり稼ぐだけの甲斐性がついたら、自分で楽しむ分くらいのお菓子なら作ってみようかな。

今は魔法のアシストもあるから、プリンやアイスくらいなら作れそうだし。

「よし、それじゃあ今後のマルトとあたし達『左傾の天秤』の更なる活躍を願って……乾杯！」

「「乾杯っ！」」

ジョッキを打ち合わせ、軽く飲んでみる。

ちょっと匂いの残っている普通の井戸水だ。そしてものすごくぬるい。

氷魔法を使って水に氷を浮かべて冷やすと、なんとか飲める代物になった。

めざとく見つけたミラにせがまれる形で、三人のジョッキにも氷を入れてあげる。

「ぷっはぁ！　こりゃあうめぇ！　これなら何杯でも飲めそうだ！」

「ちょっとエイラ、おっさん臭いわよ」

そういうミラも悪い気はしていないようで、ぐいっと勢いよくジョッキを干している。

三人ともいける口のようで、あっという間におかわりが頼まれ、再度氷を落とすことになった。

「しっかし、マルトはすごいよなぁ。あたしなんて冒険者になりたての頃はそりゃあもうひどかったたぜ」

「絡み酒はやめなさいよエイラ。マルトもあんたと一緒にされたくなさそうな顔してるじゃない」

「いや、別にそんなことは……」

九州出身のじいちゃんは、とにかく何をするにも酒を飲みながらやらずにはいられない人だった。

休肝日《きゅうかんび》よりも飲んでる日の方が圧倒的に多いタイプの人だったように思う。

じいちゃんの晩酌《ばんしゃく》にコーラで付き合ってきた俺なので、酔っ払っている人の相手にも慣れている。なので自分が酒を飲まなくても、相手をするのに問題はない。

「それじゃあ冒険者になったばかりの頃の三人の話を教えてよ」

「あー……あたしは薬草採取ばっかりやってたなぁ。薬草の採取で生計を立てながら装備を整えるまでに何ヶ月かかったことか……」

「最初の頃はまだパーティーも組んでなかったしね」

「私は別のパーティーに居ました。居心地が悪かったので、すぐに抜けちゃいましたけどね」

今だから笑える失敗談や、妙に実感のこもった生々しい体験談。

お酒で口が軽くなっているおかげか、三人とも色々なことを教えてくれた。

話の内容が情報の有用性より面白さに振っているのは……酒の席だしご愛嬌《あいきよう》ってやつだろう。聞けばこのお店は、『左傾の天秤』の三人が下積みの頃に良く通っていた酒場なのだという。

余った食材を使った煮込み料理がとにかく安いので、それと黒パンだけを頼めば、新人冒険者の稼ぎでもなんとか食べていけるくらいの値段設定になっているらしい。

新人冒険者が行きつけにすることが多い店の一つで、皆もその激安セットにはお世話になったとか。俺が頼んだやつより二つほどグレードの低いものらしい。

興味があったしまだお腹にも余裕がありそうだったので、面白半分で頼んでみる。

やってきたのは……元がなんなのかまったくわからない不定形の具が入ったドロドロスープと、今の俺でもかろうじて食べることができる、さっきのよりも更に固く焼きしめられた黒パンだった。

「これは……パンチが利いてるね」

俺の言葉に、三人が笑う。エイラはそうだろそうだろとゲラゲラ笑い、マリアとミラは上品に口の端を上げていた。

三人がタイミングを合わせてこんこんとジョッキを叩いてきたので、苦笑しながら中に氷を入れてあげる。

「このマズい飯を食わせたかったんだよ！」

「といっても、マルトならすぐにもっと良い店に行けると思うから、こんな小汚い店の案内なんて不要だったかもしれないけどね」

周囲は結構ガヤガヤしているんだけど、ミラの言葉を耳ざとく聞いたらしいウェイトレスから『誰が小汚いだ！』と野次が飛んでくる。

――って、マズいところは否定しないんだ⁉

びっくりしながら観察していると、店員とミラ達はそのまま軽口を叩き合い始める。

どうやらかつて行きつけだったというのは本当らしく、そこには何度も通わなければ得られない、ある種の気安さみたいなものがあった。

やっぱりこの三人を見ていても、まったく気難しいようには見えないんだけどなぁ……。

そんなことを考えていると、気付けば隣にいるミラが俺の腕を取っていた。

気付けば距離もずいぶん近づいているような……ちょっ、近すぎじゃない⁉

「マルトは、今日泊まる宿はもう決めたの？」

「いや、それもミラ達に教えてもらってから決めようかなと思ってるよ」

「私のおすすめは『アヒルのくちばし亭《てい》』ね。あそこは個室がかなり安いから」

近くでささやかれるように言われて、背筋がゾクッとするのがわかった。

酒臭い匂いに混ざってなんだか甘い匂いが鼻腔《びくう》に届いてくるので、女性に免疫《めんえき》のない俺としては非常に反応に困る。

「私は『緑のかやぶき亭』がいいと思いますね。中心街から少し離れてるわりには値が張りますけど、雑音が聞こえない分ぐっすり眠れるので」

「あたしは『マルドオン』がいいと思うぞ。雑魚寝《ざこね》でいいなら銅貨三枚で泊まれるからな。ちなみに、グレード的には一番下の宿屋だ」

全員がおすすめの宿屋を教えてくれる。

ちなみにエイラがなぜ一番低グレードの宿屋を勧めてきたのかというと、

「一度下を知っておくとその後が楽だからな！　どこに泊まってもあそこよりマシって思えるようになるぞ」

という理由らしかった。

うーん、なんとなく理屈はわかるけど、だからといって雑魚寝をするのは嫌だなぁ……

ということでマリアおすすめの『緑のかやぶき亭』にすることにしようかな。

値段設定のこともあり、まず満室にならない宿らしいので、食事を終えてからでも予約が取れそうというのも地味にポイントが高い。

わざわざ中座《ちゅうざ》するのはなんか申し訳ないしね。

「よし、それじゃあもう一軒行くぞ！」

「やめときなさいよ、明日も朝から依頼なんだから」

「そんなものは後にずらせば良いだろ！　な、マルトもそう思うだろ!?」

「いやぁ、飲み明かすより早く寝て明日に備えた方がいいんじゃないかなぁ」

「な、なんだとっ!?　この裏切り者」

「マルトさんは最初から、どちらかと言うとミラ寄りな気がするのですが……？」

エイラを引きずりながら店を出たマリアとミラが、こちらに手を振ってくれる。

俺も手を振り返しながら、ゆっくりと歩き出す。

ジェンの街に来てから、またひとりぼっちになるんじゃないかとちょっと不安だったんだけど……『左傾の天秤』の皆と知り合えて良かったな。

まあエイラに関しては先輩冒険者としては反面教師にした方がいいところも多い気がするけど……俺自身、元気な女の子は嫌いじゃないし。


完全に日が暮れた夜。

空を見上げれば、そこには月があった。

前世で見ていたより数段も明るく輝いている、ちょっと自己主張の強い月。

実家にいる時はあれを見ていると妙にものがなしくなったりすることも多かったけれど、今は不思議と明るい気持ちになれる気がした。

初めて魔物と戦いもしたけれど、問題なく倒せたし。

冒険者としての俺の前途《ぜんと》は開けているように思える。

「ふんふん、ふふっふーん」

鼻歌を歌いながら、宿へ向かう。

マリアが言っていた通り宿屋はわりと空いていて、俺はしっかりと角部屋を取り、ぐっすりと朝まで眠るのだった――。

第四章 ── 期待のルーキー

「十五、十六、十七……おう、中身の確認も終わったぜ。いつもありがとよ、坊主！」

「はい、よければまたよろしくお願いします！」

「これ、余り物だけどよければ持っていけや」

「ありがとうございます！」

俺は依頼達成のために必要な割り符をもらい、倉庫を後にする。

別れ際に渡されたのは葉っぱに巻かれた何かだった。

開いてみると中身は麦と雑穀《ざっこく》を混ぜ合わせて、片栗粉のようなもので固めて揚げた揚げ物だった。

えっと、名前はなんて言ったっけ……ダメだ、ど忘れして思い出せないや。

まあいっか、味は覚えてるし、

「うん、揚げパンみたいで美味しい」

もらった食事を頬張りながら、ギルドへスキップしていく。

俺はジェンの街での生活に、自分でも意外に思うほどに順応《じゅんのう》していた──。

冒険者が語る駆け出しの頃のエピソードというのは、なかなかつらいものが多い。

冒険者というのはランクが上がる度に、倍々ゲームで収入と危険度が上がっていく職業だ。そのため命の危険がないFランクやあっても少ないEランクの報酬《ほうしゅう》は、基本的には雀《すずめ》の涙。おまけに低ランクの冒険者の数は多いため、基本的には割の良い依頼を皆で奪い合う。

良い依頼を取れなければ、切り詰めてギリギリ食っていけるかどうか……というきわどい極貧《ごくひん》生活を送らなければいけないことも多いのだとか。

酒が入る度に良く話してくれるんだけどミラやエイラなんかも、最初のうちは歯を食いしばりながらなんとか耐えていたらしい。

男女関係なく雑魚寝をする安宿でネズミやゴキブリと格闘《かくとう》しながら寝ていたらしいからな……。

ただ俺の場合、そういった事情はあまり関係がなかった。

——早々に時空魔法が使えることがバレてしまったため、ひっきりなしに荷物運びの依頼が来るようになったからである！

自業自得《じごうじとく》ここに極まれり！

まあ別に実害らしい実害もほとんどないし、ただただありがたい話なんだけどさ。

オークの素材を出す時に使わざるを得なかったからね……広まったのはあっという間でしたよ、ええ。

ちなみにマジックバッグの方は、完全に死蔵状態だ。

何せこれは今の技術じゃ再現不可能で、時空魔法使いよりマジックバッグの方が稀少度も高いらしいから。

試しに値段を聞いた時は、ぎょえーっと目玉が飛び出たよ。話を時空魔法に戻そう。

俺が想像しているよりも時空魔法の使い手の数は少なかった。

正確に言うと一応いるにはいるらしいのだが……時空魔法の使い手というのは大抵の場合好待遇《こうたいぐう》で貴族や商家などに雇われてしまっている。

なので俺のような野良の時空魔法使い（しかもFランク冒険者）なんて人材はどこにもいなかったというわけだ。

更に言うと時空魔法のレベルも練度も上がっているため、容量も順調に増えている。

現在は五十坪《つぼ》くらいの屋敷がまるっと一軒入ってしまうくらいに拡張されている。

今のところ限界も見えてきていないので、まだまだ容量は増えていきそうである。

これだけの積載《せきさい》量を自在に動かせるとなれば、資材の運搬《うんぱん》や倉庫間の行き来、街同士での物資の行き来など、できることも非常に多岐《たき》に渡ってくる。

おかげで俺は毎日大忙し。

ただそのおかげで、エドワード兄さんからもらったお金には手をつけることなく日々生活をすることができている。

額としてもそう悪くない、というかぶっちゃけFランクじゃあり得ないほどの稼ぎを得られている。達成した依頼の数も増えてきているし、順風満帆《じゅんぷうまんぱん》だ。

この調子でいけばEランクもそう遠くない。そんな風にるんるん気分だった俺を待っていたのは――冒険者ギルドのギルドマスター直々の呼び出しだった。


あまり入ったことのない、受付の奥にある職員用のスペースへ入っていくと、目の前に前科千犯くらいありそうな強面《こわもて》のおじさんが現れた。

傷あり顔《スカーフェイス》に右目に眼帯、全身には数え切れないほどの白い傷跡が残っている。

歴戦の傭兵にしか見えないが、間違って部屋に入ったはずもない。

どうやら彼が、俺を呼んだギルドマスターらしい。

「お前がマルトか？」

「は、はい……」

「俺はアーチだ、よろしく頼む」

手を差し出されたので当然のようにシェイクハンズ。

がっしりとした力強い握手を交わしていると、アーチさんの右目のドクロの眼帯を飛び出すように刀傷が残っており、スキンヘッドの頭の方まで伸びているのが見えた。

それにしても、一線を退《ひ》いているとは思えないようなものすごい筋肉量だ。

よく見ると耳が潰れている。一体どんな修羅場をくぐってきたんだよ、この人……。

ていうか力が強……いた、痛たたたたたっ!?

て、手がもげちゃうっ！

「ヒール」

握手を終えてから急いでヒールを使って痛みを消すと、感心したように頷かれる。

こっちは痛みでそれどころじゃないんですが……まだちょっとひりひり痛むし……。

「その年で時空魔法だけじゃなく光魔法まで使いこなすか……本当に多才だな」

「ありがとうございます。それで……本題に移っていただけるとありがたいのですが」

「ああ、話が早くて助かるよ。お前のその時空魔法の腕を見込んで、指名依頼を受けてほしくてな」

「指名依頼……ですか？　でもまだ自分はFランクですけど……」

指名依頼というのは、ある程度実力が高い冒険者に名指しで受けてもらう依頼のことだ。ウーラさんにされた説明を記憶の隅の方からたぐり寄せ、思い出していく。

えっとたしか……本人の専門的な技術や知識を必要とすることが多いため、報酬やギルド側への貢献度《こうけん》も上がることが多い……だったっけ。

「別にFランクだから受けられないわけじゃない。流れの騎士なんかは、低ランクで護衛の指名依頼を受けることもよくあるしな」

「なるほど……指名依頼の内容は、荷物の運搬ですか？」

「荷物といえば荷物だな。マルトに頼みたいのは兵糧《ひょうろう》の運搬だ、可能な限り大量に食料を運んでほしいんだ」

兵糧、という言い方をするのは穏やかではない。

王国では隣国と小競《こぜ》り合いをしているという話は聞くけど……近々戦争でも起きるのだろうか？

「実は西の森の奥にオークの上位種がいるという情報が入ってな。その討伐のための冒険者選抜チームの飯を運んでほしいんだよ」

なるほど、戦争は戦争でも魔物相手の戦いなのか。詳しく話を聞いてみると、どうやら発端は『左傾の天秤』によるオークの目撃情報から始まったらしい。本来なら森から出てこないはずのオークが、近場の平原や街道に出没するようになった。

異常を感知したギルドが偵察《ていさつ》の得意な斥候《せっこう》や盗賊のスキル持ちに確認させたところ、どうやら森の奥にかなり大量のオークがいるらしいということがわかったのだとか。

「それだけのオークを統率《とうそつ》できるとなるとオークソルジャーではまず無理だ。恐らくオークソルジャーを統率しているオークジェネラルもいるのでは、と俺達は考えている」

オークはDランクの魔物であり、その上位種であるオークソルジャーはCランク。更にオークジェネラルとなるとBランク相当の実力があるという。

それらが大量のオークを率いているとなると……その脅威《きょうい》度はAランクにも匹敵する。

なので今ジェンにいる冒険者達が総力を挙げて討伐に向かうらしい。

食料に関しては冒険者達にも持ち寄ってもらうが、それだけでは足りなくなる場合を想定して、ということらしい。たしかにオークの群れの殲滅《せんめつ》となると、どこまで時間がかかるかわかったものじゃない。しかも森の中まで入っていって殲滅をするとなれば、場合によってはかなりの長丁場《ながちょうば》になることも覚悟する必要がある。

そう考えた上で、ギルドマスターを始めとした上の人間達が、プジョル辺境伯が対オーク用に倉庫から放出したジェンの非常用の麦の運搬を、俺に頼みたいということだった。

なかなかに責任重大な任務だ。

こんな大事な役目を、いくら時空魔法が使えるとはいえ、ぽっと出のFランクに任せていいんだろうか……？

けどこれはチャンスでもある。Fランクである俺は、まだまともな魔物の討伐依頼を受けることができない。そして自分より一つランクが上であるE以上の魔物を狩ることは、ギルドの規則として許されていない。

以前『左傾の天秤』の三人を助けた時はまだ冒険者じゃなかったのでなんとかなったが、結局あれ以降俺はほとんど魔物の討伐をすることができていなかった。

だが俺個人としては、今後のことを考えてできる時にレベルアップをしておきたい。

となると今回のこの指名依頼は、大きなチャンスになるはずだ。

運搬役とはいえ、まったく魔物の来ない後方で待機するだけということはないだろう。

オーク達を相手取れるチャンスも、訪れるはずだ。

大量のオークを倒すことができれば、ランクが上がって普通に魔物の討伐依頼も受けられるようになるかもしれないし。

もちろん危険はあるけれど、それはこの世界で冒険者として生きていく時点で今更のこと。将来的には邪神の使徒とも戦うのに、たかがオーク相手に尻込みするわけにはいかない。答えが出るまでに、ほとんど時間はかからなかった。

「やらせてください」

「よし来た、頼んだぜ。時空魔法持ちの冒険者が少なくてよ……正直めっちゃ助かるわ」

こうして俺はオークジェネラル討伐隊の運搬役として、指名依頼を受けることになるのだった——。

辺境伯とギルドの判断は迅速《じんそく》だった。事前に話が決まっていたというのも大きかったのか、依頼が周知されてから数日もすると、あっという間にオーク討伐部隊ができあがったのである。

ギルドには強制依頼と呼ばれている所属する冒険者達を強制的に召集する依頼もあるのだけれど、驚いたことに今回はその強権を発動せずに冒険者達が集まったらしい。

俺のようにギルド側から指名依頼を出された数人を除くと、皆自発的に集まってきたということだった。

もちろん自分たちが暮らす地域を守るためと鼻息荒くしている人間達も多いらしいが、人が多く集まっている理由はそれだけではないらしい。

今回の一件を重く見た辺境伯が臨時で予算を組んだらしく、オークの討伐に対して普段よりかなり色をつけた報酬が支払われるようになっているというのが大きいようだ。

噂《うわさ》を聞きつけた余所《よそ》の人間までこぞってやってきているらしく、ジェンの街は普段見ないほどに大量の冒険者が集まり、街全体が熱気に包まれていた。

「ジェンに住んでいる冒険者の中には地元愛がかなり強い人が多いですからね……もちろん私達もそうですが」

「まさかこんな形で初任務を一緒にすることになるとはな……よろしく頼むぜ、マルト！」

「うん、こっちもよろしく。先輩冒険者として、色々教えてくれると嬉しいな」

「任せときなさい（ドヤッ）」

「といっても後方ですので、問題が起きないに越したことはないんですけどね……」

俺は後方部隊として、兵站《へいたん》を担当することになった。

一緒に行動するのは、俺と同じく後方配置になった『左傾の天秤』の三人である。

指名依頼を受けているとはいえ、当然ながら物資の搬送は俺一人でやるわけではない。

一応俺一人で一軒家が入るくらいの容量はあるが、二百を超える討伐隊全員分の物資を過不足なく行き渡らせるとなると、これでもまったく足りていないのだ。

必要とされている物資は食料以外にも色々ある。

水は魔法でなんとかなるけど、野宿をするために必要なテントや森の中での虫刺されを防止するための柑橘《かんきつ》系の塗り薬みたいなものに、交換用の武器や防具に煮炊《にた》きに必要な道具類ｅｔｃｅｔｃ……。

それにギルドが抱えている時空魔法の使い手は、何も俺一人というわけでもない。

容量はさほどないとはいえ他にも数人はいるみたいだし、それに万が一俺の身に何かあった場合問題になるので、荷物は可能な限り分散させる必要がある。

——初めて知ったんだが、使い手が死んだ場合、アイテムボックスに入っているものは全てその場にぶちまけられるらしい。なのでアイテムボックス持ちは、追い剥《は》ぎ目的で狙われることも多いようだ……知りたくなかった、そんな話。

とまあそんなわけで俺にばかり持たせるわけにはいかないし、そもそも時空魔法の使い手にばかり任せるわけにもいかないのだ。

テントとかランプの魔道具とか水を提供する水差しの魔道具を始めとして、野営に必要なものを運ぶために兵站を担当している馬車がいくつも存在しているのだ。

全体で見れば、馬車で運ばれている物資の方がよほど多いだろう。

「しっかし指名依頼かぁ……まさかマルトに先を越されることになるとはなぁ……（遠い目）」

「私も時空魔法の才能があれば……ぐぬぬ……」

わかったのは実際に後方部隊として集まってからだったんだけど、どうやらこの後方部隊の警備も冒険者がしている。そりゃ襲われたらたまったもんじゃないから、考えれば当然のことなんだけどさ。

そしてそのうちの一つ、俺を警備する担当になったのが『左傾の天秤』の三人だったというわけだ。

ひょっとするとギルドマスターの粋《いき》な計らい、というやつなのかもしれないね。

「いざとなったら私達で怪我人の手当て、頑張りましょうねマルトさん」

「えっと……うん、そうだね」

「まぁ、今回はBランクのアルゴスさんもいるからオークジェネラル程度問題なく倒せるだろ。あたし達が活躍するような機会はまずないと思うけどな」

俺達後方部隊は、オーク達と戦う前線部隊から少し距離の離れたところから追いかけるような形で進んでいる。

なのでわりと気楽で、おしゃべりができるくらいには余裕もある。

基本的にこのあたりは駆け出し冒険者御用達《ごようたし》のエリアであり、森から出てくるオーク達を除けば強い魔物も出てこない。

このあたりで出るのは強いのでもホブゴブリンくらいらしいからね。

そのため襲撃の方向も森からの一方に絞れ、戦力は前線部隊の方に集中している。

なので後方部隊にいるのは、俺やエイラ達のようなF～Eランクのビギナー冒険者が多い。

「ふあぁ～～しっかし暇だなぁ……」

「これだけで一日銀貨三枚ももらえるんだから、我慢しなさいな」

「なかなか素敵な報酬額ですよねぇ、領主様は太っ腹です」

「おいおい、そんなに気を抜いて大丈夫なのか？」

「つってもこんな後ろで気ぃ張ってろっつうのも無理な話だろ」

大量に物資を積んでいるため、馬車が進むスピードは早歩き程度。

レベルによるステータスアップもあるため、中では一番体力がないというマリアでも余裕綽々《しやくしやく》でついていくことができている。

兵站の運搬も十分大切な仕事だと思うんだけど……護衛の冒険者達は全体的に気が緩んでいるような気がした。戦力になりそうなベテラン達が前に集中してるから仕方ないのかもしれないけど……なんだか不安になってくるぞ。

どうやら冒険者達は問題ないと思ってるようだけど、果たしてそんなに上手くいくものだろうか。

一度そう考えると、さっきのエイラの言葉もフラグのように聞こえてきた。

聞いたところによると、Bランクのオークジェネラルっていうのは人間と同じくらいには論理的な考え方ができるっていう話だ。

兵站を切る、くらいのことは考えてきてもおかしくない。兵法で言えば、伸びた補給線を叩くのは初歩中の初歩だしな。もし俺が知恵あるオークのリーダーだったら、間違いなくこの後方部隊を襲うだろう。

(念のために、最大限警戒しながら先に進むことにしよう)

外れてくれればと思ったが、残念なことに俺の懸念《けねん》は的中することになる。

出発してから三日目。

物資を運ぶ隊列も減ってきてようやく森の手前までやってきたところで、俺は明らかに後方部隊を狙うべく繰り出されてきた集団を発見したのである——。

この三日間、俺は魔力感知と生体感知は常に全力で使い続けるようにしていた。記憶を取り戻してからこの方、魔力を使い切ってから寝る習慣は続けていたので、魔力的には余裕がある。常に感知を使い続ける集中力の方が問題だったくらいだ。

何もなければそれでいいと、転ばぬ先の杖としてしていた警戒だったけど……やっぱりあっちも馬鹿じゃなかったってことか。

常にかなりの広範囲を感知していたおかげで、オーク達の姿がこちらから見えていないうちから感知することができたのは、不幸中の幸いってやつだろうか。

「来た、数は二十以上……中にはかなり強い個体もいる。多分オークソルジャーだと思う」

「おいおい、冗談だろ!?」

「こんなところでふざける趣味はないよ。スキルで感知したんだけど、一体反応が段違いに高い魔物がいるんだ」

「マジかよ、クソッ」

「オークが、二十体……」

時空魔法を使える俺の言葉はかなりの信憑性《しんぴょうせい》があるらしく、『左傾の天秤』の面々は即座に臨戦態勢に入る。

「はぁ？　そんなFランクの言うことなんか信じんのかよ」

「お高くとまってたと思ったら、気に入った男にはとことんこびへつらいやがって……」

幸いまだ距離はあったので、周りに状況説明を行うことにした。

けれど皆が俺を見る目は厳しい。

護衛の冒険者も馬を操る御者も、言うことを聞いてくれる気配がなかった。

「誰が荷物持ちのFランク冒険者の話なんか聞くかよ！」

「ブルッていもしないオークの幻影におびえるなんて、いかにも新人さんじゃねぇか！お前は黙って俺達の言うことに従ってりゃいいんだよ」

物資補給の護衛に回された人間の中には、Cランク以上の人間は一人もいない。

そのせいもあってか全体的に気が緩んでいるらしく、誰もまともに取り合おうとはしない。

一人では説得が難しいならと次はエイラにも一緒に来てもらったんだが、向こうの態度は硬化する一方だった。

どうやら女と遊びに来ているように見える俺のことが気に入らないらしい。

彼らの目はこのハーレム野郎が、と口より雄弁《ゆうべん》に語っていた。

ぽっと出のFランクの言葉なんて、誰も信用するつもりはないと啖呵《たんか》まで切られてしまった。

……まぁ、それならそれでいいさ。

気を抜いてやられても、文句を言わないでほしいけど。

話が進まない間にも、オーク達は確実にこちらに近づいてきている。

集団ということもあり速度はそこまで速くはないが、こうして時間を無駄にしている余裕はない。

「とりあえず事前の想定通り、炎弾を打つわ！　我が意に従い、炎よ球形をなせ――ファイアボール！」

ミラが上に火魔法を打ち出して、信号を送る。

事前に決めておいた、有事の際に救援を願うＳＯＳだ。何かあった場合は、各自の裁量で出していいことになっている。

他の冒険者達はこちらを見てせせら笑っているが、無視だ無視。

「これでそう遠くないうちに、救援が来てくれるはずよね」

「とりあえず時間を稼ぐか……」

『左傾の天秤』の皆はやる気に満ちていた。

以前オークを相手に喫《きっ》した苦い敗北のせいか、かなり気合いが入っているようだ。

だが待ってほしい。

俺は三人を危険な目に遭わせるつもりはないのだ。

今回の場合はオークソルジャーもいるし、その後ろには賢いオークジェネラルも控えている。それなら相手の全ての企《たくら》みを、パワーでぶち壊してしまった方がいいだろう。

「なあ、今って有事の際だから、荷運び役の俺も戦闘して大丈夫だよな？」

「え、ええ、それは問題ないと思いますけど……」

「よし、それなら行ってくる」

それに、スキル魔法を使って練り上げたスキルを使うせっかくの機会だ。この機を逃すつもりはさらさらない。

俺はようやく森から姿を現したオーク達の方へ駆けていく。

後ろからは驚きと恐怖の声が上がっていた。ブルッてるのはお前らじゃないか……。

まあ、安心していいさ。このオーク達は——全部俺が倒すからさ。


ずっと気になっていたスキル魔法だが、使ってみればその性能はかなり破格なものだった。

これは簡単に言えば魔力を使ってスキルを結合、分解させることのできるスキルだ。

上位スキルにはいくつもの種類が存在している。そしてスキルを取得していく中で気付いたんだが、スキルの中には獲得までに必要な縛りが存在するものも多かった。

女神様に聞いたところ、特に上位スキルには獲得のために必要な条件が存在するものが多い。

たとえば剣豪《けんごう》と呼ばれるスキルを取るためには、剣士のスキルと剣術のスキルをレベル10まで育て、一定以上の筋力値に至る必要がある。

精霊魔法がより強力に使えるようになる精霊術士のスキルを取得するには、精霊魔法のスキルをレベル10まで上げてから、精霊との親和性を一定以上まで上げる必要がある……といった具合である。

ただ俺のスキル魔法は、その過程を吹っ飛ばすことができる。

前の例で言うと、俺は剣士のスキルと剣術のスキルをスキル魔法で結合するだけで、剣豪スキルを手に入れることができる。

わざわざレベルをMAXまで上げる必要も、筋力を上げる必要もないと言えば、この魔法のチートっぷりがおわかりいただけるだろうか。

本来であればスキルをレベル10まで上げてから一定条件を満たさなければ獲得することができない上位スキルを、スキルを結合させることで実に簡単に生み出すことができる。

これによって俺のスキル欄は大きく変わった。今の俺のステータスは、こんな感じだ。

マルト・フォン・リッカー

レベル20

スキル魔法　レベル2
元素魔術　レベル4
系統外魔術　レベル3
上位鑑定　レベル1
剣豪　レベル3
不撓不屈《ふとうふくつ》　レベル2
全耐性　レベル3
暗殺者　レベル4
万物知覚　レベル3
与ダメージ比例回復　レベル2

呪術　レベル5
封印術　レベル6
双剣術　レベル6

槍術　レベル5
投擲術　レベル10（MAX）
夜目　レベル10（MAX）
マジックバリア　レベル2
物理障壁　レベル2
言語理解　レベル10（MAX）
祈祷　レベル2

とまぁ、こんな感じにわりと綺麗《きれい》にまとまった。

上位スキルと通常スキルは別枠で表示されるようになっている。

上位スキルは全てレベル1からのスタートになるため、スキルレベルは上げ直しだ。

そして上位スキルは、めちゃくちゃレベルが上がりづらい。

そのため上位スキルのレベルはどれも軒並《のきな》み低いが……その効果は既に通常スキルのレベル10の頃を大きく超えている。

どうやら結合ボーナスのようなものがあるらしく、魔法で結合してレベル1の上位スキルになった時点で、既に結合させる前より強かったしな。

また、スキルを結合したことによって消えてしまった分、能力が減るなんてこともなかった。タフネスや肉体強化といった肉体系のスキルはまとめて不撓不屈という上位スキルの中に入っている。

剣豪スキルは上記のやり方で発現したし、魔力関連のスキルと魔法系のスキルを混ぜると魔術系のスキルが生まれた。

けどスキルを結合させても身体が重くなったり魔力が減ったりするようなこともない。魔術系のスキルそれ自体に、組み合わせた魔力量増大や消費魔力減少のスキルが組み込まれている形なんだろう。いわゆるスキルツリーのようなもので、上位スキルを各種スキルと組み合わせることで更なる上位スキルを生み出すこともできるようだ。

たとえば魔術系スキルを各種魔力や魔法攻撃力関連のスキルと合わせてもう一度進化させることで、最上位である魔導系のスキルにすることができるらしい。

ただその場合、上位スキルは必ずレベル10まで上げる必要がある。

普通のスキルみたくポンポン結合しまくって楽をする、ということはできない仕様になっているのである。

勇者があって賢者や剣聖がないのが疑問だったんだけど、どうやら後者のスキルはスキル結合で生み出せということのようだった。

力はやったんだから楽をするな、ということなんだろう。

あとは……隠密・偽装・隠蔽を結合させて暗殺者に、生体感知と魔力感知を結合させて万物知覚、与ダメージ比例体力・魔力回復を結合させて与ダメージ比例回復に進化させた。

暗殺者は国によっては持っているだけでヤバいスキルのうちの一つだ。

王国では問題ないけど、神聖国家ビクティスなんかでは持っているだけで一生幽閉コースらしい。正直分解するか悩んだが、上位スキルとして結合すると明らかに効果が向上するためそのままにしている。

そうそう、スキル魔法ではスキルの分解も可能だったりする。

なので別スキルを試したくなったら、上位スキルをバラして結合し直すこともできるのだ。ただ分解したスキルのレベルは1に戻るため、これも最初から上げ直す必要があるのには注意が必要だ。

とまぁ、今の俺のスキル構成についてはこんな感じだな。

パパッとスキルを確認している間も、もちろん足を止めてはいない。

オーク達の群れとの距離は、どんどんと縮まってくる。

目を凝《こ》らさずとも、その群れの全体を視界に収めることができるほどの距離だ。

ちなみに既に暗殺者スキルを使用して、完全に気配は消している。

前回の隠密スキルでも捉えられなかったのだから、オークソルジャーがよほど気配察知に優れていない限り、今の俺の姿を捉えることはできていないはずだ。

オーク達をぐるりと回り込み、後方にいるであろう上位種を確認しにいく。

するとそこには予想とは異なり、杖を持ったオークの姿があった――。

「フゴォ……」

杖を持ったオークは、今まで見たどのオークよりも年を取っているように見えた。

背筋が曲がっていて、彼の後ろにいるオーク達よりもその影は小さい。

それでもなお一般的な成人男性よりよほど大きいというのは、流石オークってところだろうか。そのオークには顔の至る所にシワがあり、長い白ひげは胸のあたりに達している。

口から飛び出している牙も黄ばんでおり、着ている服は鎧ではなく垢《あか》で汚れた貫頭衣《かんとうい》だ。

オークと仙人《せんにん》を足して二で割ったような見た目、とでも言おうか。

（あれはオークメイジ……いや、オークウィザードか？）

オークやゴブリンといった人型の魔物はレベルアップによって進化を行い、上位種へと変わっていく。

その進化は実に多種多様で、オークだけでも両手では数え切れないほどの数がある。

異常な形で進化をする変異種（多分生き物で言うところの突然変異みたいなものだと思う）なんて変わり種もいるおかげで、今でも定期的に新種が発見されるくらいには、その種類は多い。

杖を持っていることから考えるとオークメイジだとは思うけど……事前に聞いていた見た目とは大きく違う。

ブリーフィングで聞いた話では、オークメイジは頑丈な、メイスとしても使える巨大な杖を持った、普通のオークより一回りほど大きなオークのはずだ。

それを考慮に入れるとあれはオークメイジの変異種……もしくはオークメイジの上位種であるオークウィザードあたりと考えた方が良さそうだ。

（ただ魔力量は、奥にいるオークの親玉と比べればそこまで多いわけじゃない……オークジェネラルクラスじゃないなら、年を取ったオークメイジくらいに考えておくか）

俺が接近しても、オーク達は気付くことなくフゴフゴと鼻息荒く早足で駆けていた。

彼らの視線の先には迎撃に移ろうとしている『左傾の天秤』の三人と、しっぽを巻いて逃げだそうとしている冒険者達の姿があった。

――って、いきなり敵前逃亡するのか!?

護衛してる冒険者は森の前線で戦ってる人達より実力は低いとはいえ、いくらなんでもひどすぎる。

Dランクの冒険者を始めとして立ち向かおうとしている人達も当然いるけれど……中には明らかにオークより魔力の少ない者も多い。

俺が頑張らなくちゃ、間違いなく死人が出るだろう。

――よし、気合い入った。

彼らに経験値を譲るつもりはない。全部俺が美味しくいただかせてもらう。

暗殺者のスキルを発動させたまま、ゆっくりと近付いていく。

万全を期して手には聖業剣カルマを持ち、腰だめに構える。

息を殺しながら付与魔法を使い、自分の身体にバフをかけていく。

幸いあちらにこちらを看破《かんぱ》できるだけの上位スキルはないようで、オークの波をかき分けてあっという間に仙人風のオークメイジの下へたどり着くことができた。

「……フゴォ？」

オークメイジが首を傾げている。よく見ると彼は自分の周囲に風を展開させていた。

なるほど、風使いか……多分だけど風の微妙な動きで、生体感知みたいなことをしてるんだと思う。フェリスも似たようなことができるから、多分間違いないと思う。

ただ幸い風魔法の練度はさほど高くはないらしく、風の知覚圏内《けんない》に入っても、オークメイジがこちらに気付くことはなかった。

何か違和感は覚えているようだが、こちらの存在に辿り着けていない。

暗殺者は流石上位スキルなだけのことはあり、かなり高い隠蔽効果を持っているらしい。

異変を自分の気のせいだと思ったからか、オークメイジはすぐに気を取り直すとオーク達の前を進み始めた。精神を集中させる。下手に魔力を漏《も》れさせて気付かれるわけにはいかない。なので今回は武技は使わず、付与魔法で強化した己の身体とカルマの切れ味だけでいく。

オークメイジの背後を取り——無防備な首筋目がけて思い切り一閃！

肉の壁もさほど厚くなかったらしく、剣はオークメイジの身体をするりと抜けていく。

そして一撃で首がポーンと吹っ飛んでいき、オークメイジの身体がどさりと地面に倒れた。

迎撃をしようとしているエイラ達に気を取られているせいで、オークは自分達のリーダーがやられたことにも気付かず視線を彼女達の方に固定させている。

急ぎ後ろに回り込みの無防備な背中から、魔法を放ってやることにする。

オークを挟《はさ》んで向かい側にいる彼女達を傷つけないように気をつけて……っと。

まず土魔法を使い、オーク達の足下に大量の土の棘《とげ》を生やす。

オークの身体は筋肉と脂肪の塊なので、その総重量は優に百キロを超えている。

体重のおかげで棘はオークの足のかなり深いところまで突き刺さり、オーク達の動きが完全に止まった。続いて馬車とオーク達の間に土の壁を出し、運搬する物資や戦闘能力のない人達に攻撃が飛ばないように配慮する。

オーク達は自分達の前を行っていたオークメイジがいなくなったことにようやく気付き、自分たちのリーダーの首が飛んでいる事実を前に愕然《がくぜん》としていた。

オーク達の戦意が明らかにしぼんでいるのがわかる。このまま何もしなくても、ビビって逃げていきそうだ。

後で合流させるのもあれだから、ここで仕留めさせてもらうけどね！

「ブラストファイアボール！」

そのままこちらの存在に気付いたオーク達目がけて、ブラストファイアボールの魔法を発動させる。

イメージするのは炸裂弾《さくれつだん》や手榴弾《しゅりゅうだん》だ。

爆発した地点から攻撃を撒き散らすイメージで放った炎弾はオーク達の中心に着弾すると同時、轟音《ごうおん》を発しながら周囲にその炎を撒き散らす。

「「プギイイイイイッッ!?」」

あっという間にオーク達が黒焦げになってしまった。

ちょっと火力が高すぎたかもしれない。

四属性の魔法を上位スキルの元素魔術に結合させてから、前より威力が上がりすぎて加減が難しいんだよな……。

生き残っているやつらにきっちりとトドメをさしていく。

上位鑑定を使って自分のステータスを確認してみると、なんとレベルが31に上がっていた。

――マジ!?

たった一回の戦闘で10以上上がったんだけど！

テンションが爆上げになりながらも、とりあえずオーク達の死骸をアイテムボックスに詰めていく。貴重な素材兼食料だし、討伐の証明にもなるので一体残らずゲッチュしておかなくては。すると俺が片付けを終えたのとタイミングを同じくして、土壁をぐるりと回ってエイラ達がやってきた。

「嘘……あんなにいっぱいいたオークが……」

「もしかしなくても……マルトが全部倒した、んだよな？」

「ああ、そっちに被害が出ないように気をつけたんだけど、怪我はない？」

「それは、むしろ私達がマルトさんに聞きたいんですけど……」

もちろん怪我一つないので問題ナッシングだ。

土壁をどかすと、馬車の御者や逃げだそうとしていた冒険者達が呆気《あっけ》にとられたような表情でこちらを見つめている。

万物知覚を使ってみるが、とりあえず周囲に魔物の反応はない。

急場はしのいだ、と考えてよさそうだ。

「前線の人達は？」

「既に森の中に入っているみたいで、こっちに来る様子はないぞ」

「……それっておかしくないか？　まだ森には入ったばかりだし、中からでもあの火魔法の爆発音は聞こえると思うんだけど」

「もしかするとあっちでも何かが起こっているのかもしれないわね……」

たしかに、それは十分にあり得る話だ。

向こうにはわざわざ輜重《しちょう》を攻撃しようと考えることができるくらいに賢いやつがいるわけだし……あ、そうだ。

「三人ってこの魔物知ってる？」

アイテムボックスから仙人オークメイジを取り出すと、三人がいぶかしげな顔をする。

中では一番博識《はくしき》なミラが、難しそうに眉間にしわを寄せた。

「多分だけどこいつ、オークハーミットじゃないかしら……魔法を使ってきたでしょう？」

「ああ、風魔法を使ってきた」

「こいつはオークメイジの進化先の一つ——討伐ランクはBだったはずよ」

「ぶーっっ!!　こいつ、Bランクの魔物なのか!?」

飲んでいた水を吐き出しながら驚くエイラ。

彼女ほどでもないが、俺も十分驚いている。

なるほど、一気にレベルが上がったのはこいつのせいだったのか……調子に乗って真《ま》っ向《こう》から戦ってたら危なかったかもしれないな。

「こんな化け物がいたとなると……もしかすると群れを統率しているのは、オークジェネラルじゃないかもしれないわ。もしかすると……オークキングまでいるのかもしれない」

俺には万物知覚がある。

これは簡単に言えば脳内にマップを描き、そこに現れる光点とその光の強さで生物の位置や魔力量と強さを判断することのできる力だ。

なので俺には、奥にいる魔物がこいつより強いことがわかっている。

Bランクのこいつより強いとなると……ランクはAに届くだろう。ミラが言っている通り、オークの中でも最強格であるオークキングがいるかもしれない。

今回の冒険者達の中で一番強いと言っていた人でも、たしかランクはBだった。

(このままだと、かなりマズそうだな……)

今の俺は、自分の実力がどれくらいなのかはわからない。

だが少なくとも、現状の冒険者の中で最も万物知覚のマップ上で光が強いのは俺だ。

このまま俺が指をくわえて見ているだけでは、間違いなく冒険者達は全滅する。

そうなれば、今目の前にいるエイラやミラ達も……。

森の奥にいる魔物を相手にして戦えるだろうか。

正直なところ、不安だ。でも皆を守るためには、俺がやるしかない。

それにAランクは場合によっては街を滅ぼすことができるほどの戦力とされている。

この場から逃げたら、そんな化け物を街の近くに放置することになってしまう。

一度退いてから奇襲を繰り返して数を減らすくらいならできると思うけど、俺一人でオークの群れをまるごと殲滅できると思えるほど、俺は自信家ではない。

前線に何人も実力者がいてしっかりと冒険者の数の揃っている今回の討伐依頼が、一番勝ちの目が出やすいのは間違いないのだ。

俺があの魔物を抑えて、その間に他の人達にオークを潰してもらう……それが一番、成功の確率が高いはずだ。

「行ってくる！　皆はここでいつ森からオーク達が出てきても大丈夫なように、備えておいてくれ！」

「危険過ぎますよ、マルトさん！　私達と一緒にここにいた方が――」

「ああ……頼んだぜ、マルト」

「私達は私達にできることをさせてもらうわ」

「そんな、二人とも!!」

俺はマリアさんの制止を振り切り、一人森の中へと入っていく。

背中の方からはひしひしと視線を感じる。多分皆、俺のことを心配してくれているんだろうと思う。彼女達と出会うことができたのはジェンの街に来て一番の幸運だった。

だって後ろに一人でも自分を心配してくれている人がいるだけで――こんなにもやらなくちゃって気持ちになってくる。

万物知覚は今も使い続けているので、既に冒険者達と魔物との戦闘が始まっていることはこちらでも掴んでいる。

こんな非常事態になったんだ、当然出し惜《お》しみはなしでいかせてもらう！

向かうは——オーク達と戦っている、最前線だ！

レベルが一気に上がったからか、妙に身体が軽い。

今までレベルは基本的に鍛錬の末に一つ一つ上がってたせいか気付きにくかったけど……レベルが上がると、こんなに違うものなのか。

足を前に出す速度、風を感じる時の肌の感覚。

全てが変化していて、自分がまったくの別人になってしまったようだった。

明示されてはいないけど、間違いなくステータスは上がっている。

軽快に前に出る足と、森を全力疾走してもまったく乱れることのない呼吸。

悪路を駆けていくと、遠くに明るい炎が見える。

駆ける足が速くなる。聞こえてくる剣戟《けんげき》の音、焦げ臭い匂い。

暗殺者のスキルを使用し、気配を殺しながら距離を詰めてゆく。

俺が向かうことにしたのは、光点がとにかく激しく動き回っている一番の激戦区。

恐らくオークの親玉達とBランク冒険者達が真っ向から戦っているであろうエリアだ。

辿り着いてみるとそこでは、俺が予想していた通りに激戦が繰り広げられていた。

まずやってきたのは、手前で戦っている冒険者達のところだった。

ここを抜けていった先に、親玉が待っているはずだ。

視界に映るのは、通常のオークよりも一回りほど大きな身体を持っているオークとその配下のオーク達。そして彼らと戦っている、冒険者パーティーだった。

オーク達を率いているあの個体が、恐らくオークソルジャーだろう。

オークは豚を凶悪にして下の犬歯を伸ばしたような顔をしているが、オークソルジャーはそれよりいささか精悍《せいかん》な顔立ちをしている。

それに、ただ太っているだけではこうはならない、がっしりとした肉体だ。

表面には脂肪が多いが、その下にははちきれんばかりの筋肉が宿っているはずだ。

体型としては力士なんかに近いのかもしれない。

「ブモオオッッ!!」

咆哮《ほうこう》を上げながら、力任せに鉄斧《てっぷ》を叩きつけるオークソルジャー。

冒険者パーティーが選んだのは迎撃だった。

「ちいっ、合わせろリン！　一、二――三ッ」

「ファイアストリーク！」

「紅蓮斬《ぐれんざん》！」

一撃を放ったオークの背中に、魔法使いの火魔法が直撃。

魔法の着弾に気を取られたオークソルジャー目がけて、相対している剣士が武技を放った。残るメンバーはオーク達を相手取っており、オークソルジャーと二人の戦闘を邪魔させないよう上手く立ち回っている。

剣士と魔法使いのコンビもオークソルジャーに対して有利な位置取りを続けながら、有利に戦いを続けている。

あれはたしか……Cランクパーティーの『紅蓮一閃』だったっけ。

圧倒的なわけではないが、戦い方にとにかく安定感がある。

流石ベテランなだけのことはある、といった感じだろうか。

あ、でも少し遠距離から別の群れが来てるな。

オーク達を率いているオークメイジが、『紅蓮一閃』目がけて魔法を放とうとしてるのが遠目に見える。

彼らだけでも対処できるかもしれないけど……せっかくだし、助太刀《すけだち》させてもらおう。

このニュースペックなボディの試運転も兼ねてね。

「シッ！」

暗殺者スキルを使ったままカルマを横に薙《な》ぐと、勢いよく首が飛んでいく。

膂力《りょりょく》が上がっているおかげか、明らかに刃の通りがいい気がする。

しっかし、相変わらずえげつない切れ味だ。

うーん、まだ剣に使われてる感じが強い。真の意味で使いこなせるようになるのは、果たしていつになるのやら……もっと精進《しょうじん》しなくちゃいけないね。

俺が切り落とした首はポーンと放物線を描きながら飛んでいき、『紅蓮一閃』の手前に転がっていく。

オークメイジがやられ浮き足立っているオーク達をまとめて切り伏せていく。

半分ほど数を減らしたところで、『紅蓮一閃』の面々がこちらの群れに気付いたようだ。

「奇襲だ！　後方からオークが来るぞ！」

突然オークメイジの首が飛んできてびっくりしたらしいけど、そこは流石熟練の冒険者というべきか、一瞬硬直したかと思うと次の瞬間には、すぐに動き出していた。

よし、これで問題なさそうだね。


戦場を突っ切りながら最短最速のルートを目指そうかとも思ったけれど、各パーティーが結構苦戦しているように見える。

同じ数の戦いなら冒険者側が有利だけど、オーク達の数がとにかく多いのだ。

その中に上位個体が混じっているので、どうしてもきつくなっているところが多い。

彼らを見捨てていくのは流石に忍びない。

本当なら一刻も早くオークの親玉のところに向かった方がいいのかもしれないけれど……俺はまだそこまで非情に徹《てつ》しきることはできそうにない。

なので多少時間がかかっても、苦戦する冒険者達の手助けをしながら向かうことにした。レベル上げにもなって人助けにもなるのだ、やらない理由がない。

ついでに怪我を負っている人達がいれば光魔法で癒やしたり、付与魔法を使って身体強化をかけてあげたりもしていく。

「なっ、傷が……治ってく!?」

「身体が軽い！　よくわからんがチャンスだ！」

「オークが突然火だるまになりやがった！　行くぞお前らっ！」

首を飛ばしたり魔法でオークを倒したり、怪我を負って復帰できなそうな重傷者を治していったりとにかくせわしなく走り回る。

系統外魔術に組み込まれた光魔法のスキルを使えば、既に大抵の傷は治すことができる。俺の場合筋肉や骨に関しても具体的なイメージができるおかげか、骨が飛び出るような複雑骨折であっても問題なく治療することが可能だ。

場所によってはかなり劣勢なパーティーもいたけれど、俺が回復させて戦線復帰させてから魔法を使ってオークを殲滅していくうちに、きちんと持ち直すことができていた。

レベルを更に上げていきながら、戦いながらの魔力の消費量についての感覚値を身体に叩き込んでいく。

さっきからガシガシ魔法を連発しているが、魔力的にはかなり余裕がある。

オークを殲滅する時なんかは、ほとんど魔力を使っている感覚がなかったくらいだ。

与ダメージ比例回復の効果が思っていたより効いているらしい。

低レベルで覚える魔法でしっかりとダメージを与えることができれば、ほとんど魔力を消費することなく回復させることができそうだ。

ただ範囲攻撃ができるくらいの高レベルで覚える魔法を使うと、かなり大量の敵に当てないと元本回収はできなそうだ。光魔法で使った魔力分も回収できたら……と思ったんだけど、流石にそこまで上手くはいかないらしい。

討伐が許されるくらいランクが高ければ、このあたりのもう少し詳細なデータが取れたんだけど、何せ俺はまだスライム以外の魔物討伐の許されていないFランク冒険者。

とりあえず感覚値と実戦値でざっくりと理解したので、これらの情報を参考にしながら戦っていくしかない。

戦闘の最中、新たな発見は他にもあった。

（暗殺者スキル……かなり強力だな）

暗殺者スキルの使用感が、とにかく良い。こいつを使って気配を消すと、少なくともオークソルジャーやオークメイジ達には気取られず接近することができる。

何せBランクのオークハーミットにも通用したのだ、多分この先にいるであろうオークジェネラル相手でも気取られることなく近づくことができるだろう。

接近したら、カルマを使ってバッサリという凶悪コンボを使えば、Bランクの魔物くらいまでなら一撃で処理できそうだ。ただこの凶悪コンボをやり過ぎると色々と感覚が鈍りそうなので、非常時以外はあんまり使いすぎないようにしよっと。

流石にその先に待っているであろうオークキングには通用しないだろうが、雑魚狩りなら無双できるので、魔力を回復しながら先に進むことができる。

正直いくらでも悪用ができる気がするので、暗殺者スキルを取り締まろうとする国の偉い人の気持ちも少しわかる気がするなぁ。

と、そんなことを考えているうちに、冒険者達のところを一通り回り終えることができた。

ここから先にあるのは一際《ひときわ》強い反応が集中している、最奥のエリアだ。

まだ少しは距離があるはずなんだけど、既に至る所に戦闘痕が残っている。

樹が至る所で倒れていたり、何か巨大な牙のようなもので根元からへし折られていたり……それら全てが、この先で行われている戦いの激しさを物語っていた。

ちょっとだけ気圧《けお》されそうになるけど……脳裏に『左傾の天秤』の三人の顔が浮かぶ。

そうだ、彼女達のためにも、頑張らなくっちゃ。

「……うん、出し惜しみはなしって決めたんだ。全力で行こう」

気合いを入れ直すために、パシッと軽く頬を叩く。

下手に手の内を隠したせいで死んじゃったりしたら元も子もない。

隠すつもりだった手も全部使って、なんとしても勝ってみせる。

まず最初に使うのは、召喚魔術だ。

今回は確実に俺だけでは手が回りきらないだろうからね。

精神を集中させると俺の目の前の地面に、複雑な幾何学《きかがく》模様の魔法陣が描かれていく。

地面を埋め尽くすほど大量に記されているそれらの数は合わせて六つ。

これらを使って、今から強力な召喚獣を作っていく。


——この世界においては魔法には三種類の段階がある。

魔法→魔術→魔導という順により強力なものになっていくと思ってもらっていい。

上位スキルは全て、括りとしては魔術になっている。

そのため召喚魔法も上位スキルになると共にグレードアップしている。

召喚魔法は系統外魔術へと組み込まれ召喚魔術に進化したことで、新たな境地へとたどり着いていた。

まず以前の召喚魔法の効果は基本的には全て受け継いでいる。

レベルを10まで上げたことで、十種類の魔物を十体ずつ、合わせて百体召喚することが可能だ。

そして召喚魔法が魔術になったことで、更にその先ができた。

新たに得た力は、その名を召喚獣合成という。

その名の通り、魔物を合成して新たな召喚獣を生み出すことのできる能力である。

そしてこれら合成した召喚獣は、召喚魔法によって呼び出した召喚獣とは別枠でカウントされる。

召喚魔術においては、召喚獣をレベル分合成することができる。能力が高い分、合成できる数に制限がかかっている形と思ってもらえばわかりやすいだろう。

系統外魔術のレベルが3になった今は、都合三体の合成召喚獣の使役が可能となっている。

合成の仕方は簡単で、召喚魔法で出した魔物を召喚魔術を使って合わせてしまえばそれで完成だ。

現在俺が召喚魔法で召喚が可能な魔物は以下の十種類。

スライム
エアバード
ファイアレオ
ハウンドドッグ
シーホース
スケルトン
ゴーレム
レイス
マッドフィッシュ
ミニリザード

これらに合成の力を使い掛け合わせることで、多種多様な魔物を生み出すことが可能となっている。

何度も合成を使いながら色々と試している最中なので最適化ができているとは言いがたいけれど、とりあえず今出せる中で強力なパターン程度は生み出すことができている。

なのでまずはそれらを作っていくことにする。

召喚獣を呼び出すサモンの魔法を無詠唱で使うと、魔力が充填されて魔法陣の放つ光が強くなっていく。

俺の周囲を囲む六種類の異なる魔法陣が魔力の臨界点に達すると、目映《まばゆ》い輝きと共に召喚獣達が現れる。

それらを召喚と同時に合成すると、再度の輝き。

光が収まった時には、そこには三体の合成召喚獣の姿があった。

「ウゴゴ……」

「シャーッ！」

「……」

今回俺が呼び出したのは土魔法を使えるマッドゴーレム、火魔法を使えるファイアリザード、そしてレイスの物理無効特性を持つリザードゴーストの三体だ。

合成せずに出せる召喚獣の中では、ミニリザードの強さが頭一つ抜けている。

レベル10になってから解放された魔物なので、その分基礎ステータスみたいなものが高いんだろう。

なので合成召喚獣の方も、自然とミニリザードを使った魔物が多くなっている。

「よし、ちょっとおとなしくしてね」

召喚獣達に付与魔術をかけていく。

とりあえずは身体強化に、魔法が使える個体には集中強化《コンサスブースト》、それから各種耐性付与っと……下手にケチらず、使えるものは全部使っていく。

召喚獣は意思疎通《そつう》ができるほどに高い知能を持っているわけではないが、とりあえず俺の言うことには従順に従ってくれる。

合成召喚獣であればオーク程度なら倒せるはずだから、いざという時にオークの上位個体を相手にしても足止めくらいならできるはずだ。

最後に自分にもしっかりと付与魔術をかけ直してから前に出る。

するとそこには――。

「真空突き！」

「ヴォーパルソード！」

「爆裂拳《ばくれつけん》！」

武技を使いながら高威力の一撃を放つ複数のBランク冒険者パーティーと、

「GRAAAAAAAA！」

それを正面から受け止めている、一際巨大なオークの姿があった――。

そこにいるオークの数は合わせて五。

そのうち四体は、通りがけに目にしていたオークソルジャーよりはるかに巨大なオーク。

恐らくあいつらは、オークジェネラルだろう。

そして彼らを率いながら複数の冒険者パーティーを相手にして対等以上に切り結んでい

る一際巨大なオーク……恐らくあれが、オークキング。

なんていうんだろう。

俺が倒したオークハーミットや今も援護に徹しているオークジェネラル達とは存在の格みたいなものが大きく違う。

オークキングと名付けられているものの、別に頭に王冠を被ったりしているわけではない。けれどその身体には、俺ですら思わず気圧されそうになる迫力があった。

オークジェネラルよりも更に一回り大きな肉体は、巨大な巌《いわお》でも見ているようだ。

冒険者達と比較すると体格差は大人と子供。ライト級と無差別級の選手が戦ってもここまで大きさの違いを感じることはないだろう。

オークソルジャーやオークジェネラルは通常のオークと比べると幾分《いくぶん》か理知的で、その顔立ちもどことなく人に似ていて、しっかりと表情が識別できるようなところがあった。

けれどオークキングはまったくその逆。

徐々に獲得していた人間性を全て投げ捨てて一匹の獣に戻ったかのような荒々しい顔つきは、野性のイノシシをこれでもかというほど凶悪にしたかのようだ。

毛が生えてこなくなるほどのいくつもの傷跡が全身の至る所にできており、顔には頬から鼻下にかけて巨大な傷跡が見えている。

「……（ごくり）」

気付けば緊張から、つばを飲み込んでしまっていた。

あのオークキング……とんでもなく強いぞ。

俺が今まで見てきた中でも、間違いなくフェリスの次に強い相手だ。

オークキングを相手に戦いながら、周囲のオークジェネラル達を牽制《けんせい》している冒険者パーティーの数は合わせて三。

事前の説明で聞いていたが、恐らく一つがCランクで残る二つがBランクパーティーだ。

(あれがBランク冒険者か……)

万物知覚で光の強さを見れば、どれほどの力を持っているかというのは大体あたりをつけることができる。

Bランク冒険者の一人一人の光の強さは、オークソルジャーにも劣っている程度しかない。

けれど彼らはたしかにオークジェネラル達の攻撃を上手くいなしながら、オークキング相手に善戦を続けていた。

この世界においては、強さは魔力量やステータスの高さだけでは決まらない。

スキルや魔法のあるこの世界では、純粋な個としての性能の差は絶対的なものではない。

誰しもがスキルと魔法・武技を有機的に組み合わせることで、現在の自分の基礎的な能力値だけでははるかに及ばない敵を相手に戦えるポテンシャルを秘めているのである。

目の前の光景を見ればわかる。

長い年月を共に積み重ねてきた仲間達と上手く連携を取れば、自分たちよりはるか格上の魔物を相手にして戦い続けることもできるのだ。

「マジックアーツ」

「サクセッション！」

ナックルダスターをつけた男の拳が炎を纏い、槍使いの青年の持つ槍が幾重《いくえ》にも分裂しながら襲いかかってゆく。

どちらも俺の知らない武技だ。

見たところ拳術と槍術スキルあたりだろうか。

ただ知らないものであっても、似たような武技は使えるのでおおよその原理はわかる。

前者は剣術スキルのレベルを上げて使えるようになる武技の、剣に魔法を纏わせる魔法剣に似ており、後者は三連撃をほとんど同じタイミングで放つことができる、同じく剣術の武技の三段突きに似ている。

前世の地球において、遠距離攻撃ができる武器というのはとにかく強かった。

古代ローマにおける投槍や中世の長弓、近世以降における鉄砲や大砲ｅｔｃｅｔｃ……遠距離攻撃が強くなりすぎた結果、騎士文化が廃《すた》れていったというのは有名な話だ。

では魔法という、人によっては鉄砲よりはるかに強力な遠距離攻撃を放つことのできる技術が存在するこの世界ではどうなのかというと……実は騎士文化は廃れるどころか、むしろ隆盛《りゅうせい》し続けている。

この世界では遠距離攻撃に負けぬほど、近距離攻撃の発展も著しいからである。

人はそれを武技と呼び、近接系のスキルレベルを上げる者は皆この武技に習熟していくことになる。

武技というのは、各種近接戦闘において発動できる、魔力を使って放つ技の総称だ。

魔法使いが魔法を使って攻撃を行うように、剣士や槍使い達は武技を使って攻撃を叩きつけるといえばわかりやすいかもしれない。

この世界には武技がありステータスもあるため、遠距離攻撃の優位性も前世と比べればさほど高いわけではない。

なので前世ではありえなかった拳闘士《けんとうし》のような戦闘スタイルも普通に存在していたりする。

「ファイアアローレイン！」

「我が意に従え、ウォーターウィップ！」

Bランク冒険者パーティーの中にいる魔法の使い手達の練度はかなり高い。

恐らく魔法系のスキルがカンストしており、魔術の域に達していると思《おぼ》しき人達の姿も多数見られた。

よく見れば詠唱短縮だけではなく、詠唱破棄をしている人までいる。

皆、かなりの実力者達だ。

けれどその中で明らかにキツそうにしているパーティーがあった。

「ぐおおっ!?」

「我が意に従い味方を癒やせ、癒やしの光――ヒール！」

三組の中で唯一のCランクパーティーである『麗《うるわ》しの灯籠《とうろう》』だ。

彼らだけ明らかに、オークキングとの戦いについていくことができていない。

自分達でもそれがわかっているからか、彼らはオークキングとの戦いには最低限しか参加せず、他のパーティーの分もオークジェネラル達の注意を引くよう心がけていた。

火力的にも足りていないようで、とにかく牽制に徹してなんとか時間と隙を作りに行っている。

ただかなりの無理をしているらしく、その身体や装備には至る所に傷がついている。

周囲にはポーション類のゴミが散っており、乱雑に投げ捨てられている割れた空き瓶が彼らの戦いの厳しさを物語っていた。

傷つきながらもなんとか魔法やポーションを使ってだましだまし戦っているようだけど……ジリ貧になっているのは明らか。状況としてはかなりキツそうだ。

（流石にCランクじゃ、オークジェネラルの相手は厳しいってことなのかな）

冷静に状況を俯瞰すれば、まず最初に助けるべきは『麗しの灯籠』だろう。

オークキングを相手にしている二つのBランク冒険者パーティーの方もキツそうではあるけれど、あちらは手が足りている分まだいくらか余裕がありそうだからね。

『麗しの灯籠』と彼らが戦っているオークジェネラルの後ろ側に、気取られないよう注意しながら回っていく。

どうやら探知能力ならオークハーミットの方が高かったようで、オークジェネラル達がこちらに気付いた様子はない。

ちなみに最大限不意打ちが利くよう、召喚獣達は少し離れたところに待機させている。

近づいていくと相対しているオークジェネラルは余裕そうな顔をしており、明らかに全力を出していなかった。

彼らは冒険者達をいたぶるのを楽しんでいるようで、その顔には明らかな嗜虐《しぎゃく》の色があった。

急いでオークキングを助けにいこう、という感じでもない。

勝てるはずの戦いに時間をかけすぎたのが、今回のお前達の敗因だ。

そんな風に舐めプをしてると——命取りになるぞ、こんな風にね。

「プギイイッッ!?」

背後に回った俺は、オークジェネラルの首を掻き切る。

ただ切れ味的には問題はなかったけれど、首回りが太すぎるせいで一撃で首を切り離すことはできなかった。

といっても首の主要な動脈を掻き切ることができた。

とんでもない勢いで噴き出す血液、間違いなく致命傷だろう。

逆側からもう一撃を入れると、今度こそ首が吹っ飛んでいった。

「他の冒険者達のところに援護を!」

「——ちっ、ああ、わかったよ!」

突如現れた援軍にも、『麗しの灯籠』は冷静だった。

命のやりとりをしている最中で言い合いをする気はないのか、『麗しの灯籠』はそのまま後退しながら後方にいる冒険者達への合流を目指しだした。

自分達がこの場の戦いについていけていないということを理解しているからか、悔しそうな顔をしているものの、その足取りに迷いはなかった。

……多分だけど、俺のことを応援にやってきた冒険者だと勘違いしたんだろうな。

都合の良い誤解なので、解こうとは思わないけどね。

『麗しの灯籠』と入れ替わるように前に出ると、俺に気付いたオークジェネラル三体がこちらに注意を向ける。

ちなみにオークキングの方は、それより早くこちらの存在もしっかりと気取っていた。

これだけ距離があってバレてるとなると、奇襲は通用しそうにないかな。

できれば奇襲で片をつけたかったけど……やっぱりそう上手くはいかないようだ。

「とりあえず連携して、オークジェネラルを止めてくれ！　俺は——あいつとやる！」

召喚獣達を散開させながら、そのままオークキングの方へと向かっていく。

オークキングは今もなお戦っている冒険者パーティーではなく、こちらに視線を向けていた。

こっちの方が危険度が高いと思われてる……って認識でいいのかな。

多分だけど、感知系のスキルを持ってるんだろう。

明らかに俺の方を警戒していて、なんなら今の戦いの方を明らかにおろそかにしている。

だがそれは裏を返せば、そんなことができるくらい、今のオークキングには余裕があるということだった。

「ぐふっ!?」

Bランク冒険者パーティーのうちの一つ『双翼《そうよく》の連理《れんり》』のメンバーがオークキングの一撃を食らい吹っ飛んでいく。

そのままパーティーを狙いに行くのかと思ったら——なんとパーティーの合間を縫《ぬ》う形

で、オークキングがそのままこっちに向かってきた！

マジかよ、なんて決断の早さ。

それにこいつ……速いッ！

「GOOOOOO！」

オークキングはそのとてつもなく巨大な身体に反して、ものすごい機敏さでこちらに接近してきている。

そういえば以前聞いたことがある。

巨体は別に動きが鈍いわけじゃなく、身体が大きい分動作がゆっくりに見えるだけだっていう話を。

しかもあの巨体にはみっちりと筋肉が詰まってるわけだ。

そりゃあ動きが遅いわけがない。

オークキングが構えている得物は、金属製の巨大な棒だった。

形状はゲームとかでよくあるような先端にかけて大きくなっていく棍棒《こんぼう》タイプじゃなくて、持ち手から先端までが同じ太さになっている。棍《こん》って言うんだっけ、ああいうの。

虹色に輝いてるってことは……ミスリルかオリハルコンか、とにかく稀少な金属に違いない。もしかするとカルマと同じ材質かもしれない。

圧倒的な速度であれを振り回しながら戦うパワーファイターだろうね、間違いなく。

「GAAAAAAAAAAA！」

一撃を右に飛びながらかわすと、先ほどまで俺がいた場所に弾丸のような速度で振り下ろされた棍が飛んでいくのがわかった。

受け身を取りながら急ぎ前回りをすると、視界の端に棍を叩きつけられボコッと凹《へこ》んでいる地面が見える。

うわぁ、クレーターみたいになってるよ。

棍が当たった衝撃なのか、それともスキルを使ってるのか……一発でももらったらかなりヤバそうだ。

一応怪我を負った状態でも問題なく光魔術を使えるようにはなってるけど、一発で気絶するレベルの一撃を叩き込まれちゃうとわりとどうしようもないからね。

付与魔術を使ってはいても、膂力では明らかにあっちに分があるだろう。

あんなのとまともに打ち合えるわけがないから、他の冒険者の人達よろしくヒットアンドアウェイでなんとかしていくしかなさそうだ。

試しにこちらに向かってくるオークキング目がけ、風の無詠唱魔法を使ってみる。

何かあるまでは使わないようフェリスに言い含められてたけど、流石にこうなったらしょうがないよねっ！

「GUOO……」

不可視の刃のはずだけどどうやら知覚することができているらしく、オークキングは軽く腕を上げて顔への攻撃を防いでみせた。ただ完全に見えているわけではないらしく、若干《じゃっかん》だが攻撃は通っていた。

一応オーク程度なら真っ二つにできるくらいの威力は込めたつもりだけど……まったくダメージになってないな。薄皮一枚を裂く程度か。

まずは相手の速度に慣れながらパターンを学ぶため、観察に徹させてもらう。タフなオークキングと違って、こっちは一発でKOされちゃうからね。

相手の攻撃を避けながら、とにかく魔法を使って攻撃をしていく。

幸い速度は、こちらとあちらにそれほど大きな差はない。

回避ができていることを考えると、若干こっちの方が有利とすら言えるかも。

けれど功を焦ってカルマで特攻するつもりはない。

速度に差がない状態でそんなことをするほどの蛮勇《ばんゆう》は持ち合わせてないからね。

火、水、土、風、光、闇、氷、雷。

とりあえず全ての魔法を試してみるが、全部効きは同じくらいだった。

弱点属性みたいなものはないみたいだ。

なので一番視認しづらい風魔法を使うことにした。

幸い毎日魔力増強をし続けているおかげで俺の魔力量は多い。

ダメージ自体もしっかりと通っているらしく、オークキングにダメージを与えることで与ダメージ比例回復のスキルが発動し、体力と魔力をある程度回復させることができていた。

けどどうやら回復系のスキルを持っているのは俺だけではないらしく、攻防を繰り返している間にもオークキングは明らかにその体力を回復させていた。

その回復スピードもかなり速い。

イメージとしては俺の与ダメージ比例回復以上、回復魔法以下って感じだろうか。

切り結んでいるうちに俺がやってくる前に冒険者達につけられた傷はおろか、俺がさっき作ったばかりの切り傷まで塞がって元通りになってしまっている。

スキル的に回復能力には限界があるっていう可能性もあるけど、命がかかった状態で効果が消えるまで耐久なんてできるはずもなし。

Ａランクの魔物となると体力も魔力量も並大抵のものじゃないだろうから、ダメージレースの持久戦をしていたら、早晩《そうばん》こっちが不利になってしまうはずだ。

となると狙うのは、当初の想定と同じ、急所狙いの一発か……。

「ＧＵＯＯＯＯＯ‼」

オークキングが放ってくる横薙ぎの一撃を、後方に飛びながら避ける。

前方を見据《みす》えながらの回避行動なので、避けながらそのまま魔法で攻撃することが可能だ。

風の刃を放つ。

狙いは相手の攻撃力と機動力を同時に削ぐため、軸足で使ってる右の足だ。

流石に視認できない風の刃は防ぎづらいらしく、連射して当てていくと、わかるほどに動きが鈍った。

放っておけばまたすぐに回復されてしまうだろう。

やっぱり——多少の危険は冒さなくっちゃダメだよねッ！

息を整えてから、再度攻撃を避ける。

再び後退……と見せかけて、風魔法を使って身体を逆噴射。

そのまま強引に接近してから接地、思い切り踏み込みながら上半身を曲げる。

屈《かが》み込みながら身体を捻《ひね》り、溜めを作ってから……足のバネを使って、一気に斬り上げるッ！

「GYAAAAAAA!?」

オークキングが血を噴き出しながら鳴き声を上げる。

そのままもう一撃——ッ!?

剣を振り上げようとしたところで、背筋に悪寒《おかん》が走った。

自分の第六感に従いながら、強引につま先に力を込めて、無理な体勢で側転。

飛び上がった俺の頬のすぐ隣を、激しい風が通過していく。

自分が放たれた蹴撃《しゅうげき》の余波を食らっているとわかったのは、ぐるりと一回転してからのことだった。

蹴りのリーチは得物がない分短いけど、当然ながらその動きは棍を使っている時よりはるかに速い。

しっかしこのオークキング……かなり戦い慣れしているな。

速度はフェリスよりは遅いからなんとかなってるけど、こっちが疲れてくると一気にキツくなりそうだ。

でも……大丈夫。

今の俺なら、対等以上に戦える。

オークキングがこちらへ攻撃を続けてくる。

こいつに遠距離攻撃なんかのスキルはない。

体力はとんでもないけれど、こいつはめちゃくちゃに近接、それもパワーに特化したインファイターだ。

相手のレンジの中に飛び込まなければ、問題なく対処はできる。

近づこうとしてくるオークキングと、近づけまいとする俺。

あちらは体力を使いながら距離を潰し、こちらは魔力を使ってそれを元に戻す。

一進一退の攻防が続いていく。

極限状態に置かれることで、俺の集中力は明らかに増していた。

棍の攻撃は、とにかく効果範囲が広い。攻撃の威力が高すぎるため、近くにいるだけでその余波を食らってしまう。

おかげで多少体力を浪費《ろうひ》しても、大きめの回避軌道を取る必要がある。

おまけに面での攻撃のくせに一発ももらうわけにはいかないと来ているのだから、とんだクソゲーだ。

俺にはあんなパワーはないから、テクニックで戦うしかないな。

「飛斬《ひざん》！」

剣術スキルによって身に付けた飛ぶ斬撃を使い、こちらに来ようとするオークキングを牽制。

攻撃を気にせず踏み込もうとしたオークキングだったが、流石に長く続いた攻防のせいか体力は明らかに落ちていたらしい。

身体が思い通りに動かずたたらを踏んだオークキングを見て、半ば機械的に魔法の発動準備に入る。

この好機を活かすべく、無詠唱で強力な魔法を放つ。

瞬間的な発動でなければ、高威力の魔法を無詠唱で放つことも十分に可能なのだ。

風嵐、テンペストタイフーン。

風の上級魔法を放ってやると流石に効いたようで、オークキングはとうとううめき声を上げる。

「嘘、無詠唱で上級魔法を……？」

感覚が鋭敏《えいびん》すぎるせいで、遠くにいる誰かの声が聞こえてきた。

万物知覚で感じることのできる全てが普通より色鮮やかに見える。

けれど意識を余所に向けていて勝てる相手ではないため、外の情報は一律でシャットアウトすることにした。

棍を使って風を振り払おうとするオークキングへ近づき、再度武技を放つために溜めを作る。

(あれ、そういえばやったことなかったけど……武技も無詠唱でいけたりするのか？)

武技は技名を口にしながら放つ。

それは至極《しごく》当たり前のことで、今更疑問に思うまでもないことだった。

こうして疲れから若干思考が飛んでいなければ、考えることはなかったかもしれない。

けどこの考え方すら、ある種固定観念なんじゃないか？

魔法に詠唱が必要だということも、俺は後から知った。

知らなかったからこそ、平気でできてしまったわけで。

で、あれば。

やってみる価値はあるかもしれない。

試しに斬り下ろしを放ちながら、武技である二重斬《デュアルスラッシュ》を無詠唱のまま使ってみる。

一応失敗してもきちんと攻撃はできるよう、影響力の少ない技をチョイスしている。

やってみると——できた。

放った斬撃が途中で二手に分かれ二筋の剣閃となって走り、全身傷だらけのオークキングに更に浅い傷をつける。

即座に下がりながら、今度は飛斬を無詠唱で放つ。

こっちも成功、咄嗟《とっさ》に目を閉じたオークキングのまぶたに攻撃が突き立った。

「おいおい、マジかよ……」

また外から声が聞こえてくる気がするが、その意味はわからない。

まだだ、まだ集中が足りていない。

確認すれば集中強化が切れていたので、改めてかけ直す。

すると周囲の雑音は消え、俺とオークキングだけの世界ができあがっていく。

今の俺にとって、戦闘以外の全ての音が雑音だった。

周囲からノイズが消えると、集中力は更に増した。

相手の一挙手一投足《いちきよしゆいっとうそく》が、スローモーションのように見える。

攻撃を見てから避ける。相手の筋肉のこわばりから、一手先を推測することができるようになってきた。

自分の動きを、指先にある神経の筋の一本に至るまで、細かく理解することができる。

攻撃の動作、魔法を放つための魔力操作の一つ一つに神経を尖《とが》らせると、改善点が浮かび上がってくる。

自分では頑張ってきたつもりだがまだまだ無駄が多い。

動きから雑味を取り除き、最適化させていく。

そのフィードバックを元に、更に戦闘に適した形へと。

繰り返す中で己という存在を、戦闘そのものに最適化させていく。

攻撃の応酬《おうしゅう》の中に、俺の意識は埋没《まいぼつ》していった。

戦い始めていた当初と比べると、明らかにこちら側に余裕ができている。

突如として能力が上がったわけではない。

その理由は、武技の無詠唱にあった。

色々と試した結果、剣から衝撃波を放つ強撃《インパクト》から斬撃に特化した一撃である武断《ブレイク》まで、どの武技も技名を唱えることなく使うことができた。

名前を口にすることがないぶん動作がワンテンポ速くなり、また吸気を長いこと肺の中に留め置くことができるようになる。

そうなれば当然ながら手数は増えていき、戦いのリズムをこちらが取りやすくなる。

相手の動き出しに対して後《ご》の先《せん》を合わせることも、今ではそこまで苦労せずともできるようになっていた。

となると必然的に、あちら側が防戦一方になっていく。

「GURAAAAAAAA!!」

そんな現状を打開すべく、オークキングが咆哮を上げながら強力な一撃を放ってきた。

攻守を入れ替えるための大ぶりの一撃。

一撃で俺の命を奪うであろう強烈な一撃は今や脅威ではなく、次の攻撃につなげるためのチャンスでしかなかった。

大きな攻撃は、何の代償もなしに放てるものじゃない。

無理矢理に動くのだから、そこには必ず大きな隙ができる。

そして今の俺は、その小さな間隙《かんげき》を決して見逃さず捉えることが可能だ。

オークキングの一撃をしっかりと避けてから、相手の無防備な隙を突くために剣を置く。

攻撃のリズムをアジャストしてしっかりと当ててやれば、無防備な脇腹や背中に攻撃を加えるのは簡単だった。

攻防の度に、オークキングの身体に着実に刀傷が増えていく。

回復が追いつかなくなってきたのか、傷が治り始める前にどんどんと新しい傷が増えていく。

（隙が大きくなってきたんだ、他の属性の大技も試してみるか）

さっきは無詠唱で軽く魔法を使っただけだから、もう少し大技にも挑戦してみよう。

ある程度威力が高いものを放てば、弱点属性みたいなものが見えてくるかもしれないし。

火、水、土、雷、氷、闇、光。

あらゆる属性の魔法を最初は中級から、そして最終的には上級まで、全て無詠唱で放っていく。

もちろん新しく手に入れた力である技名なしの武技の方も忘れない。

魔力にはまだまだ余裕がある。

さっきまでよりも効率的に魔力を回復できている。むしろ差し引きで考えると、若干プラスくらいにまでは持ち込めてるんじゃないかな？

どうやらダメージ効率的には、下手に弱いものを大量に使うより、多少集中に時間が必要でもしっかりと威力が出るものを使った方が良さそうだった。

相性というよりは純粋な練度の問題で、若干風魔法が威力が出ている感じだろうか。

しかし、こういうのをゾーンに入ったっていうんだろうか。

体感ではもう十分以上戦い続けているはずなのに、まったく身体の動きが鈍っていない。

それどころか、剣に乗る威力は戦い始めた時より上がっているような気さえする。

戦闘の持って行き方も明らかに上手くなっていた。

自分がしているはずの戦闘を少し上の視点から俯瞰している不思議な感覚のおかげで、彼我《ひが》の動きをしっかりと理解した上で最善手を打つことができる。

時間が引き延ばされるような感覚がずっと続いていて、俺は自分と相手の姿を立体的に捉えながら、オークキングへ一方的な攻撃を繰り返し続けていた。

どこか他人事のように戦いを俯瞰し続けているうちに、気付けば俺は、自分が武技と魔法をほとんど同時に使用していた。

下手なことを考えずとも反射で使えるくらいに練習を重ねた武技と魔法は、もはや呼吸するように自然に使うことができる。

なので自分でも気付かないうち、同時に武技と魔法を使っていたのだ。

ぴったり同じタイミングに合わせても使えるのかと試してみると、問題なくできた。

それなら武技を二つ使うことも、できたりするのかな？

考えるだけの余裕ができたので試してみることにする。

「よいしょっと！」

「GYAAAAAAAAA!!」

やってみると問題なくできた。

飛ぶ斬撃を放つ飛斬と斬撃の威力を上げる強撃を組み合わせることで、飛ぶ斬撃に衝撃を乗せる新たな武技が開発できたぞ。

武技を同時に使うことができるのなら、同じやり方で二重に魔法を使うのはどうだろう。

こっちができれば、技に結構幅が出る気がする。

テンペストタイフーンの魔法に火属性を足してみると……おお、火災旋風《せんぷう》になった。

燃えさかる火炎の嵐の中で、オークキングの鳴き声が聞こえている。

火傷《やけど》は堪《こた》えるのか、結構効いている感じだぞ。

それならこの調子で三重の魔法を……って、これは流石に無理だったか。

やろうとすると頭の奥のあたりがキーンと痛む。

鼻が熱くなったかと思うとちょっと血も出てきた。

どうやら三重で魔法を起動するのは、今の俺の脳みそのキャパ的に不可能らしい。

ただ二重起動ができるようになったおかげで、光魔法を使って痛みを消しながらでもオークキング相手にしっかりと魔法で攻撃を加えることができるようになった。

痛みが消えたら検証は終わりにして、目の前のオークキングの相手に全神経を集中させていく。

傷の治りは、目に見えて遅くなってきていた。

というか、傷がほとんど塞がっていないような気がする。

自己回復系のスキルには時間か回数の制限があるらしい。

ただそれでも、何もしなくても自動で回復するのはめちゃくちゃ便利そうだ。

光魔法があるから回復系のスキルはそれほど取らなくてもいいかなって思ってたけど……こうして実際に見ると、その有用性がよくわかるな。

魔法と武技を同時に使えなかったら、結構きわどかったかもしれないし。

戦いが終わったら、ガンガン取っていくことにしよう。

そろそろ戦いが終わりそうなので、そういえばと思い立体知覚を使って周囲の様子を観察する。

オークジェネラル達もかなりやるらしく、召喚していた召喚獣達は既に半分以上蹴散らされていた。

余裕がある今のうちにと召喚魔術を使い補充して、再びオークジェネラル達にあたらせる。

既にオークジェネラルの反応は一つ減っており、残る三体の反応も戦闘開始当初と比べると明らかに落ちていた。

こちらと同様、あっちも戦いを優勢に持っていくことができているらしい。

魔力を確認……うん、まだ余裕はある。

切れないよう付与魔術をかけ直してから、再び攻撃に移る。

相変わらず相手の攻撃の威力は高いけど……当たらなければどうということはない。

赤い大佐の気分が、少しわかる気がした。

ただ攻撃の余波だけでも威力があるので、さっきから跳ね返って飛んでくる石や枝や衝撃波でちょいちょい傷はできている。

まぁ全部無詠唱の光魔法で治してるから、そこまで気にする必要はないんだけど。

しっかしこいつ、どんだけ攻撃を加えてもまったく動きが止まる気配がないな……。

「GYUUU……」

何度目になるかもわからない突きをしっかりとヒットさせた時、オークキングと視線が重なった。

最初は明らかに俺を舐めているような感じだったが……こちらを見下ろす視線の種類は、戦い始めた時と比べるとずいぶんと変わっている。

これは……俺に、ビビってるのか？

オークキングの視線からは、こちらに対するおびえみたいなものを感じ取ることができた。目の前のオークキングが、気圧されてかわずかに後ろに下がる。

どうやら戦意もしぼみ始めているらしい。

戦いとは臆《おく》するやつが負ける。

だから本当にキツい時こそ、それを相手に気取られてはいけない。

平気なフリをして相手をビビらせれば、それだけで相手を臆させることができる。

フェリスからの教えは今も俺の身体の中に生きている。

体力的には問題はないけれど、集中力は既に切れかけている。

けど俺はまだまだやれるぞ。

どうしたよ、オークキング。

戦い始めた頃の勢いがないじゃないか。

まだまだこっからが本番だろ。

ビビってないで、やろうぜ。

俺が戦意をたぎらせると、オークキングが今度は目に見えてわかるほどに、大きく一歩引いた。

そしてこちらに背を向けて駆け出す。

なんだ……もう終わりか。

「たわいない……フェリスとは比べものにならないよ」

オークキングの背中にカルマを突き立てる。

自己回復のスキルが切れたからか、傷は塞がることはなかった。

剣を抜き、苦し紛れに放ってきた一撃をバックステップで避けてから顔に剣を突き立てる。目玉から貫通して脳まで届かせてやれば、あっという間に息の根を止めることができた。

「ふうぅぅ……」

ゆっくり息を吐く。

アクティブに動かしていたスキルをオフにすると、さっきまで俺とオークキングしかいなかった白と黒の世界に、色が戻ってくる。

そして俺は考える余裕ができてくると……だらだらと冷や汗を掻いた。

(や、やっちまった……)

初めての命をかけた戦闘を前にして、完全にハイってやつになってしまっていた。

一切実力を隠さずに全てを見せて戦ったし、見せちゃいけないようなことを編み出すことまでしてしまった。

実力を隠す余裕がなかったとはいえ、もうちょっとやり方があっただろう、俺……。

「「「……」」」

周囲にいるBランク冒険者達は、こちらを遠巻きに眺めていた。

戦闘は完全に終息したようで、それからは俺とオークキングの一対一を見物していたらしい。

俺は彼らに向けて苦笑しながら、この後どうやって乗り切ればいいんだろうと途方に暮れるのだった……。

◆

荒くれ者であり一癖も二癖もある冒険者達を統括《とうかつ》するのが、冒険者ギルドという組織である。

起こる暴力沙汰《ざた》を不思議な力でうやむやにしたり、いざという時には全ての問題を解決する伝家《でんか》の宝刀《ほうとう》である賄賂《わいろ》を出したりと色々と後ろ暗い話を良く聞くギルドも、このジェンの街では比較的健全な経営を保っている。

正確に言うのなら、忙しすぎてそんなことをする余裕がないと言った方が正しいかもしれない。

都市としての規模が大きなこともあり、ジェンでは冒険者の質も数も王都を上回る。往来の安全のための護衛の仕事はいつも求められており、またジェンで暮らす者達の安寧《あんねい》のためにも強力な魔物が出現するなどの有事の際には迅速な対応を行う。

冒険者達を有機的に動かすためには非常に高い事務処理能力が求められ、冒険者ギルドのジェン支部で働く者達の仕事量は極めて多い。

それに伴う高い給与がなければ、職員達もすぐさま飛んでいくであろうブラックな環境だ。

「ふうぅ……」

そんな中で最も多くの仕事をこなすのが、ギルドの長たるギルドマスターである。

冒険者ギルドジェン支部のギルドマスターであるアーチは手元の資料から視線を上げる。

目が疲れ、ピントが合いづらくなっていると気付いた彼は、ゆっくりと目元をもみほぐしはじめた。

立ち上がり背筋を伸ばしながら、遠くを見つめてしっかりと目を休めてやる。

といっても、働かせている時間と休んでいる時間の比率がまったく違うせいで、せいぜいが気休め程度にしかなっていないのだが……。

年齢も四十を超えてきたせいか、最近では少し老眼も混じるようになってきたせいでどうにも資料を読む速度が下がっている気がした。

もう少し書類仕事が減ればいいんだがなぁ……そう独りごちながら遠い目をしていると、ノックの音に現実に引き戻された。

「ギルドマスター、大変です！」

「ギルドはいつも大変だ、だからもう少し落ち着きを持てウーラ」

受付嬢であるウーラは許可を得ることなく、部屋の中に入ってくる。

アーチはせわしなくやってきた彼女の甲高《かんだか》い声を聞きながら、眉間にしわを寄せた。

いきなりギルドマスターである彼に話をしにくるというのは、本来であればあまり褒められた行為ではないからだ。

ウーラは事務処理能力が高く冒険者達の機嫌を取るのも上手い。

受付嬢としては申し分のない能力を持っていると言えるだろう。

けれどいくらか突発的な判断に難があるところがあり、やったことのないことや見たことのないものを見ると自分で考えず、すぐに上の立場の人間の判断を仰ごうとする癖がある。

いきなりギルドマスターに仕事を回すのは、非常に良くない。

ウーラの上司達としても自分の面目《めんぼく》が丸つぶれになってしまうからだ。

（まあもしかしなくともオークの一件だろう。緊急性が高いのは間違いないし、俺に直接連絡をしにくるという判断もあながち間違ってはいない……あとで説教はさせてもらうがな）

アーチは監督不行き届きとして一緒に説教をするウーラの上司の顔を思い出しながら、ウーラの説明に耳を傾けた。

滅多《めった》なことでは動じないアーチのこめかみが、説明を聞く度にピクピクと動く。

ウーラの口にした内容は、長いこと冒険者達を見守ってきたアーチをして、理解の範疇《はんちゅう》を超えていたからだ。

「……なるほど。つまりFランク冒険者のマルトが、謎の魔法と武技を使って単身オークキングを倒したと。そういうことで間違いはないか？」

「は、はい、その通りです！」

「一旦下がれ、追って連絡をする」

「承知致しました！」

ウーラを退出させてから、アーチは大きなため息を吐く。

彼は乱暴にどかりと椅子に座り直し、

「大変……どころの騒ぎではないな」

Fランク冒険者であるマルト。

ギルドが持つ情報収集能力を使い、そのおおよその事情は掴んでいる。

「やはり獅子《しし》の子もまた、獅子ということか……」

マルト、フルネームはマルト・フォン・リッカー。

アーチは既に彼の素性《すじよう》を、かなりのところまで掴んでいる。

貴族に縁のある者なら、ヴァルハイマー・フォン・リッカーの名を知らぬ者はいない。

誰も見向きもしていなかった辺境の地を有効活用する方法を編み出したその手腕は、現代の錬金術などとも言われるほどだ。

辺境で始めた倉庫業を軌道に乗せ巨万の富を得たその豪腕《ごうわん》は、良くも悪くも非常に耳目を引く。

やっかみも多く、金で爵位《しゃくい》を買ったと揶揄されている新興貴族の中でも特に強い存在感を放っている男だ。

そして彼が取った側室もまた、冒険者の中では知らぬ者のいない超がつくほどの有名人だ。

『迅雷』のレヴィ。

かつてアトキン王国を襲った魔族達による大規模侵攻をほぼ単独で食い止めてみせた、Sランクパーティー『終焉《ビー・オーバー》』の斥候を務めていた女性だ。

雷を身に纏った超速戦闘と、あらゆる生命の息の根を止める高出力の雷撃が特徴で、機嫌が悪くなれば全身から雷が迸《ほとばし》るほどに雷との親和性が高かったという。

王都防衛戦での戦闘は人間側からも魔族側からも恐れと共に語られており、戦闘を間近で見た者の中には、未だに雷雨の際にパニックを起こす者がいるほどだ。

かくいうアーチも、その王都防衛線には一冒険者として参戦していた。

捉えることのできぬほどの速度で瞬く間に魔物と魔族達を消し炭に変えていたあの姿を見た時に感じた恐れと興奮は、今でもなお鮮烈に胸に焼き付いている。

その二人が結婚していたという話も驚きだったが、何より驚いたのは彼らの息子が冒険者ギルドの門を叩いたことだ。

素性が明らかになった時など、思わず飲んでいた紅茶を噴き出してしまったくらいだ。

Ｆランクにもかかわらず時空魔法を使えるその才能に驚いてはいたが……しかしまさか、

「新人冒険者が単独でオークキングを討伐するなんて……レヴィさんの息子じゃなければ、虚偽《きょぎ》報告を疑って報酬を出し渋ったところだ」

マルトという冒険者にはそれとなく目をかけようと思っていた。

通常ギルドから出すことはあまりない指名依頼をわざわざ出したのも、彼の依頼歴に箔《はく》をつけるためだ。

当然こんなことになるとは思ってもみなかったわけだが……結果オーライかもしれない。

本来であればしばらくの間判明することがなかった彼の圧倒的な実力がこの段階でわかったのは僥倖《ぎょうこう》だ。

ギルドは、使える人材を遊ばせておくだけの余裕なんてものには縁がない。

それならばマルトには力を是非とも発揮してもらい……。

「それなら特例でランクを上げて、魔物討伐をさせていくか……いや、ちょっと待てよ、光魔法の腕もとんでもないって話だったよな……そっちの方面でも……」

アーチはぶつぶつと呟きながら、淹《い》れていた紅茶を口に含む。

そしてウーラが置いていった、冒険者達の口述筆記を読み始め……。

「ぶーっっ!!　無詠唱で複雑骨折の回復だと!?　こんなの大司教レベルだぞ！」

紅茶を勢いよく噴き出しながら、自分がしていた想定がまだまだ甘いことを知るのだった——。

◆

現在のアトキン王国の国王は、その名をエドガー三世という。

彼には二人の息子と一人の娘がいた。

長子である嫡男と長女、そして次男。

通常であれば何事も問題なく終えられるはずだった王位継承に影が差したのは、嫡男の王太子が魔族による王都侵攻の防衛戦の際に命を落としてしまってからのことだった。

残されたのは眉目秀麗《びもくしゅうれい》で聡明さを併《あわ》せ持つ王女エレオノーラと、王から生まれたとは思えぬほど愚鈍《ぐどん》で性格の悪いロンダート。

年齢や適性を考えればエレオノーラに女王となってもらうべきだが、女性が王位を継ぐと王配の男による王位簒奪《さんだつ》など無用な危険が生まれる可能性がある。

それならロンダートに王位を継がせた方がいいかと言えば、そう簡単でもない。

人には言えぬような嗜虐趣味を持ち、およそ政治というものに興味を持たないロンダートは、王としてはあまりにも不適格であった。

故にエドガー三世は、自身が未だ壮健《そうけん》なうちにと己の後継者をエレオノーラと定めた。

——エレオノーラの体調が徐々に悪化するようになったのは、それからすぐのことだった。

様々な憶測《おくそく》が飛び交い宮廷は荒れている。

虚実《きょじつ》入り乱れた王宮の中で、たしかに一つわかることがある。

それは病床に伏せるエレオノーラが、日々体力を落としているということだ……。

アトキン王国の中心部に位置するガブルス城。

王族達の住まうこの白亜《はくあ》の城は時代を感じさせる堅牢《けんろう》な造りをしているが、そのサイズは他国の王城と比べれば非常に控えめだ。

アトキン王国は三百年以上の歴史を持つ、由緒《ゆいしょ》正しき大国だ。

故に他国の大使からはもう少し良いところへ城を建て直すべきではと進言されることも多い。

けれど王家の人間は頑として移転を受け入れず、未だこの城に住み続けていた。

このガブルス城は王国というもの自体がまだ存在せず、王家の先祖が未だ豪族達を従える小国の連合の長に過ぎなかった頃からの伝統ある城だ。

住むに困っているわけでもないのだから、壊れるまで使えばいい。

歴代の国王はそういった外聞といったものをまったく気にしない質《たち》の者達ばかりで、故に民衆から非常に親しまれていた。

「姫様、フルーツです。どうか少しでも、お食べくださいませ」

とある少女のために用意された天蓋《てんがい》付きのベッドが、窓からこぼれ落ちてくる月の光を優しく受け止めている。

カーテン越しに浮かび上がるシルエットは二つ。

床につく少女と、その側仕えであるメイドだ。

ベッドのすぐ隣に立っているメイドが手にしている盆《ぼん》の上には、綺麗に切り分けられたカットフルーツが乗っている。

「それでは一つ、いただきますね」

鮮やかな純白の絹織物に浮かび上がるシルエットはあまりにも細く、触れただけで折れてしまいそうだった。

上半身だけを起き上がらせている彼女の姿は、天蓋によって隠されていた。

少女は木串《きぐし》に刺されたフルーツのうちの一つを手に取ると、もぐもぐと噛みはじめる。

数度咀嚼《そしゃく》をしてからゆっくりと嚥下すると、少女はふぅと息を吐く。

その吐息にはどこか疲れの色がある。

少女はわずかに乱れた息を整えると、そのまま起こしていた上体を倒そうと重心を後ろにずらした。

「……ありがとうございます。シェリル、一つお願いをしてもいいかしら……？」

「はい、なんでございましょうか」

突風が吹き、天蓋が揺れる。

その隙間に現れる姿はあまりにも可憐《かれん》で、そしてそれ故に痛ましかった。

真っ白なパジャマに身を包む、頬のこけた美少女――病床にある王女エレオノーラは、枕の下から一通の手紙を取り出すと、メイドのシェリルへと手渡した。

「これを私の親友の――ミラに渡してほしいの。彼女が住んでる場所は、爺《じい》やに聞けばわかるはずだから」

「――かしこまりました」

「私は……少し疲れたので、眠らせてもらいます」

エレオノーラはそのままベッドに倒れ込むと、すぐに眠りについた。

苦しげに自分の胸を掴んでいる彼女の様子を見たシェリルは、その顔をくしゃりと歪《ゆが》ませると、すぐに目元を袖《そで》で拭い、ゆっくりと顔を伏せる。

ゆっくりと深呼吸をしてから顔を上げた時、そこには主の命を守るべく動こうとするメイドの顔があった。

彼女が飛脚《ひきやく》へ手渡したその手紙は、辺境の街ジェンへと流れていき……そこで一つの運命の糸を紡《つむ》ぐことになる。

◆

ガブルス城の各部屋は、そこまで防音性が高いわけではない。

故に秘密の話をする時には、なんらかの魔法を使い、声が漏れ出さぬよう気をつける必要があった。

エレオノーラが眠りに就いている部屋からわずかに三つほど隣にいったところにある部屋には、魔法が張り巡らされていた。

うっすらと球状に展開されている紫色の光はどこか禍々《まがまが》しさのようなものを感じさせる。

その球の中で、何かが割れるようなパリンという大きな音が鳴った。

けれどその音は魔法に吸収され、一切外に漏れ出すことはない。

球の中にいる人影は二つ。

一つはでっぷりと横に大きな身体をした、ニキビだらけの顔をした少年。

そしてもう一人は、その隣に隙がない構えで立っている、全身黒ずくめの男だった。

「ええいっ！　エレオノーラはまだ死なんのか！」

「声が大きいですよ、ロンダート殿下」

「俺を殿下と呼ぶなと言っているだろう！」

「失礼しました……ロンダート王太子殿下」

殿下は王族の子息に対して一般に使う敬称であり、王太子は次期国王を指す称号だ。

今の訂正の仕方を見れば、このでっぷりと太っている少年が持っている野心は実に簡単に見抜くことができるだろう。

部屋の中で叫んでいるのは、第二王子であるロンダートだった。

彼は手に持った花瓶《かびん》を振り上げると、思い切り床に叩きつける。

再びパリンと大きな音が鳴るが、その音は全て吸収され決して外に漏れ出すことはない。

彼の脇に控えている黒ローブの男は、ロンダートの狂態《きょうたい》を見ても顔色一つ変えてはいなかった。

ロンダートが何度も床を踏みしめると、破片になった陶器が更にバラバラと細かくなっていく。

その様子をじっと見ている男は、王族であるロンダートに対し、冷たい目を向けていた。

人を人とも思わぬような、冷酷で冷徹な瞳だ。

けれどロンダートはその視線の色に気付いた様子もなく、いらだたしげに新たな調度品を手に取っては、怒りに任せて叩き割っていた。

「一週間もあれば死ぬと言っただろう⁉　だというのに既に一月も経っているぞ、どうなっているのだディスパイル！」

「王女様の持つスキルが予想以上に強力だったのでしょう……けれど問題はありません。所詮《しょせん》はスキルに過ぎない。それならばどうとでもなります」

「おう、そ、そうか……」

血走っていたロンダートの瞳が一瞬、理性を取り戻した。

彼がディスパイルと呼んだ男へ向ける視線には、明らかな恐怖が感じられる。

一瞬の間を置くと、ロンダートの目が再び血走り出す。

彼は己の胸の内に湧き出した恐怖を吐き出すため、再び周囲のものにあたり出した。

ロンダートのことを冷ややかに見つめるディスパイルの目は、怪しく金色に光っている。

彼はロンダートに聞こえぬほどに小さな声で、ゆっくりと呟いた。

「そう、全ては――邪神様のために」

第五章 ── 運命と女神様の巡り合わせ

オークキングを倒してからすぐ、俺はギルドマスターから呼び出しを受けた。

兵站の依頼なのに魔物と戦ったことをとがめられるのかとビクビクしながら行ったんだが、別に怒られたりするようなこともなく、ギルドマスターの態度はこちらに対しひどく好意的なものだったので一安心。

「というわけで、今日からお前はCランク冒険者だ。ギルドマスター権限だとここまでが限界だった、スマンな」

俺はオークハーミットやオークジェネラル、そしてオークキングを討伐した功績で、あっという間にCランクに上がってしまった。

こんな風にちゃっちゃといけるなら、多少無理をしてでも魔物を狩っておけば良かったかも……とちょっとだけ思ってしまったのは内緒《ないしょ》だ。

今回の指名依頼の報酬と、売りに出した各種オーク達の素材の売却額を合わせると、既にエドワード兄さんからもらった餞別の額を超えてしまった。

これでひとまず、しばらくの間は何もしなくてもいいくらいに金が溜まった。

なので俺はじゃんじゃん討伐依頼も受け……たりはせず、スキルの習熟に努めることにした。

あのオークキング率いるオーク群との戦いは、今思うと色々と反省点が多い。

召喚獣を散らせてもっと広範囲に冒険者達の支援をすることもできたはずだし、戦いに集中しすぎていたせいで周りへの配慮がおろそかになりすぎていた。

無詠唱魔法を始めとして魔法を見せすぎたりしちゃったしさ。

そのおかげで色々と面倒なことにもなってきている。

あの時一緒に依頼を受けることになった人達や、彼らから話を聞いた冒険者達が俺を見るや否やものすごい勢いで勧誘をしてくるのだ。

ギルドに行かずに宿で魔法の練習をしているのは、彼らのほとぼりが冷めるのを待っているという側面もあったりする。

俺は純粋な戦闘能力なら高いのかもしれないが、それ以外の経験値が足りない。

あんまり人と関わってこなかったせいで、コミュニケーション能力も露骨《ろこつ》に落ちてきている気がする。

基本的にソロでやるつもりだけど、上手く角が立たないように断る方法はないものだろうか……。

ちなみにあれから二週間ほどが経ち、今の俺のステータスはこんな感じになっている。

マルト・フォン・リッカー

レベル42

攻撃Ｃ（Ａ）
防御Ｃ
魔攻Ｂ
魔防Ｄ
俊敏《しゅんびん》Ｃ

スキル魔法　レベル２
元素魔術　レベル６
系統外魔術　レベル６
上位鑑定　レベル３
剣豪　レベル５

不撓不屈　レベル5
全耐性　レベル4
暗殺者　レベル7
万物知覚　レベル5
与ダメージ比例回復　レベル3

呪術　レベル5
封印術　レベル6
双剣術　レベル6
槍術　レベル5
投擲術　レベル10（MAX）
夜目　レベル10（MAX）
マジックバリア　レベル2
物理障壁　レベル2
言語理解　レベル10（MAX）
祈祷　レベル2

戦闘と訓練によって、上位スキルのレベルが軒並み上がっている。

一の実戦は百の訓練に勝ると言うが、オークキングと戦ったおかげで各種スキルレベルは一気に上がった。

ここ二週間の成果で言うと、やっぱりスキルの上にあるこれらだろう。

――そう、上位鑑定のレベルが上がったおかげで、俺はようやく自分のステータスを確認することができるようになったのだ！

ちなみに他人のステータスに関しては、まだほとんど見ることができない。

上位鑑定の更なるレベルアップが待たれるところである。

あと、直近の変化で一番大きかったのは系統外魔術のレベルアップかな。

こいつのおかげで、俺は召喚魔術の真の力を知ることができた。

系統外魔術がレベル6に上がったことで手に入った、召喚魔術のホルダー。

これこそが召喚魔術の真骨頂《しんこっちょう》だったのである。

手元に召喚されることになるこいつは、見た目はカードを収納するためのホルダーそのものだ。

こいつを一度発動させると、ホルダーを手に持っている間、召喚した召喚獣はカード化され、自動でホルダーの中に収納されていくようになる（ちなみにホルダーに入れている状態でも召喚されている扱いになるため、召喚獣の枠は使ったままだ）。

カード化した召喚獣をホルダーに入れるとどうなるかと言うと……ホルダーに入れた召喚獣に応じる形で、俺の基礎能力値が上がるのだ。

つまり召喚魔術を使って、ステータスを上げることができるようになったのである。

召喚獣自体の数は今はさほど必要としていないし、当分はこのバフ効果をメインにして使っていくことになりそうだ。

ステータス欄を見てほしいんだが、攻撃の後ろにある（A）というのは、補正値込みでA程度の力があるということになる。

二段階もステータスを上げられるようになったわけだ。

ちなみに上昇するステータスは、入れる魔物によって異なっている。

たとえばゴーレムを入れると攻撃力増大（小）がつくようになり、ミニリザードを入れると火魔法（小）がつくといった具合だ。

そして召喚魔術で生み出せる合成召喚獣をカード化した場合、補正が（中）へとグレードアップしていた。

恐らく魔術を使う召喚士本体のステータスの弱さを補うための魔術なのだろうが、これを使えば俺の能力値は一気に上がる。

ぶっちゃけ既に各種スキルを取って高い基礎能力値を持っているであろう俺は、召喚獣と一緒に戦うより補正を乗せて一人で戦った方が強い。

なので俺にとって召喚魔術は召喚獣で戦うものではなく、召喚獣によって能力に補正をかけてぶん殴るスキルだという形で落ち着いた。

ちなみに補正した値を見ればわかる通り、今の俺は全てのバフを攻撃に振っている。

ゴーレム系統の召喚獣で埋めることで完全な脳筋ビルドを作りあげたおかげで、A相当の攻撃力を手に入れている状態だ。

今のところ道行く人に上位鑑定を使ってもAランクの値を持っている人はいないし、実際かなり高い数値になっていると思う。

ちなみに実際問題どのくらいの力があるかと言うと……思いっきり握ると石が割れるくらいのパワーだ。

自分でやってちょっとドン引きするくらいの力こそパワーっぷりである。

純粋な比較はできないけど、少なくとも補正なしと比べると倍近いくらい握力が上がってる感じかな。

カード一枚で得られる補正の値はそれほど大きくないみたいから、後々レベルが上がってステータスもがっつり上がってくると今ほど顕著《けんちょ》なことにはならない感じになるだろうけど、少なくとも今はかなり有用な力だ。

しっかしこうして補助込みとは言え一線級のステータスに到達できるようになったから

こそ思うんだけど……この世界の強者《つわもの》って、どんくらい強いんだろう。

ステータスが上がりまくると、前世のびっくり人間でもできないようなむちゃくちゃなことが可能になる。

たとえば防御がAになると普通の鉄剣だとほとんど傷がつかないくらいの鋼のスキンを手に入れることができるし、俊敏がAになれば視認することが難しいくらいの速度で移動することができるようになる。

今思い返すと、風魔法を使った全速力のフェリスのスピードは、間違いなく俊敏をAにした時の俺を超えている。

ていうか俺より明らかに何段階も速かったし……今の俺だとまだ届かないけど、Sランクなんかも存在したりしているのかもしれない。

強くなったとはいえ、まだまだ上には上がいるってことだね。

上位鑑定のレベルを10まで上げたら、フェリスのステータスも覗《のぞ》けるようになるのかな？

ちなみに現在、スキルポットに魔力も充填《じゅうてん》中だ。

とあるスキルを手に入れるために、余った魔力はそこにぶち込んでいる。

ホルダーで上がった力でどこまで行けるか試してみたいし、そろそろギルドに行ってレベル上げの再開でもしようかな……なんていう風に考えていた頃、俺が泊まっている宿に来客があった。

「マルト、ちょっといいかしら？」

やってきたのは、『左傾の天秤』の魔法使いのミラだった。

一体、何の用だろう？

とりあえず宿の中に入って話を聞くことにした。

ちなみにオークキングの討伐に成功した報酬が入った時点で、宿のグレードは一気に二つくらい上げている。

お金は回さないと、経済も回らないからね。

「なんだかすごいことになってるわね、マルト。本当ならあなたから魔法のこと色々と聞きたかったのに、それどころじゃないんだもの。この宿を探すのも結構大変だったのよ？」

「あはは……うん、ちょっと張り切りすぎちゃったから」

「ちょっと張り切ったらオークキングが倒せるの？」

「結果的にはそうなっちゃいました」

ルームサービスを頼み、軽食を用意してもらう。

一泊金貨一枚というだけのことはあり、軽食の値段は驚きの無料である。

出てきたパンをどうぞと促すが、ミラの方は手をつけない。

小腹が空いていたので一つを手に取って食べてみる。

噛みしめると小麦の優しい甘さが広がる。

うん、一流の宿は軽食にも手を抜いていないようだ。

「私ももらおうかしら……うん、まぁまぁね」

ミラもパンを口に運び、もそもそとかじる。

その動作はかなり様になっていて、どこか絵画の一場面のようであった。

「まどろっこしいのは苦手だから、単刀直入《たんとうちょくにゅう》に言うわね。実はマルトに一つ、お願いがあるの」

俺は自分がどこに泊まっているのか、誰にも言っていない。

もちろん『左傾の天秤』の三人にもだ。

つまりミラがここに来たってことは、手間をかけてまでわざわざ宿屋を探し出してやってきたということ。

いつになく真剣なミラの様子からも察するに、かなり重要な話なんだと思う。

「内容によるけど、大抵のことなら聞くよ。もちろん、それ相応の報酬はもらうけど」

軽食を食べ終え、しっかりと意識を引き締め直してからそう告げる。

三人は同業者で初めてできた友人なのでなるべく聞いてあげたいとは思う。

もちろん無理難題を言われたら、断らせてもらうけどね。

そんな意味を言外《げんがい》に込めると、ミラは当然ねと言いながら、こくりと頷いた。

「マルト、光魔法の練度もかなり高いんでしょ？　あなたの実力を見込んで、治してもらいたい人が一人いるの」

「治す……なるほどね。病気？　それとも怪我？」

俺の光魔術はこの世界の人間と比べると極めて異質で、効果が高い。

筋肉や骨の位置をしっかりとイメージしながら魔術を使えば複雑骨折や陥没《かんぼつ》骨折なんかも治せるし、骨が折れて筋肉に刺さったりしていてもしっかりと元に戻すことができる。

一般的にこの世界の光魔法は病気に対しては効きづらい傾向にあるが、俺の場合は殺菌や滅菌をイメージすることで病原菌なんかも消し去ることができる。

破傷風《はしょうふう》にならないように傷を治したりすることもできるし、多分だけど万物知覚と併用《へいよう》して位置を特定してしまえば、ガンみたいな悪性の腫瘍《しゅよう》を消し去ることだってできるはずだ。

光魔法も上位スキルの系統外魔術に統合されて光魔術に変わったことで、以前と比べると回復量も更に増えている（もちろんその分だけ魔力消費量もね）。

この世界の光魔法の使い手の実力をそこまで知っているわけではないけれど、前に軽く使った光魔法を見たマリアが驚いていたことを考えれば、腕前的には上から数えた方が早いんじゃないだろうか。

更に言えば今の俺はホルダーを使うことで、光魔術の効果を上げることも可能だ。基本的に魔法や魔術に関するステータスは全て魔攻に分類されるため、魔攻特化のステータスにしてしまえば、それだけ光魔術の効果も高くなる。

怪我でも病気でも、よほどの重篤《じゅうとく》な状態でもない限りは治せるだろう。

そう思い少しだけホッとしていると……返ってきたのは想像していなかった第三の答えだった。

「それが……わからないの」

「わからない？」

「うん、どんな薬師《くすし》や光魔導師に聞いてもわからなかったらしいの。でも体調は日々悪化していて、弱っているのは間違いないらしくて……」

なるほど、既に色々と手を尽くして、それでもどうにもなっていないのか。

それだと俺が行っても治せるかどうかは怪しいと思う。

下手に隠していて後になってから話が違うと言われるのもいやなので、思ったことを正直に口にすると、それでも行ってみてほしいと食い下がられてしまった。

ダメで元々だからと、あのプライドの高いミラが頭まで下げたのだ。

それだけ打つ手がない……ってことなんだろうな、多分。

「あの子は私の……たった一人の幼なじみなの。だから……お願いマルト、一度診てもらえないかしら？」

幼なじみか……それだけ大切な人なら、ミラがこんな風に頼んでくるのもわかる。

そして俺としても、非常に断りづらい。

病気で誰かを失うのって、つらいもんね。

母さんが亡くなったことを今でも悲しんでいるフェリスを見てきた俺には、彼女の気持ちを何分の一かでも理解することができる。

大切な人がどんどんと弱っていくというのは、想像するだけでもつらいことだ。

その状態を回復できる可能性があるというのなら、俺も手を尽くすべきだろう。

考えるまでもなく、俺の答えは決まった。

「うん、いいよ」

「もちろん無茶を言ってるのはわかってるわ。今回無理を言って家宝の一つを出す許可をもらってきて……え？」

「いいよ、ジェンの冒険者ギルドの勧誘合戦にはちょっと辟易《へきえき》してたところだし、余所に行くにも良い機会だとは思ってたんだ。その間に人助けができるっていうなら、喜んで行かせてもらうよ」

「ありがとうマルト、本当にありがとう……」

「ただ治せなくても許してよね」

そうやって軽くおどけても、ミラはまったくこちらの様子には気付かずにただただ頭を下げていた。

その瞳からこぼれるキラリと輝く雫《しずく》は見ないふりをしながら、俺はミラが落ち着くまでその場で時間が過ぎるのを待つことにした。

こうして俺はミラからのお願いを聞いて、王都へと向かうことになるのだった。

まさかその先に、あんなことが待ち受けているとは知らずに……。


ジェンは辺境の街なので、王都であるアトグリスへ行くまでには馬車で向かっても一ヶ月弱の時間がかかる。

それを乗合馬車で時間を合わせながら行くとなると、待ち時間も発生するので、着くまでにどうしても一ヶ月以上はかかってしまう。

最悪スキルを全開にして気合いで王都にダッシュしなくちゃいけないかと思っていたんだけど、幸いなことにそうはならなかった。

「まさか専用の馬車まで手配しているとはね……」

現在俺達は、四頭立ての馬車の中にいる。

サスペンションなんかの衝撃を吸収する機構があるみたいで、大きく揺れるようなこともなく車内は快適そのものだ。

どうやらミラが助けようとしている人はかなり身分が高い人間のようで、ミラに手紙を送るついでに自由に使って良い馬車を貸し出してくれたのだという。

そのため御者を雇うのが少し手間ではあったけれど、ここからはノンストップで王都まで向かうことができる。

一路《いちろ》王都へ向かっているので大きく日程を短縮できるはずだ。

恐らく半月はかからないだろうというのが、御者のおじさんの見立てだった。

「いやぁ、まさかこんな形で初めての王都に行くことになるとはなぁ……」

「私は一度行ったことがありますが、数年ぶりの王都ですねぇ」

そして今回の王都行きには、ミラと御者のおじさん以外にも同行者がいる。

てっきり俺はミラと二人で旅に出かけるものだとばかり思っていたが、どうやらミラはかなり仲間意識が強いらしく、今回の王都行きには『左傾の天秤』のメンバーも一緒にくることになったのだ。

ミラはそれほどよく喋《しゃべ》るわけではないので、長いこと二人きりだと沈黙が心配だった。

けどおしゃべりなエイラがいてくれるなら、少なくとも道中退屈することはなさそうだ。

「しかし驚いただろ、ミラは貴族令嬢には見えないもんな！」

「どことなく上品な感じはありましたけど、私も教えてもらうまでは、上級貴族の娘さんだとは思ってもみませんでした」

「うん、俺もマリアと同じだよ。まさかミラが——ティンバー侯爵《こうしゃく》家の令嬢だったなんてね」

旅の前に明かされたのだけど……ミラは実は侯爵令嬢だったのだ！

どうやらミラは実家を出てきている、いわゆる家出娘というやつらしい。

なんでも実家とそりが合わず、強引に婚約をさせられそうになったところで、家族にも内緒で実家を出たのだとか。

侯爵と言えば、王族と血縁関係を持つ公爵《こうしやく》家を除けば最も位の高い上級貴族だ。

うちのリッカー家などとは比較にならないくらいの由緒ある貴族家である。

彼女の実家であるティンバー侯爵家は、何人も宮廷魔導師を輩出した由緒正しい魔導師の家系らしい。

ミラが妙に魔物や魔法に詳しかったのは、幼い頃からの英才教育の賜物《たまもの》ということなんだろう。

「貴族令嬢なんて柄《がら》じゃないもの。実家にいても息が詰まるだけだったし」

彼女が冒険者になったのは、ティンバー侯爵家の教えによる部分も大きかったようだ。

ティンバー家を興《おこ》したご先祖様も、まさか実戦に勝る修行なしという家訓が原因で家を出て冒険者を始めるおてんば娘が出るとは、想像もしていなかったに違いない。

それだとミラは、上級貴族のご令嬢なのに貧乏生活をしてたってことになるのか。

貴族令嬢がネズミの出る安宿に泊まって、よく平気だったねぇ。

本人的に別に問題はなかったらしいし、むしろ一種のエンターテインメントとして、結構楽しんでいたみたいだけど……ミラって結構タフな子なのかも。

「そういえば、二人はミラのことを知ってたんだね？」

「ミラは世間知らずだったからなぁ、数日も一緒にいれば色々とわかっちゃったんだよね」

「ど、どういう意味よ！」

「商人にぼったくられても気付かなかったり、色々と金銭感覚がおかしかったり……私達が矯正《きょうせい》していなければどうなっていたことか……」

「うぐっ……ま、まぁそんなこともあったかもしれないわね？」

「――ふふっ」

なぜか強がっているミラ。

その頬は真っ赤になっているが、平気そうな表情で取り繕《つくろ》っているのでなんだかすごい顔になっている。

どうやらミラとしては昔の話をされたくないようだが、それを敏感に察知したエイラ達は俺に昔の話を色々と教えてくれる。

必死になって制止しようとしているミラとエイラ達の間で繰り広げられる攻防を見ていると、思わず笑みがこぼれてきた。

「ふわぁぁ……」

気付けば仲直りしていたミラ達は、三人で話し込み始めていた。

駆け出し冒険者の頃の話が次々と飛び出してくる。

最初はふんふんと聞いていたけど……話が想像以上に長い。

女性が三人寄れば姦《かしま》しいとはよく言ったもので、女の子同士の話はなかなか尽きず、なんなら始めたての時より盛り上がっていた。

流石に長話を聞いているだけでは飽きてきた。

暇さえあれば魔法やスキルの練習ばかりしているいつもの癖で、何もしてないと身体がうずうずしてくる。

せっかくの時間を無駄にするのはもったいないし、魔法の練習でもすることにしようかな。

三人には無詠唱が使えるのはもうバレてるし、スキルポット以外なら何を見せても大丈夫なのはありがたい。

いつもの感じで練習させてもらうことにしよう。

目下《もっか》俺が練習しているのは、魔術の多重起動だ。

一回一回魔法を使っていては、大量の敵を相手にした時にとにかく手数が足りないから、それをなんとかしたいっていうのがまず一つ。

それとオークキング相手に使った合成魔術が結構有用そうだったので、なんとかしてあいう感じの強力な魔術を安定して使えるようになりたいというのがもう一つだね。

あの火災旋風は、結構な威力が出てたし。

オークキング戦で手数が足りていなかった反省を活かし、必死になって練習をしている最中だったりする。

一応魔法の二重起動はできるようにはなっているんだけど、現状では動きながらだと成功率が30％に満たない状態なので、実戦で使えるレベルにはまるで至っていない。

とりあえずこれをほぼ１００％成功できるところまで持っていくのが現在の目標だ。

……え？　オークキング戦じゃあしっかり使えてたじゃないかって？

そうなんだよねぇ。あの時は１００％の確率で成功できてたんだけど、今じゃ無残なものになってしまっている。

あの時は命がかかった戦いっていう極限の状況下で完全にゾーンに入ってたからね。

いわゆる火事場の馬鹿力的なやつでできてたってことみたいだ。

自分を極限まで追い込めばもしかするとまた使えるかもしれないけど、練習でそこまでするつもりはないしね。

地味だけど一歩ずつ着実にやっていこうという考えである。地道にやってくの、嫌いじゃないしね。

意識を集中させて、魔術発動の準備を整える。

二重起動は、たとえるなら二つの手のそれぞれで文字を書くような感覚に近い。

パッとやろうとするとなかなかに難しいんだけど、時間をかけてじっくりと体内の魔力を練り右と左の両方から出してやることを意識すれば、一応そこそこ成功率は上がるのだ。

戦闘中にはそんな余裕がないのが問題なんですけどね……。

ただこれができるようになれば魔法同士を組み合わせて色々できそうだから、可能な限りものにしておきたいんだけど……。

万が一暴発しても問題がないように、風魔術を中心にして使っていく。

とりあえずそよ風を二発……成功。

強めの送風二発……失敗。

そよ風と送風……成功。

二つのそよ風を、一回、二回、三回……。

「……あれ、三人ともどうかした？」

魔法の練習に没頭すると、時間が経つのはあっという間だ。

一旦集中が切れたので顔を上げると、『左傾の天秤』の三人が奇妙なものを見るような目でこちらをジッと見つめていた。

「いや……声をかけてもまったく気付かないくらい集中してたから、つい気になってさ」

「ごめんね、集中してると周りの声聞こえなくなっちゃって」

「まあ、別に大した話をしようとしてたわけじゃないからそれはいいんだけどさ……」

「それって何の練習をしているんですか？」

「えっと……魔法の二重起動だけど」

「やっぱり二重起動だったの!?」

魔法について一家言《いっかげん》ある侯爵令嬢のミラが俺のことをジッと見つめてくる。対してマリアとエイラの方はぽかんとした様子で首を傾げていた。

「どうしたんだよミラ、そんな驚いて」

「魔法の多重起動は、超がつくほどの高等技術よ。王国広しといえど、使える魔導師の数は五人にも満たないはず」

「なんかよくわからないけどすごいんだなぁ」

「すごいなんてもんじゃないわよ！　魔法の多重起動は全魔導師の憧れ！　私も父様に教わろうとしたけど全然上手くできなかったんだから。ねぇマルト、もしよければ私に魔法を教えてくれないかしら？」

「え、うん、いいけど……」

人様に何かを教えられるほど立派なものでもないけど、俺はとりあえずミラに魔法を教えてみることにした。

二重起動を教えようとしたら、そういうんじゃないと叱《しか》られてしまった。

今できることをしっかりと教えてと言われても、なかなかに難しい。

教えるというのは初めての経験なので何をすればいいかは手探りだったけど、とりあえずミラは火魔法が得意ということだったので、温度を意識して火魔法を使うことができるように訓練をさせることにした。

そんなことをしているうちに時間はあっという間に過ぎていき。

途中何度かボヤ騒ぎを起こしかけたりもしたけれど、無事ミラは今までのオレンジ色の炎より高温な白い炎を出すことができるようになり。

そして俺達を乗せた馬車は、王都へとたどり着いたのだった――。


「これが王都かぁ……」

アトキン王国の王都アトグリス。

ジェンやギバルの街よりも数段は大きな街に、思わず圧倒されてしまいそうになる。

通用門の前にはかなり人が並んでいたが、ミラが家紋を見せると衛兵の人達に連れられて列を抜かして中に入ることができた。

貴族家の人間が乗っているとわかり、頭を下げている人達もいた。

自分も貴族家の人間だからつい忘れそうになるけど、貴族と平民との間の隔たりってかなり大きいんだよなぁ。

「……」

「何よ、私の顔に何かついてる？」

「いや、上級貴族って偉いんだなぁと思って」

「……貴族なんて、ただ偉いだけよ。それより行きましょ」

ミラは御者に何かを言うと、馬車を走らせ始めた。

そして一旦宿屋を取って、休憩《きゅうけい》することにした。

「ミラは実家には戻らないの？」

「――戻らないわ。結果も出さずに戻ったら、現実に打ちひしがれて帰ってきたみたいで嫌だもの」

ここから先は徒歩で行こうということになり。

エイラとマリアはここでお留守番ということになった。

事前に話をしてあったからか、彼女達からも文句は出ない。

「じゃあ、行くわよ」

ミラに先導してもらいながら歩いていく。

王都は貴族街と平民街という形で、居住区画が二つに分かれている。

平民街はかなりギチギチで人の数も多かったが、検問を抜けて貴族街に入ってからは、人通りもずいぶんとまばらだ（ちなみに冒険者を貴族街に連れて行くのはずいぶん渋られたが、俺がプレートを見せると一発で入れた）。

「マルト……あなた、貴族だったの？」

「一応、男爵家の三男坊だよ。まぁでも、今はただの冒険者のマルトさ。ミラだってそうでしょ？」

「それは……その通りね」

馬車を使わずに歩いている俺達の方が目立つほどだった。

というか……やっぱり治してほしい人って貴族だったんだね。

ミラの感じからなんとなく想像はついてたけど……。

けれど、事実は小説よりも奇なり。

ミラの頼みは、俺の想像の斜め上を行くことになる。

俺が連れて行かれた先は――貴族街でも更に奥にある一等地、そこにででんと鎮座している王城だったのだ。

当然ながら、俺は一度も王城に入ったことなんてない。

まず外苑《がいえん》部でボディチェックを受け、水堀《みずぼり》を越え、城の中に入っていく。

中に入ると、そこでももう一度ボディチェックをされた。

どうやらこっちが本命のようで、口の中からパンツの中まで、何一つ見逃してなるものかという厳格なボディチェックをされた。

侍女《じじょ》らしき綺麗な女性にくまなく見つめられたので、いけない性癖《せいへき》に目覚めてしまいそうだ。

とまぁ冗談は置いておいて。

俺は騎士に先導されながら先へ進んでいく。

(……ん？　なんだこれ……)

念のために万物知覚を使っていると、妙な違和感を覚えた。

今通り過ぎた部屋の中に、妙に光量が大きい反応があった。

王城の中だから護衛のためにも強い人がいるのは当然だとは思うんだけど、なんだか光が強いだけではなかったような……。

「……どうかしたの？」

「いや、なんでもない」

気のせいだろうと思い、先へ進む。

今はそんなよくわからないことに気を取られている場合じゃない。

だって多分これから……王族を治さなくちゃいけないんだろうからね。

最後にメイドさんからのボディチェックを受ける。

そして俺はここでようやく、ミラから今回魔法を使う相手についての説明を受けることができた。

「マルトに治してほしいのは——この国の第一王女であるエレオノーラよ」

「流石の俺でも名前を聞いたことあるくらいの有名人じゃないか！」

言い方がマズかったのか、メイドさんにキッと睨《にら》まれた。

す、すいません……と謝りながら頭の中の記憶を掘り起こしていく。

アトキン王国第一王女エレオノーラ。

たしか現在では第一位の王位継承権を持つとされている、次期女王の少女だ。

「エリィはここ最近どうにも体調が思わしくないらしくてね。色んな光魔導師に診てもらったんだけど、一向に治る気配がなかったらしいの」

「あのバンビィ先生に診てもらってもダメだったのです、今更こんな少年に頼んでも……」

そう口にするのは、真面目そうな顔をしたメイドさんだった。

どうやらエレオノーラ様の専属侍女のシェリルさんというらしい。

かなりの美人さんだとは思うのだが、ここ最近はずっと付き添って看病をしているからか、その顔にはどこか影が差しているように見える。

「シェリル、そう言わないで。今回ばかりは、私を信じてくれないかしら？」

「……ミラ様のことを疑っているわけではないのです。どうせ打つ手なしと皆から匙《さじ》を投げられたのですし……ダメで元々と思うことにします」

シェリルさんとミラが話をしている間に、どうすべきかを考えることにした。

今までエレオノーラ様の容態を確認するために、何人もの光魔導師がこの場所を訪れたという。

わざわざ王女を治すために派遣されてきたというのだから、皆かなりの凄腕《すごうで》のはずだ。

彼らが治すことができていないとなると、エレオノーラ様はかなりの難病に違いない。

現代知識チートはあるものの、果たしてそれだけでなんとかできるのか、今からちょっと不安になってきた。

「シェリルさん、いくつか質問をしてもいいでしょうか？」

「……ええ、私に答えられる質問であれば」

エレオノーラ様はたしか俺とそう変わらない年齢だったはずだ。

そしてその笑顔はひまわりのようにかわいらしいという話を耳にしたことがある。

そんな未婚の女性の寝室に俺のような若い男の子が入るのだから警戒するのも当然だ。

前世と合わせると精神年齢は四十超えてるんだけどな……と思いながら質問をしていく。

今までの光魔導師がどのように魔法を使いそれが失敗したのかが、シェリルさんの口から語られていく。

光魔法を使えば体調は少しの間好転するらしいのだが、数分もすると元に戻ってしまうらしい。

魔法を使われると回復させた体力以上に疲れてしまい、おまけに痛みも襲ってくるらしく、効き目がないと判断するようになってからは、あまり積極的には使わないようにしているんだとか。

そして体調が悪くなる前と後で、外的な変化は一切ない。

ただただ体力だけが日増しに削られていき、日中に活動できる時間はどんどんと短くなっているということだった。

王家のお抱え医師の見立てでは、もって三ヶ月だという話だった。

その診断を下されたのが今より半月ほど前であることを考えると、いつどうなるかがわからない、予断を許さない状況なのは間違いない。

シェリルさんの記憶は非常に詳細で、細かい魔法の一回の使用のような細部に至るまでしっかりと記憶していた。

シェリルさんは別に、治療の専門家でもなんでもないはずだ。

けれどここまでしっかりと覚えているということは……つまりそれだけエレオノーラ様のことを大切にしているということでもある。

「エレオノーラ様のことを、大切に思ってらっしゃるのですね……」

「もちろんでございます。……先ほどは失礼致しました、マルト様。どうもここ最近、精神がささくれだっておりまして……王女の専属侍女として失格です」

どうか……姫様を治してください。

ぽつりと呟かれたその言葉に、一瞬どう答えるか迷う。

俺に治せるかどうかはわからないけれど……全力は出させてもらうつもりだ。

なので目を見つめ、しっかりと頷いておく。

「微力ながら、頑張ってみます」

「……お願い致します」

俺はシェリルさんに先導されながら、ミラと一緒にドアをくぐる。

その先にあるのは、前世でも見たことのないような、幻想的な天蓋付きのベッド。

そして近付いていくとそこには……病に伏してなお陰ることのない美しさを持つ、エレオノーラ様の寝姿があった――。

(彼女が……エレオノーラ様)

ふわふわのベッドの中で眠っているのは、深窓《しんそう》のという形容が非常に似合う真っ白なお姫様の姿だった。

顔のパーツは恐ろしいほどに左右対称で、それぞれが理想的な位置に収まっている。

金色の髪は毎日丁寧に梳《す》かれているためか、きらりと美しい光沢《こうたく》を放っていた。

血管が浮き出るほどに真っ白な雪のような肌は透明感がすごく、白色のパジャマと非常にマッチしていた。

長いまつげはふるふると小さく震えていて、当然ながら体調は良くなさそうだ。

眠り姫という表現が相応《ふさわ》しく思えるエレオノーラ様は、眉間にわずかにしわを寄せながら浅い呼吸を繰り返していた。

普段なら見とれていたかもしれないけど、今はそんなことをしている場合じゃない。

さっそく診察に移らせてもらう。

まず使うのは上位鑑定だ。

鑑定の上位スキルである上位鑑定は、本人の持つスキルだけではなくその肉体の状態も表示することができるようになった。

こいつを使えば、ある程度の健康状態や所持スキルを見ることができる。

状態異常がある場合それを読み取ることもできるはずだから、不調の原因が何かはこれを使えば一発でわかるはずだ。

エレオノーラ・フォン・アトキン

状態異常　寄生

レベル4

攻撃E

防御D

魔攻A

魔防A

俊敏E

王剣エクスカリバー　レベル０（使用不可）
火魔法　レベル１
水魔法　レベル５
土魔法　レベル３
炎魔導師　レベル１
魔力回復　レベル８
立体知覚　レベル２
処理能力増大　レベル４
体力回復　レベル６
全耐性　レベル７

……凄まじいステータスだ。
魔攻と魔防がA……まともに鑑定が通った人の中では、一番高い。
それに俺が知らないスキルがいくつもある……レベル0っていう表記も初めて見たし。
けどやっぱり一番気になるのは……。
（寄生の状態異常……？）

この世界の状態異常は結構範囲が広く、わりとガバガバだ。

たとえば病気で体調が悪い場合はどんな病気にかかっていた場合でも病気の状態異常として表示されるし、動物由来の毒だろうが魔法毒だろうが毒の状態異常として出る。

ただ寄生という状態異常を見たのは初めてだ。

となると不調の原因は寄生虫か何かになるわけか……？

この世界だから、寄生してる魔物やなんらかのスキルで寄生している人間なんて線も考えられる。

なんにせよ中に何かがいるのは間違いない。

だとすると光魔法で治せなかったのも理解できる。

元々が病気ではないんだから、光魔法を使っても意味はない。

痛みを伴っていたって言っていたし、多分寄生虫を回復させて逆に動きを活発化させてしまっていたんだろう。

エレオノーラ様の体調不良の原因は特定できた。

それなら次は、寄生しているものの正体を看破しなくちゃいけない。

鑑定を止めてから、万物知覚のスキルを発動させる。

生体感知と魔力感知を合わせたこの上位スキルは、ただ強さと魔力量を感知するだけの力ではなくなっていた。

より詳細な魔力の動き……たとえば魔法を発動する際の魔力の動きや、魔道具が使われた際の魔力の流れといったものをしっかりと知覚することができるようになったのだ。

恐らくこれが、役に立つはず……。

出力を調整し、極めて低出力の光魔法を発動させる。

万物知覚を使い、エレオノーラ様の体内の魔力の観察に意識を集中させた。

すると……。

(——腹に魔力が吸い込まれてる？)

循環していた光魔法が、腹部を通る度に弱まっていき、そして霧散《むさん》していった。

その原因がなんなのか、何度も何度も万物知覚を使い続けて解明しようとする。

だが何度万物知覚を使っても、なかなか反応が現れない。

けれど根気勝負なら得意だ。

不撓不屈を持っている今の俺なら、何時間だろうがぶっ続けで集中することだってできる。

少しやり方を変えてみよう。

万物知覚は、魔力を脳内に浮かぶ光点として捉えるものだ。

けれどこれを視覚とリンクさせる。

付与魔術によって視力を強化してから、万物知覚と組み合わせて使う。

そうだな、イメージはサーモグラフィーのような感じで……。

すると脳内の光点と目の前の魔力反応が一つに合体し、新たに魔力量ごとに色分けされた形で、視覚を使って万物知覚を使用することができるようになった。

これで魔力の多寡《たか》が判断できるようになった。

あとはこの新たな力を使って確認して、魔力量が不自然なところを探せば良いだけだ。

じっとしたまま、目を凝らす。

食道から胃、腸へと視線を移していくと……見えた！

大腸のあたりに、何かがいる。

とても微弱な魔力反応が、体内から発されているのがわかった。

多分これが、エレオノーラ様の中に寄生している何かなのだろう。

更に意識を集中させる。

これは……なんだろうか。

細長い芋虫《いもむし》のような化け物が、じっと動きを止めて腹の中に居座っている。

寄生虫というにはサイズが大きめだ。

だがその魔力反応は非常に微弱。

恐らくこれだけ弱い魔力反応故に、他の光魔導師達の探査スキルをくぐり抜けてきたのだろう。

もう一度、今度は物質魔法を使って魔力とところてんを生み出し、エレオノーラ様の腹部に置いてみる。

するとところてんは変わらず腹部に置かれたままだった。

どうやら内外から無差別に魔力を吸い取るわけではなく、あくまでもエレオノーラ様の中にある魔力だけを吸い取るらしい。

「――マルト、何かわかったのね？」

俺の顔色の変化と、魔力とところてんを見たミラの言葉に、ゆっくりと頷く。

「姫様、姫様はっ――!!」

ミラが押さえていなければ、後ろにいるシェリルさんは今にも飛びかからんばかりの勢いでこっちにやってきそうだ。

「エレオノーラ様の腹の中に……何かが居るみたいだ」

「お腹の中に……？」

「寄生虫って知ってるか？　あれを大きくしたようなのが、エレオノーラ様の大腸……つまり食べ物を消化して吸収するところにひっついてる」

「まさか、誰かがエリィを殺すために――」

「犯人捜《さが》しは後でもいいかな？　今は治療に専念させてもらえると助かるんだけど」

「なんとか……できるのですか？」

懇願《こんがん》するようなシェリルさんに、ゆっくりと返す。

「手段を選ばなければなんとかできる……かもしれません」

治療、といっても通常のやり方では腸の中にいる寄生虫を殺すことなどできない。

エレオノーラ様も無事なままで生きた寄生虫を殺すのは、普通のやり方では無理だ。

「二人にこの部屋で起きたことに口を噤《つぐ》んでもらえるなら——そうでないなら治療はお引き受けできません」

「——もちろんです！　たとえ国王陛下に問われようが、誰にも秘密は漏らしません！」

「私も同じよ。父様に何を言われても黙っているわ」

これくらい脅《おど》しておけば十分だろう。

どうせエレオノーラ様を治した時点で色々と手遅れになるだろうしね。

俺は気合いを入れて、治療に入ることにした。

まず発動させるのは『スキル変換』の祝福《ブレス》だ。

俺は事前に溜めていたスキルポットに魔力を入れ、一つのスキルを取る。


【呪い耐性を獲得しました】

そして手に入れたスキルを、スキル魔法を使い合成する。

【呪い耐性＋呪術を合成……呪術師を獲得しました】


俺が取得したのは、呪術師スキル。

呪術に対して強い補正をかける、魔術師系のスキルの呪術版と考えてくれればわかりやすい。

俺の呪術の腕はさほど高いわけじゃない。

使う機会があまりないんだよな。

中世ヨーロッパのような文明において、呪術というのは非常にウケが悪い。

呪術や呪術師のスキルは、地域によっては持っているだけで煙《けむ》たがられることもあるという。

使っているところを他人に見られるわけにもいかないし、自分にかけるくらいしかできないからあんまり習熟してないんだよな。

スキルの補正込みでなんとか……って感じだろうか。

本来であれば呪術師のスキルを取るには呪術のレベルを最大まで上げておく必要があるのだけど、そこはスキル魔法様々だ。

まずは術の対象を選択。

腹の寄生虫に狙いを定めるが、どうやら癒着《ゆちゃく》でもしているのか、対象にエレオノーラ様も入っているような感覚があった。

けど、問題ないだろう。何せエレオノーラ様には上位スキルである全耐性がある。呪術にもある程度の耐性はあるはずだ。

呪術を発動させる。

「カースコラプス」

もいっちょ発動。

「カースポイズン」

無詠唱でできるほどイメージができているわけではないので、しっかり魔法名を口にしながら発動させていく。

呪術をひとくくりにするのは難しい。

簡単に言えばこいつは、他人を呪う魔法の寄せ集めだ。

自分が受けたダメージの一部を相手に肩代わりさせる痛み返しという魔法や、魔法毒と呼ばれる光魔法での解毒《げどく》が困難な毒の付与、各種デバフなんかまで可能とする魔法である。

バフをする付与魔法の対極……とは言い切れないほどに多様なことのできる魔法なのだ。

ただ色々とできる反面、一つ一つの効果が弱い。

今俺がかけたのは、カースコラプスとカースポイズン。

相手を衰弱《すいじゃく》させるデバフと、魔法毒を付与する状態異常魔法だ。

二重でかけてやると、流石にある程度の効果があるようで、腹の中にいる寄生虫がくねくねと動き出した。

万物知覚を使っても魔力反応が極めて微弱だったことを考えると、生物の体内に隠れて擬態《ぎたい》することは得意でも、こいつ本体の生命力は対して高くないはずだ。

「うっ……」

体内にいる虫に呪いをかけている関係上、当然ながらエレオノーラ様にも呪いはかかる。全耐性を持っているから何もないよりはるかにマシだとは思うのだが、彼女の顔が苦痛に歪むのを見ると忍びない気持ちになってくる。

ただエレオノーラ様自身、長いこと寄生虫に体力を奪われてきているせいでかなり身体が弱っている。

このままだと虫とチキンレースをすることになるかもしれない。

なんとかできないだろうか……。

（……そうだ、それなら患部以外に漏れ出さないような、精密な光魔術を使えばいい）

通常光魔術は、体内に働きかけることで怪我や病気の治りを促進させる。

その際全身に魔法が回るのが問題だったが、それをしなくて済むようなイメージで使えばなんとかならないだろうか。

イメージするのは……そうだな、筋肉と骨にしっかりと光魔術が滞留《たいりゅう》し、部位ごとに魔力のシャッターを閉めていくような感じで……。

本来であれば循環し始める魔力を一箇所に押しとどめながら、魔術を身体に染みこませていく。

腕、足、胸に喉。

全体ではなく各所にアプローチをしていくことで、じんわりと身体全体を活性化させていく。

流石に一発で上手くはいかず、何度か失敗もしてしまう。

けれどこのやり方であれば、腹にいる寄生虫よりもエレオノーラ様の方が回復量を多くさせることができそうだった。

「なんですか、この魔法は……」

後ろからシェリルさんの声が聞こえてくるが、その内容に答えている暇はない。

というのも先ほどまでまったく動く様子のなかった寄生虫が、突如苦しみながらあちこちに攻撃をし始めたのだ。

「んんんーーっ！」

苦悶《くもん》の声を上げるエレオノーラ様。

体内からの攻撃を受ければ、たとえどれだけレベルが高かろうとつらいのは間違いない。

だが相手は既に虫の息だ。

ここを耐えることができれば問題はないはず。

どうすればいい、どうすれば……。

必要になってくるのは、体内に直接アプローチする方法……となると、時空魔術か？

でもいきなり体内にメスを入れるのは無理だ。

見えない臓器を弄《いじ》ることなんて……。

（いや、そうか。見えてさえいればいいんだ）

この世界では魔法があるために、薬学を除いてほとんど医学が発展していない。

当然ながら外科手術など存在していない。

だがこの世界には光魔術がある。

これを使い傷口を繋《つな》げれば縫合《ほうごう》の必要性もない。

手術中の失血もかなり抑えられるはずだ。

後ろにいる二人に許可を取る余裕はない。

俺はアイテムボックスから取り出したカルマを使い、エレオノーラ様の腹を裂く。

後ろから悲鳴が聞こえてくる。頼む、邪魔はしないでくれよ……。

光魔術を使い失血を防ぎながら腹を開き、中の大腸に切っ先を入れる。

剣豪と精神系のスキルのおかげで、この状況でも切っ先に震えが走らないのはありがたい。

腸を開いていくと……。

「いたっ！」

俺は即座にその虫を上に放り投げると同時に真っ二つに裂いた。

「ギィウゥッ!!」

断末魔《だんまつま》の叫び声を上げた寄生虫の魔力反応が消える。

しっかり死んだことを確認してから、腹部の傷を光魔術を使って塞いでいく。

完全に塞ぎきったら、先ほど使えるようになった患部に魔力を集中させる光魔術を使う。

するとエレオノーラ様の顔色が明らかに明るくなる。

今度は身体全体に効果を行き渡らせるように光魔術を使うと、先ほどまで寝苦しそうにしていたはずのエレオノーラ様の呼吸が穏やかなものに変わった。

そして……。

「んん……」

ふるふると震えているまつげの下にある瞼が、ゆっくりと開いていった。

ぱっちりとした二重の目が、こちらを向く。

焦点の合っていない瞳が徐々に明るくなり、視線が完全に俺に固定された。

痩せ細っていても、その美貌《びぼう》にはいささかの衰えもない。

思わず胸がドキリと高鳴った。

「あ、あの……どちら様でしょうか？」

「……マルトと申します、エレオノーラ様」

「あ、ありがとう、ございます……？」

長期間寄生され弱っていた身体に手術をするのはかなり無理があったのだろう。

彼女はお礼だけ言うと、そのままぐったりとした様子で目をつぶってしまった。

後ろに居たシェリルさんとミラが慌てて様子を確認するが、倒れ込んでしまっただけだとわかりホッと胸をなで下ろす。

「マルト様……本当にありがとうございます」

「私からも礼を言わせてもらうわ……本当にありがとう」

「いえ、自分にできることをしただけですので……でも二人とも、まだ終わりじゃないです」

俺はこちらにものすごい勢いでやってくる存在を感知していた。

しかもその存在はなんていうか……ものすごく受け入れがたい感じがする。

前世でゴキブリを見た時だって、これほどの生理的な嫌悪《けんお》感を抱いたことはない。

姿を見ていない今でさえ背筋が凍るような邪悪さを感じる。

どうしてさっきまでは感じなかったのか不思議なくらいに。

ここにやってきている何かは、俺という人間と根本的に相容《あいい》れない存在なのだと本能で理解できる。

俺は制止の声を振り切りアイテムボックスから鉄球を取り出した。

そして手加減せずに、思い切りぶん投げる。

投擲術による補正のかかった鉄球を更に風魔法で加速させることで、その球体は高速でジャイロ回転をしながら飛んでいった。

「な、何を――」

バゴオオオオンッ!!

蹴破られる鉄製の扉。

吹っ飛ぶ鉄片と衛兵達。

そして俺が放った鉄球は――謎のローブの男に受け止められていた。

「女神の使徒かっ！　この唾棄《だき》すべき邪悪がっ！」

「その言葉、そっくり返すよ――邪神の使徒」

第六章　女神の使徒と邪神の使徒

「ディスパイル殿……？」

やってきたローブ男のことを、シェリルさんはどうやら知っているらしい。

着地と同時、風に煽《あお》られてフードで隠れていた顔が露《あら》わになる。

そこにいたのは、真っ赤な瞳を異様にギラつかせている男だった。

この感じは……あの時、部屋を通った時の男か。

あの時の違和感を百倍強烈にしたような感覚が、全身を突き刺す。

多分だけど隠蔽系のスキルを使って自分の気配を消してたんだろう。

男の全身から噴き出す邪悪な気配に、思わず息を飲んでしまいそうになる。

しかもこいつ……かなり強いぞ。

今の俺で倒せるか……。

（これが、邪神の使徒……）

まさか王城に潜伏《せんぷく》してて、いきなり遭遇《そうぐう》することになるとは流石に想定していなかった。

そもそもの話、なぜ王女の身体に寄生虫が巣食《すく》っていたのかを疑問には思っていた。

しかも腹の中から出てきたあの寄生虫は、間違いなく魔物だったしね。

どうやって魔物を用意したんだろうと不思議に思ってたんだけど……それも邪神の使徒がやったと考えるなら納得がいく。

となるとこいつの持っている力は、もしかすると魔物を操る力なのか……。

「引っ捕らえろ！」

「おおっ！　ようやく尻尾《しっぽ》を出しやがったか！」

扉を弾き飛ばした時に衝撃波に吹っ飛ばされていた衛兵達や、騒ぎを聞きつけた近衛《このえ》兵達が続々とやってくる。

俺とディスパイルの両方を警戒している様子だったが、俺が名乗りを上げるとすぐにディスパイルの方へとその剣を向けてくれた。

王女の侍女とミラが近くに居てくれたのも大きかったかもしれない。

どうやらディスパイルは兵士達からも嫌われているらしく、嬉々《きき》としながら剣を向けている節すらあった。

彼らと同士討《う》ちなんてことになったら目も当てられないので、正直助かった。

「ちいっ、羽虫《はむし》共が！」

ディスパイルが腕を振ると、炎が渦を巻き兵士達を飲み込んだ。

王城に勤めている以上ある程度の強さはあるはずだが、兵士達は一瞬でやられてしまい地面に倒れ込んでしまう。

魔法を放った瞬間、ベリベリとディスパイルの顔の皮膚が剥がれていく。

こいつ、人間じゃなかったのか……。

中から現れたのは、人の形をした赤黒い化け物だ。

人間の表皮を剥がし、筋肉が丸見えになった骨格標本のような見た目をしている。

額から一本の角が伸びており、両肩にはギザギザとした歯を持つ口が一つずつついている。気付けば身体は一回り大きくなっており、全身から黒いオーラが噴き出していた。

「ふしゅうぅ……」

熱が籠《こ》もっているからか、吐き出す息は真っ白だった。

少し遅れて、熱気がこちらにまで伝わってくる。

ちらと後ろを確認すると、ミラとシェリルさんはエレオノーラ様を連れ既に姿を消していた。

どうやら戦いの邪魔になるのを嫌ったミラが、咄嗟にどこかに隠れてくれたらしい。

周囲を確認すると……なるほど、魔道具か何かを使って隠れているのか。

なんにせよありがたい、これで……周りを気にせずにやれる。

まずは上位鑑定を使ってっと……。

ディスレーリ・スラッシュパイル

レベル56

状態異常　契約

攻撃Ｂ
防御Ｂ
魔攻Ｂ
魔防Ｂ
俊敏Ｃ

契約　邪神エルボス（寿命・スキルと引き換えに※ＧｓＥ☆を手に入れている）

一応鑑定は通ったけど……参考にならない！

契約で寿命とスキルを削ってるからスキルもわからないし、力に至っては完全に文字化けしてる。

戦いながら類推していくしかないか……っていうか契約って状態異常に分類されるんだね。

とりあえず現状でわかっているのは、こいつのレベルは今の俺よりも高いってこと。

そして各種ステータスも、基本的に俺より高そうってことだ。

ただホルダーを使って底上げをすれば、どれか一つの能力値であれば凌駕《りょうが》はできそうだ。

召喚魔術のレベルが上がったことで使うことができるようになった高速召喚を使い、空にしたホルダーに直接カード化した召喚獣を流し込んでいく。

俺は一つのステータスを強化し、戦う準備を整えてから相手に向き直った。

見ればディスパイルの肩についている口がゲラゲラと笑っている。

ただ口は実際の感情とは連動していないようで、こちらを見るディスパイルの目は憤怒《ふんぬ》の色に染まっていた。

「女神の使徒……まさかこれほど早く出会えるとは、思わぬ僥倖だ」

「……こっちは不運だよ」

まさかこんなに早く邪神の使徒と戦いになるとは……まだレベル上げもほとんどしてないってのに。

女神の使徒は大器晩成型で、邪神の使徒は早熟型なんだろう？

形勢は圧倒的に不利。けど……幸いというか、ここは王城だ。

この状況を上手く使うことさえできれば……十分に勝ちの目はあるはず。

王城への被害とかは考える余裕がないので、とりあえず大目に見てもらう方向で！

俺は飛び出し……叩きつけるように剣を振り下ろす！

「二重斬《デュアルスラッシュ》！」

「キイヤアアアアアアッッ!!」

「ビイイイイイイイッッ!!」

ディスパイルの肩についている口が、心がざわつくような不快な音を発する。

俺の二重斬が何かに受け止められ、キィンっと硬質な音が鳴る。

そして次の瞬間、俺の全身は炎に包まれた――。


「ファイアコントロール……ゲホッ、ゲホッ」

火魔法を使い、全身を襲う炎を吹き飛ばす。

むせながら炎から脱出すると、そこには傷一つないディスパイルの姿があった。

嘘でしょ……全力じゃないとはいえカルマを使ったのに、バリアを貫くこともできないなんて。

（さっきの一撃は……光属性のバリアのような物理障壁。となるとバリアを突破できるくらいの高威力の一撃を当てる必要があるのか）

「飛斬！」

武技を使い斬撃を飛ばすが、それもディスパイルに当たる直前で弾かれた。

バリアが見えないのが厄介だな。

一撃を防いだところから考えると、強度もかなりあるだろうし。

「次はこちらからいかせてもらうっ！」

ディスパイルは頭に生えている角に手をかけ、それをそのまま引き抜く。

ずるりと音を立てて引き抜かれた角は一メートルほどの長さがあり、黒い魔力に覆われたかと思うと、漆黒《しっこく》の骨剣へとその姿を変えた。

やってくる一撃を、受け止める――ぐっ、重っ!?

「ほう……俺の一撃を食らっても壊れぬとは」

一撃打ち合っただけで、腕にしびれが走る。

これは……まともにやり合うのは無理だな。

膂力だと間違いなくあっちが上だ。

多分カードを攻撃力特化にしても勝てない。

受け止めるのではなく避ける形に切り替えていくことにした。

攻撃を避け、隙間にカウンターを挟んでいく。

三発ほど攻撃を当ててると、障壁がパリンと音を立てて割れていった。

「――ちいっ、ちょこまかとっ！」

本来であれば俺とディスパイルの速度はほとんど同等だが、今は俺の方が圧倒的に速い。

ディスパイルが一撃を放つ間にこちらは二撃を放ち、決して攻撃のターンを相手に渡さないよう立ち回っていく。

この戦い方を見れば一目瞭然《いちもくりょうぜん》だろうけど、俺がホルダーを使って強化したのは俊敏だ。

本当なら魔攻に全ブッパして遠距離から魔法を使い続けてもいいんだが……流石に王城で高威力の魔法をバカスカ打ちまくるわけにもいかない。

それをして大量殺人犯になってしまっては元も子もないからね。

「シッ！」

「ギイイヤアアアアアッッ!!」

威力よりもとにかく手数を重視しながら、効かないこと前提で攻撃を繰り返す。

あちらの出せる技とこちらが使える技。両者を比較しながらとにかく情報を頭に叩き込んでいく。

レベルから何から今の俺より高いこいつを倒すためには、あらゆる情報を揃える必要がある。

こうして剣を交えているうちに、わかってきたことがある。

どうやらあの肩に生えている口はそれぞれが魔法詠唱を行うことができるらしい。つまりディスパイルは剣を振ることに全力を傾けながら魔法を使うことができるし、魔法を使うことに専念するのなら、左右の口と合わせて三重に魔法を使うことができる。

「キシャアアアアアアアアアッッ!!」

「ギャアアアアアアアアアッッ!!」

ガラスを引っ掻く音と生き物の断末魔を足して二で割ったような人を不快にさせる要素をこれでもかと詰め込んだような音が聞こえたかと思うと、距離を取ったディスパイルから魔法が放たれる。

放ってきた魔法は、炎と氷。

炎が渦を巻き、その後を縫うように氷の嵐が吹き荒れる。

周囲を燃やし凍らせながら、高速でこちらへ直進してくる。

ただ、多重起動ができるのは別にそっちの専売特許《せんばいとっきょ》って訳じゃない。

「俺だって、二重起動は使えるんだよっ！」

中級火魔法であるニアデルソルと中級風魔法であるウィンドブラストを同時に使うこと

で発動を可能とする火炎の嵐。

風の勢いを受けて燃え立つ炎の嵐が、炎と氷の竜巻を迎え撃つ。

炎と炎がぶつかり合い、氷を強風が削り取っていく。

威力は互角《ごかく》。

相殺される形で両者の魔法が消えた。

そして魔法が消えるよりも早く、俺とディスパイルは前に出る。

魔法が完全に消えた時には、再び剣と剣が交差していた。

得物でいえば、こちらに分がある。

カルマの方が切れ味と耐久度が高いようで、ディスパイルが持つ剣の方は若干刃こぼれが目立つようになっていた。

スピードはこっちの方が高いということもあり、接近戦の応酬ならこちらの方に分がある。

しっかりと相手の動きを確認してから、俺は敢《あ》えて一歩前に出ることにした。

速度特化の剣では、相手に大したダメージは与えられない。

このままでは決め手に欠けそうだ。

それなら多少のリスクを冒してでも、決めに行くべきだ。

お前は両肩を使って魔法の二重起動ができるが……俺はお前と違って、武技だって二重起動ができるんだよっ！

「強撃《インパクト》！」

相手が出す障壁の特徴も見えてきた。

右肩が出す障壁は魔法に強いが物理に弱い。

そして左肩が出す障壁はその逆で、物理には強いが魔法には弱い。

また左肩の物理特化の障壁は、突きや斬撃といった点と線の攻撃にはめっぽう強いが、全体に衝撃を与えてやる面の攻撃をすれば簡単に壊すことができる。

「ギィヤアアアア‼」

意識を集中させ、斬撃を放つ。

声を出したのは……左肩ッ！

「強撃！」

目で捉えることはできなくても、万物知覚を使いながらであればバリアがどこにあるかは把握《はあく》することができる。

攻撃がバリアに触れるその瞬間、再び強撃を発動させる。

見えないバリアに思い切り衝撃を叩き込んでやれば、一撃で剥がすことができる。

再度バリアを張ろうとするが、俊敏が高いこっちが一撃を叩き込む方が早いッ！

「二重武断《ブレイク》！」

剥がせたらそこに、斬撃特化の武技である武断を二重に重ねて使用する。

ディスパイルにしっかりと命中し、傷ができる。……が、浅い。

バリアを今から張り直すのは悪手と考えたからか、ディスパイルの方も防御を捨てて攻めに来た。

すかさず飛んでくる二重詠唱による魔法の迎撃。

至近距離すぎて、回避は間に合わない。

中級火魔法であるニアデルソルを発動させることで、それを強引にかき消した。

感じる熱に肌がチリチリと焼ける。

あ、危ない……これは何回も使えるような技じゃなさそうだ。

破った障壁の間を縫うように更に距離を詰め、剣豪になったことで新たに習得した武技を使っていく。

「極断《アルテマブレイク》」

極断は簡単に言えば、武断を強力にした武技である。

斬撃に特化した技であるにもかかわらず一撃の威力が高く、その代わりにクールタイムがあり連続して使うことができない。

「ぐううっっ!?」

基本的に武技でも大した傷をつけることのできないディスパイルであっても、流石に極断を使えばしっかりとしたダメージを通すことができた。

左右の肩で魔法を使いながら、相手に隙を作って強烈な一撃を叩き込む。

ディスパイルを分類するならテクニカル寄りのパワーファイターあたりになるのだろうが、俺からすると非常に相性の良い敵だった。

こいつの強みは、近接戦を行ったり魔法を使って動いたりしている間も、同時に両肩の口で魔法を使って手数を増やすことができるところにある。

今の俺は三重起動こそまだできないものの、剣を振りながらの二重起動は問題なくできる。

なので近接戦＋二重起動でこいつと同じ土俵《どひょう》に立ってしまえば、基本的な条件が同じになるわけだ。

そして手数が同じなら、俊敏のステータス差で近接戦闘で優位を取れるこちらが、戦いを有利に進めることができる。

「極断！」

そして若干のクールタイムはあるとはいえ、極断を当てさえすればしっかりとダメージを通すことができる。

とにかく相手を翻弄しながら戦い続け、要所要所で極断をしっかりと挟み込んでいく。

下手に冒険はせずにしっかりとダメージを蓄積させていくことで、俺はディスパイルを着実に追い詰めることに成功していた。

「ぐうううっ!!　女神の使徒ごときに、この俺が――」

そして時間が経つごとに有利になっていく点はもう一つある。

不意打ちを警戒するために万物知覚を使い続けている俺は、こちらに近づいてくる強烈な反応をしっかりと捉えることができていた。

ものすごい勢いで廊下を抜けてくるその人物に合わせるため、少し動きを変える。

敢えて放つ大ぶりの一撃。

誘いにのってこちらにやってきたディスパイルに対しカウンターを放つ。

けれどそこまでしっかりと読まれていたようで、ディスパイルはこちらの攻撃を避けるために角度をつけながら大きく後ろに跳躍《ちょうやく》した。

――よし、ビンゴ!

「おおおおおっっ!!」

「――ぐうっ!?」

苦悶の声をあげたディスパイルが、何かに叩きつけられたかのように思い切り吹っ飛んでいく。

壁が壊れ、煙が舞う。

限界ギリギリで動き続けて発熱している筋肉を軽く休めてやりながら、一度ゆっくりと息を吐いて、呼吸を整える。

ディスパイルの人型にくりぬかれた壁の前に立っているのは、金髪の偉丈夫《いじょうふ》だった。

吹っ飛んでいったディスパイルの方を見ていないといけないため上位鑑定を使っている余裕はないけれど、万物知覚の反応だけで彼がかなりの強者であることはすぐにわかった。

その立ち振る舞いにまったくの隙がないからだ。

「王城には魔道具がいくつも用意されている！　遠慮せずにぶちかまして構わない！」

男の人は俺の方へそう叫ぶと、そのままディスパイルの方へと駆け出していく。

彼の後ろには、全身甲冑《かっちゅう》に身を包んでフル装備の男達が続いていた。

更にその後方からはいくつもの魔法が飛び、ディスパイルへと襲いかかっていくのが見える。魔導師部隊もしっかりとついてきているようだ。

前衛後衛を合わせるとその数はおよそ二十。

どうやら騒ぎを聞きつけ、王城で待機していた王国騎士団が到着したようだ。

いきなりの偶発戦闘にしては、動きがかなり早い。

多分だけどあの強そうな男の人が有能なんだろう。

さっきの忠告のおかげで、周りの被害を気にする必要がないこともわかった。

これで心置きなく……やれる！

必殺の一撃を放つための、俺は精神集中に入ることにした。

意識を集中させることで、雑音も含めた全ての音が耳の中へと入ってくる。

ディスパイル対騎士団の戦いは、ディスパイル有利に進んでいるようだった。

あいつはとにかく手数が多い。

数が揃っていても全て対応され、各個撃破を狙わせてしまっているようだ。

最終的にはリーダーとおぼしき男の人が、一対一でディスパイルを抑えるという形に落ち着いていた。

「ええいっクソ……レオニス団長さえいてくれたら、お前程度！」

全身に傷を負いながらもディスパイルへとダメージを与えている彼の叫び声で、俺はようやく目の前で戦っている騎士達の正体がわかった。

アトキン王国が持つ八つの騎士団の中でも、特に王への忠誠が強いと言われている荒鷲《あらわし》騎士団なのか。

王国に住んでいて、レオニスの名を知らぬ者はいない。

王国最強の男、荒鷲騎士団団長である『剣神』レオニス。

どうやら今ディスパイルと剣を交えている男の人は、彼の部下である副団長らしい。

立体知覚で追うのが困難なほどの高速戦闘だ。

彼の速度はディスパイル以上俺未満といったところ。

純粋な剣の腕はディスパイルよりも上らしく、彼の一撃はディスパイルに着実にダメージを与えていた。

ただ彼には剣を振りながら魔法を使ったり、武技を二重起動したりすることはできないようだった。

そのせいで手数の多いディスパイルを相手にするとやりづらいらしく、完全に攻めあぐねているのがわかる。

見ると後ろにいる騎士達も援護に徹するだけで、決して近寄ろうとはしていなかった。

歯がみしている彼らは、どうやらこちらの戦いに混じることができないことを悔しく思っているらしい。

ちなみにこうして戦いの様子を観察している間も、当然手は休めていない。

ディスパイルの注意がこちらから逸《そ》れている間に、俺はもしもの時のために用意していた、必殺の一撃を放つための用意を整えていた。

俺が現在放つことのできる最強の魔法。

その鍵となるのは、意外なことに物質魔法だった。

俺は魔力ところてんが出せるようになってから長いこと、スキルポットに魔力を充填する以外でその活用方法を見いだせないでいた。

しかしある時ふとした思いつきから試してみたところ、俺はようやくこの魔法の真の価値に気付くことができたのだ。

魔力ところてんこと物質魔法の本質は、魔力を固形化させることができることにある。

つまるところこいつは、魔法のための燃料のような形で使うことができるのだ。

二重起動を行うことができるようになったことで、俺は物質魔法を使いながら、同時にその魔力ところてんに対して属性を付与させることができるようになった。

俺は騎士が奮戦してくれている間に、どんどん属性を持つ魔力ところてんを生み出していく。

そして火・水・風・土・光・闇・氷・雷の八属性の魔力ところてんを生み出したら、それを風魔法を使って攪拌《かくはん》していく。

この物質魔術の面倒なところは、ただ使う属性をつけた魔力ところてんを使えば威力が上げられるというわけではないところにある。

火魔法の威力を上げようとして火属性の魔力ところてんを燃料として使っても、実は大して威力は上がることはないのだ。

物質魔術によって魔法の威力を上げるには、八つの魔力ところてんを均等に混ぜて魔力魂を作る必要がある。

わざわざ全属性の魔力ところてんを大量に生み出すのには、どうしても時間がかかる。

なのでこうしてしっかりと魔法発動までに時間を取れる時にしか使えない、俺の正真正銘の奥の手だ。

十セット、二十セット、三十セット……大量の魔力ところてんを作ってはかき混ぜまくっていると、既に俺の足下にある魔力塊は俺の膝丈ほどの大きさになっていた。

一撃であいつを倒せるだけの威力……となるとこれだけだと少々心許《こころもと》ない気がする。

副団長さんが耐えてくれるのをいいことに、とにかくひたすら魔力塊作りを続けていく。

五十セットほど作ると久しく感じていなかった魔力欠乏《けつぼう》症の足音を感じたので、ここで一旦ストップ。

一時的に保存するだけなら問題ないので、作った魔力塊をアイテムボックスにしまった。

そしてここから、俺が最も高威力で放つことのできる風魔術の準備を整える。

今現在俺が放つことのできる最強の風魔術――耐えられるものなら、耐えてみやがれっ！

俺はその瞬間、風になった。

発動させたのは、己の身に風を纏わせる風魔術であるシルフィード。

こいつを纏った状態で力を解放することで、周囲に風による爆発を起こす魔術だ。

通常は自爆覚悟で決死戦術に使うことが多いため、以前は禁術指定されていたこともあるという代物である。

シルフィードを使用したことで、既に速度は俺自身でも完全には制御できないほどに上がっている。

俺はそのままの勢いでディスパイルの下へと飛んでいった。

既に満身創痍《まんしんそうい》の副団長さんを殺そうとしているディスパイルに体当たりを敢行《かんこう》し、そして俺は……そのまま王城を突き破り、上空へと飛び上がっていった。

「おおおおおおおおおおっ!!」

「なっ……なんだこれはっ!?」

ディスパイルは手に持っている骨剣をこちらにぶつけながら、同時に魔法を発動させる。

けれど身に纏う風がその攻撃を防いでくれる。

中には風を通り抜けて傷をつけてくるものもあったが、歯を食いしばりながら我慢する。大怪我を負っても即座に光魔法を使って回復をして誤魔化《ごまか》しながら、どんどんと高度を上げていく。

そしてここまで来れば大丈夫だろうというタイミングで、アイテムボックスから魔力塊を取り出した。

同時に、シルフィードの真の力を解放する。

起こるのは、あたり一帯に撒き散らされる風の爆発。

「ぐうううううううっっ!?」

ディスパイルの全身が切り刻まれていく。

先ほどまでの硬さが嘘だったかのように全身から血しぶきが舞い、近くにいる俺の方にものすごい勢いで血が飛び散ってくる。

かなりのダメージを与えられているのは間違いないが、ディスパイルの目はまだ死んではいなかった。

ひたすらシルフィードの暴威に耐えながらも、隙あらばこちらに反撃をしようとその目をギラつかせている。

だが当然ながら、あちらに手番を渡すつもりなんてものはない。

俺の攻撃は、これだけでは終わらない！

「風の精よ！」

シルフィードの発動に重なる形で発動させるのは、風の精霊魔術だ。

暴風の中突如として、小人サイズの精霊達が現れる。

流石は風の精霊と言うべきか、彼女達はディスパイルの全身をズタズタに引き裂いている暴風の中でも、楽しそうにはしゃぎながら跳ね回っている。

「お願いっ！」

風の精霊達に頼むのは、風の指向性の誘導だ。

本来であれば全方位に拡散してゆく風を、ディスパイルの方へ集中して叩きつけるようお願いをする。

俺の言葉にこくりと頷いた精霊達が、ぐるりと輪になって意識を集中させる。

彼女達がカッと目を見開くと、台風のように全方向に飛び散っていたシルフィードが、のたくりながら一匹の竜になってゆく。

大きく顎《あご》を開いた風の竜が、なんとか攻撃を避けようとゆっくりと動いているディスパイルの方へと襲いかかった。

「食らい……やがれっ！」

自爆特攻として使われるほどの威力を持つシルフィードを、魔力塊を取り込ませて威力を最大化させ、更に風の精霊魔術を使って衝撃を全て相手に収束させてぶつける。

これこそが今の俺が放てる最大最強の一撃。

耐えられるものなら——耐えてみやがれっ！

「おおおおおおおおおおっっっ！！！」

「ぐぅおおおおおおおお!!　このディスパイルが……こんなところでええええええええっっ!!」

瞬間、空気が弾ける。

そして荒れ狂う爆発が、王都の空を激しく揺らした。

俺は時空魔術のバリアを張りなんとか至近距離での爆発を耐え……けれど自由落下が始まると同時、そのまま意識を失うのだった——。

SIDE エレオノーラ・フォン・アトキン

私は今まで、何かを自分で選んだことがほとんどありませんでした。

別に我《が》がないというわけでもなければ、何事にもこだわりがないというわけでもありません。

ただ――何もしないということ自体が、私にとっての処世術だったのです。

王族による王位継承問題というのは、どの国にも起こります。

もちろん私達アトキン王家も例外ではありません。

アトキン王国は周囲の国と比べると比較的開明的であり、歴代に何人かは女王が誕生したこともありました。それ故、事情はより厄介なことになってしまいました。

私の王位継承権はグリシアお兄様に次いで第二位になります。

まったくその気はないと公言し続けていたのですが、傍《はた》から見ると十分に王位を狙えるだけのポジションというのが大きかったのでしょう。

私を神輿《みこし》に担《かつ》ごうとする貴族は、後を絶ちませんでした。

もちろん私は、全ての誘いを一顧《いっこ》だにせず断っていました。

聡明であると同時に個人としての武勇にも優れ、なおかつ王位継承権も第一位である第一王子のグリシアお兄様。

お兄様が王位を継げば、アトキン王国の統治体制は盤石《ばんじゃく》になるに違いありません。

故に私は王国内で下手に派閥《はばつ》争いが起きることがないよう、決して前に立つようなことをせずに過ごしてきました。

こと国家運営の手腕に関しては、お兄様に劣るところはないという自負はあります。

幼少期から人と関わるのが面倒だったせいか本を読むことが多かった私は、恐らく兄弟と比べると経済について幾分か深い見識を持っています。

けれどこの力は、天領の運営などに活かすのが最適でしょう。

ここ最近剣呑《けんのん》になりつつある国際情勢では、戦いに関してほとんど知識のない私よりも、武にも秀でている兄の方が王になるのに適任です。

それに私が女王になった場合、どうしても王配や子供達と問題が生じる可能性もある。

国という複雑怪奇なものを運営する以上、無駄なリスクを負うべきではない。

この国のためを思うからこそ、私は今までほとんど歴史の表舞台に立つことなく生きてきました。

頭に思い浮かんでいる策があったとしても決して自分から動くことはなく、お兄様の功績になるように上手く出所をぼかしながらアイデアを出すようにし続けたのです。

けれどそんな全ての努力は、結局無駄に終わってしまいました。

魔族との戦争に出陣した兄は、戦場の露《つゆ》と消えてしまったからです。

正統な血統に連なる王族は、残り二人。

第一王女である私と、弟である第二王子のロンダートです。

継承権的には私の方が高いですが、やはりアトキン王国の中にも王は男がなるべきだという考えの者は多いです。

形勢は若干私が有利、という程度でしかありませんでした。

今まで陰に徹してきたのが裏目に出てしまった形です。

実績がなくおまけに女である私を快く思わない層が、結構な数存在していたのです。

更に言えば、兄や私と比べると知性に難があり国家運営に対してまったく興味を持っていないロンダートであれば、傀儡《かいらい》にちょうどいいと考える者達も多かったのでしょう。

このままでは国が割れかねませんが、ロンダートに王を任せるのはあまりにも不安が残ります。

ロンダートはただ勉強をしないだけではなく、口にするのも憚《はばか》られるような嗜虐的な趣味まで持っていました。

離宮に隠し持っている地下室で奴隷達を拷問《ごうもん》しているような人間に、まともに政治的な判断が下せると思えません。

噂では後ろ暗い人間達と手を組んでもいるらしいと聞けば、彼に王位を渡すわけに行かないと思うのは当然のことだと思います。

ここに来て私は、覚悟を決めました。

なんとしてでも王位を手に入れ、この国を安寧へと導く王となるための覚悟を。

けれど王位継承を確固たるものとすべく動き出してからしばらくして、私は体調を崩すようになりました。

日中も寝込みがちになり、動き回るのに支障を来すようになってしまいました。

そしてあっという間に寝たきりの生活を送るようになり、まともに動くことすら難しくなってしまったのです。

この国有数の光魔導師達に治療を頼んでも、回復することはありませんでした。

病状は悪化するばかりで、周囲に迷惑ばかりかけてしまい、申し訳なさでいっぱいになります。

こうなった原因はわかっています。

ロンダートか彼の派閥の貴族が、私に何かをしたのでしょう。

毒を盛られることがないよう、食事には細心の注意を払っていたはずでした。

ですがそれでもまだ警戒が足りなかったようです。

一体どのタイミングで仕掛けられたのでしょうか……起きている間にどれだけ考えて

も、答えが出ることはありませんでした。

私としては彼が引き連れていたディスパイルという男が怪しいと睨んでいますが……どれだけ調べてみても、あちらがボロを出すことはありませんでした。

証拠が出てくることもなく、残酷なまでに時は流れてゆき……何もできぬうちに、私は起きている時間より眠っている時間の方が多くなっていました。

このままでは私はもう長くないだろう。自分の身体のことは、自分が一番良くわかっています。私は筆を執《と》ることにしました。

頭の中に思い浮かべていた税制改革や都市計画、とりあえず考えていたものを片っ端からアウトプットしていきました。

そして私の執筆欲は一冊の本を書き上げただけでは満足せず、私は勢いそのままに親しかった友人達や親戚《しんせき》達に遺書代わりの手紙を送ることにしました。

もうダメだという諦めと達観から送ることになった手紙のうちの一通、学院時代の友人であるミラへ送った手紙。

まさかそれが奇跡を起こすことになるとは……人生というのは本当に、わからないものです。

その感覚を、なんと表現すればいいでしょうか。ほの暗い水の底からグッと引き上げられるような感じという言い方が近いかもしれません。

まず最初に感じたのは、強烈な浮遊感。

ついでやってきたのは、清涼感です。

まるで今までいた毒の泥の中から、一息に引き上げられたように、今まで感じていただるさや重さが一瞬にして取り払われました。

ここしばらくの間私をベッドの上に縛り付けていた重さが全て消え去ったことで、私はゆっくりと目を醒《さ》ましました。

それは私にとって、二回目の目覚めだったのだと思います。

赤子が初めて世界を見る時、きっと世界はものすごく色鮮やかに見えるのでしょう。

ですがその時の私が見たものは、それにも勝るとも劣らないほどに素晴らしいものでした。

視界に映るものの全てが、あまりにも色鮮やかで。

世界はこんなにも素晴らしかったのだと改めて気付かされる。

そして私の前には……。


「あ、あの……どちら様でしょうか？」

「……マルトと申します、エレオノーラ様」

——王子様が、いた。

私は別に、言われたままをこなすだけの人形ではありません。

恋愛小説のようなロマンスに憧れることだってあるし、好きな人と結ばれてみたいという淡い期待だって持っています。

私が王族でなければ……と思ったことは一度や二度ではありません。

綺麗な黒髪と黒目をした、どこかエキゾチックな雰囲気を漂わせる彼。

バラ色の頬とどこか上気した様子からは色気すらも感じさせます。

咄嗟に頭を回転させます。今まで休んでいた分を取り戻すかのように、私の脳はとてつもない速度で動き始めました。

急に良くなった体調と、事前に言われていた魔導師の治療。

全てが一つの線になり、気付けば私は頭を下げていました。

「あ、ありがとう、ございます……？」

けれどまだ体調が十全でなかったからか、気付けば私は意識を失ってしまっていました。意識が明滅し、まどろみの中に包まれているようでした。

心地よい安らぎに目を閉じようとしたその瞬間——。

バゴオオオオンッ!!

轟音に部屋が揺れ、意識が一気に覚醒《かくせい》します。

まどろみから起き上がると身体はだるいままでした。

けれど動かなくてはいけません。

私はシェリルとミラと共に、いざという時のために用意していた魔道具を発動させ、結界の中へ入っていました。

隠密と障壁の効果を併せ持つこの魔道具を使えば、相手から探知されることなく時間を稼ぐことができます。

そのはずなのですが……先ほど私を助けてくれた黒髪の君が、ちらりとこちらを向いたような気がしました。

たったそれだけのことで、ボッと顔が熱くなってきてしまいます。

助けられた恩を強く感じているからでしょうか。

目の前で、黒髪の君の戦いが始まった。

どうやら彼の名前はマルトさんと言うらしい。

マルトさん……素敵な名前です。

そんなマルトさんと相対しているのは、ロンダートがどこかから連れて来た、あの怪しげな男であるディスパイルだった。

どうやらその正体は、人間に擬態していた魔族だったらしい。

ロンダート……今までは不出来な弟だと思いつつもなぁなぁで済ませてきたが、今回ばかりは流石に堪忍袋《かんにんぶくろ》の緒《お》が切れた。

聞けば私は、体内に寄生虫型の魔物を入れられていたのだという。

実物を見ると、血の気が引いてしまった。

あんなものが、私の身体の中に……実物を見せられても、事実を受け入れるまでにはしばしの時間が必要でした。

——誰がやったかなど、考えるまでもありません。

それに加えて魔族を王宮内に誘致……もはやロンダートに王位を継ぐ資格などない。

今回ばかりは、しかるべき処置を取ることを決めました。

「しかし……すごいわね。魔法の二重詠唱をしながら剣を振ったり、武技を同時に発動させたり……この私でも、目で追うのがやっとよ」

私とシェリルは息を呑みながら、目の前で行われている戦いに見入ってしまっていました。圧倒的な威力を以《もっ》て放たれる魔法の連続と、息もつかせぬ攻撃の応酬。

爆発が起こり王城の壁が壊れていきますが、気付けば戦いの行方を目で追ってしまっていました。

私は何が起こっているのかわからないほどに同時にいくつものことが起きていて目を回すだけだったけれど、ミラには彼らの戦いの次元の高さがわかるらしい。

さすがティンバー侯爵家の才媛と謳《うた》われるだけのことはあるといったところでしょう

か。マルトさんの方が優勢に見えているけれど、私は武の才能はからきしだ。

ただ勝ってくれますようにと祈ることしか、今の私にできることはなかった。

騎士団の救援がやってきたことで、ただでさえ傾いていた形勢が更に傾いた。

このままいけば勝てるとホッと一安心したところで——なんとマルトさんは、王城の天井を破って空へと飛んでいってしまった。

見上げると、既にマルトさんとディスパイルの姿は米粒ほどの大きさになってしまっており。

何が起きるのかと身構えていると——先ほど扉を蹴破られた時の音が子供の遊びだと思えるほどの爆音が轟《とどろ》いた。

そして穴が空いた天井から、強風が吹き付けてくる。

「勝った……のでしょうか？」

「——勝ったに決まっています！」

私がそう断言すると同時、空から何かが降ってくる。

目を凝らしてみると、それはこちらにゆっくりと下りてくるマルトさんだった。

自由落下ではあり得ないほどにゆっくりと、まるで羽毛のようにふわふわとこちらにやってくる。

本人に意識はないようだった。

目を瞑った彼は、白く神々しい光に包まれている。

ゆっくりと着地した彼の体調を確かめるべく、急ぎ呼吸を確認しようとすると——。

『できればこの子の使命を……手伝ってあげて……』

遠くから聞こえてくるやまびこのような、か細くてぼやけた声が聞こえてくる。

今の声を、どこかで聞いたことがあるような……？

「もしかして……女神様……？」

先ほどディスパイルが、マルトさんのことを女神の使徒と呼んでいた。

もしかしなくても彼は、女神様に選ばれた特別な存在なのだろう。

確認すると意識を失っているだけのようで、脈もしっかりとあり、呼吸も安定している。

死に体《たい》だった私の体調を回復させ、ロンダートが引き入れていた魔族も倒してくれた。

マルトさんは王家にとって、そして私にとって何よりの恩人だ。

「もちろんです、任せてください……女神様」

『……ふふっ』

女神様がどこか遠いところで、うっすらと笑った……ような気がした。

この日から私は、誰よりも精力的に動き回ることになる。

もう二度とロンダートに隙を見せることはない。

私は彼を即日で修道院送りとし、次期女王として周囲を固めていく。

マルトさんに助けてもらった命を……決して無駄にしないために。

◆

「あれ、ここは……」

なんとかディスパイルを倒すことができた。

達成感に包まれながら高空から自由落下をし始めたところまでは覚えているんだが……

そこから先の記憶がない。

意識が覚醒すると、今自分が居る場所が転生の時に女神様と会ったあの真っ白な空間であることはすぐにわかった。

そうなると当然……。

「お久しぶりです、女神様」

「久しぶりね、使徒マルト」

俺の目の前には、女神様の姿があった。

「なんとなく、そんな予感はしてました」

以前邪神の使徒を倒したらそのリソースを獲得できる的な話もしていたたし。

多分だけど邪神の使徒を倒したから、神様パワーで会えるようになったんだろう。

「早速だけど邪神の使徒を倒してくれてありがとう。これでこの世界でまた少し、私にできることが増えたわ」

「女神様のお眼鏡に適《かな》ったなら何よりです」

「でもまさか十二歳で邪神の使徒を倒しちゃうなんてね……契約内容が悪かったとはいえ、一応ちゃんとした使徒ではあったのに」

「あ、やっぱり使徒の中でそんな強い個体ではなかったんですね」

まだ魔法系のスキルを魔導まで突き詰められてたわけじゃないから、勝てたのは俺自身びっくりしてたんだけど、それだけ個体差がでかいってことなんだろうか。

どうやら邪神が与える契約というのは邪神の好みによって結構内容が変動するらしい。

邪神が気に入ったやつであればあるだけ、その内容は契約者である使徒本人に有利なものになるようだ。

「なんにせよ、邪神の使徒を倒してくれたのは事実よ。それにもしあなたが邪神の使徒を倒さなければそう遠くないうちに王国は乱れ、多数の餓死《がし》者が生まれていたでしょう。私の信徒を死なせずにいてくれてありがとう、マルト」

女神様の場合、使徒以外にも女神様を信じている信徒達に対してもそのリソースを割《さ》いている。

邪神は使徒と呼ばれる一部の狂信者達を使い潰していけばいいけれど、女神様の場合は自分を信じてくれている者達も守らなければいけない。

やっぱり考えれば考えるほど、女神様に不利なルールだと思う。

「それじゃあ、今回の邪神の使徒討伐のご褒美をあげるわね」

「お、やっぱりあるんですね」

「うん、契約ほど直接的な力はあげられないけどね。まずはあなたのスキルポットを全て再出現させられるようになったわ。これでまた新しいスキルを作ってちょうだいね」

「おお、助かります！　実を言うといつ復活するか毎日気になってたんですよね！」

一応時間経過で復活するとは言われてたんだけど、どのくらいの時間が必要なのかはわかってなかったからな。

どうやらスキルポットが再出現する期間は結構ランダムらしく、毎日『スキル変換』を使ってはそわそわしていたのだ。

前回は魔法と魔法攻撃力増大や魔力回復なんかのスキルは魔術系のスキルツリーを伸ばすのに使っちゃったから、今度は魔法と剣術のスキルを組み合わせて魔法剣士系のスキルを育てていきたいと思ってたんだよね。

今回の戦いも魔法剣があればもっと楽になっただろうし。

「それともう一つ、新たに祝福《ブレス》を授けるわ。ただ、あまり期待はしないでね。エルボスが使徒に割いていたリソース自体が少ない上に、それを私がマルトに無害になるよう書き換えたものになるから」

「全然大丈夫です！　『スキル変換』をもらっただけで過分《かぶん》だと思ってますから！」

『スキル変換』がなければ、今頃俺はどうなっていたことか！

間違いなくこんな風に強くなることはできていなかっただろうし、こうしてエレオノーラ様を助けることもできなかったはずだ。

「ふふ、そう言ってくれると助かるわ。あなたに与える新しい祝福は――」


女神様との再会をしてから数日が経過したある日のこと。

再度入手した魔力系のスキルをカンストさせるべく魔法の練習をしまくっていた俺は、呼び出しを受け――王城へとやってきていた。

「マルト・フォン・リッカー、面《おもて》を上げよ」

「――はっ！」

ごちゃまぜになっている内心をなんとか制しながら、やけっぱちに顔を上げる。

するとそこには玉座に座っている、アトキン王国国王エドガー三世の姿がある。

「ほう、彼が……」

「……」

その脇を固めるようにこの国の重鎮《じゅうちん》達もずらっと並んでいる。

王の脇にはディスパイルと戦った時はいなかった王国最強の騎士と名高い男、『剣神』レオニスさんも控えていた。

レオニスさんはなぜかこちらを、恨みがましい目で見つめている。

一体俺が何をしたというのか。

(というか――なんで王様から呼び出されてるの、俺⁉)

この世界に神はいないのか！

――いや居たわ、とびきり綺麗な女神様が。

俺は完全に、パニック状態に陥っていた。

たしかにエレオノーラ様は治してみせたし、力を振り絞りディスパイルを倒したのも事実だ。

けどいきなり王様との謁見《えっけん》は……流石に想定していないって……。

ビビりながら顔を上げていると、玉座の間に太陽の光が差し込んでいるのがわかった。

……そう、俺がぶち破った天井は未だ補修されていないのだ。

なんでも王城で使えるような上等な石は切り出すのに時間がかかるらしく、しばらくはこのまま使うしかないらしい。

これもまた、俺がビビっている原因の一つである。

直すのに、一体いくらかかるのか……小市民な俺にはまったく想像ができない。

今も王城を破壊した分の金銭を弁償しろと言われるんじゃないかと、戦々恐々《せんせんきょうきょう》としている。

なんとか功績と相殺でチャラにしてくれると助かるんだけど……。

「エレオノーラを快方へと向かわせたその回復魔法の腕、比類なし。此度《こたび》の件は報酬を用意しておいた。後で財務卿《ざいむきょう》より目録を受け取るように」

「ありがたき幸せ」

「また、此度の魔族討伐、大儀《たいぎ》であった。マルトのような人材が埋もれるのは世界の損失である。よってマルト・フォン・リッカーには双鷲勲章を授与し、騎士爵位《しゃくい》を授けるものとする」

「——陛下！　それは」

納得がいっていない様子の家臣が苦言を呈そうとするが、国王陛下がぎろりと一睨みして黙らせた。

おっかねぇ……人を殺せる眼光だよ、あれは。

俺としてはむしろ家臣側だ。

勲章なんていらないし、騎士爵位なんてもっといらない。

王国では公爵・侯爵・伯爵《はくしゃく》（辺境伯も立ち位置的には伯爵だ）・子爵《ししゃく》・男爵の貴族がいる。

騎士爵というのは彼らの下の立ち位置にあたる、いわゆる準貴族という存在だ。

子供に爵位を継がせることができない、一代貴族というのがわかりやすいかもしれない。

普通であれば戦争で功績を残した兵士なんかにあてがうためのものだったはずだけど
……邪神の使徒を倒したとはいえ、俺がもらえることになるなんて。

ていうか、そんな目立つものがあっても、絶対厄介ごとが増えるだけだよね……正直なところ、まったくほしくない。

けれど俺に王様の言葉を拒むような胆力《たんりょく》があるわけもなく、

「……謹《つつし》んでお受け致します」

と、俺はただ陛下に頭を下げることしかできないのだった――。


「にしてもいきなり騎士爵とはね……大出世じゃない、マルト」

「あんまりからかわないでくれ。正直気が重いよ……せっかく自由な冒険者になったはずなのに……」

俺はミラの厚意で、彼女の父が所有しているという屋敷の一室に泊まることになった。

どうやら魔族を倒した新たな英雄としてパレードに参加しなくてはならないらしく、しばらくの間王都に滞在しなくてはならなくなってしまったのだ。名ばかり貴族とはいえ、なんやかんやでやることは多そうな気配がひしひしと感じられる。

「まぁ、面白そうな話をしていますね」

「はぁ、そうです――って、エレオノーラ様!?」

ゆっくりとお茶を楽しんでいると、なぜかエレオノーラ様が部屋の中にやってきていた。

よく見ると窓ガラスは開け放たれている。

あそこから侵入したのか……王女様にしては動きが大胆すぎる。

「マルトさん、今回はありがとうございます。うちのお父様がご迷惑をおかけしますが、マルトさんの使命は邪魔しないように私が最大限気を遣いますので……」

「使命って、なんのこと?」

「あ、あはは……」

あんまり詳しい話をするとまた新たな面倒ごとが舞い込んできそうなので、ミラの質問には笑って誤魔化しておくことにする。

この街には教会もあるし、使徒認定されると色々とマズそうだしね。

にしてもなんでエレオノーラ様が俺の邪神の使徒討伐のことを知ってるんだろう?

……もしかすると女神様が何か手を回してくれたのかもしれない。

だとしたらとりあえず騎士爵になったから王都に釘付け、なんてことにはならない可能性が高そうだ。

それならとりあえずは一安心……かな？

「それと私のことは、ミラと同じくエレオノーラと呼び捨てで……」

「いやいや、そんな恐れ多いこと……」

「私、欲しかったんです……対等に話をすることのできるお友達が」

エレオノーラ様はどうやらミラと普通に話をしている俺が羨《うらや》ましいらしい。

基本的に押しに弱い俺に、目をキラキラと輝かせているエレオノーラ様のお願いを断ることができるはずもなく……俺は人の目のないところ限定で、彼女と気安い口調で話すことになってしまった。

なんだかどんどんと肩が重くなってきた気がする。大丈夫かな、俺のストマック……。

エレオノーラ……とミラと話をしていると、どたどたという大きな足音と、がっしょんがっしょんという甲冑の擦《す》れ合う音が聞こえてくる。

万物知覚で感じ取れる反応は、数日前に倒したディスパイルと比べても圧倒的なほどに凄まじいもの。

控えめなノックの後に現れたのは……玉座の間で俺のことを睨んでいた『剣神』ことレオニスさんだった。

「姫様、ようやく見つけ――貴殿は、マルト卿!!」

レオニスさんは親の敵《かたき》を見るような目でこちらを睨んでくる。

どうしてそんなに敵対的なんだろうか……って、多分王城を壊したからだよな。

それに関しては本当にごめんなさいとしか言い様がない。

頭くらいならいくらでも下げますので、何卒《なにとぞ》お許しを……。

「――マルト卿、もしよければ、手合わせを。貴殿が姫様についた悪い虫か否か……この剣で確かめさせてもらいたい」

断れそうにない雰囲気でそう告げてくるレオニスさん。

ミラは面白そうなものを見る目で観戦する気満々で、エレオノーラは期待する眼差《まなざ》しでこちらを見つめていた。

「……お手柔らかに、お願いします」

一難去ってまた一難。

どうやら俺に平穏が訪れるのは、まだまだ先のことらしい――。

第七章　騎士マルト

とりあえずミラのお父さんの屋敷でドンパチをするわけにもいかないので、屋敷は出させてもらうことにした。お世話になったので後でミラのお父さんには何かプレゼントでも贈っておいた方がいいかもしれない。

「どこでやるんですか？」

俺は王都には不案内なので、場所の選定は任せてしまうことにした。

エレオノーラが向かっても大丈夫で暴れられる場所なんて、まったく心当たりはないし。

「王城の近くにある詰め所に行こう。あそこなら衛兵もいるし、姫様が向かっても安心だ」

というレオニスさんのアドバイスに従い、俺達は王城の近くにある兵士達の詰め所へと向かうことにした。

主に王都にいる衛兵達が利用している場所らしい。

「それなら私が案内しますね」

語尾に音符とかがついていそうなほどにノリノリで、エレオノーラが先導して歩き始める。すいすいと歩き出すその様子は、俺よりよほど慣れていそうだ。

てっきり馬車で移動するかと思ったんだけど、まさか徒歩だとは。

彼女はもしかすると、俺がイメージしているよりずっとアクティブな子なのかもしれない。

「……」

何も言わずに黙々と、エレオノーラの少し後ろをついていくレオニスさん。

こちらに無防備な背中を晒しているにもかかわらず、一切の隙がない。

今このタイミングで襲いかかったとしても、まったく相手を倒せるビジョンが浮かばなかった。

こんなことは、フェリスと戦っていた時以来だ。

（これが『剣神』か……）

試しに使ってみたが、当然のように上位鑑定は弾かれている。

相手のレベルはわからないけど、ディスパイルより下ということはないだろう。

万物知覚で感じ取れるレオニスさんの反応は、強いとかそういう次元ではない。

当時は魔力感知だったから少し勝手は違うかもしれないけど多分……フェリスより強いんじゃないだろうか。

付与魔術の身体強化を使い視力を強化してみると、全身からうっすらと白いオーラみたいなものが立ち上っているのが見える。

これは……魔力なんだろうか？

なんにせよ、レオニスさんはまず間違いなく今の俺より格上の相手だ。

俺はエレオノーラについた悪い虫とかではまったくないんだけど……ここは素直に胸を借りさせてもらうことにしよう。

自分よりはるかに強い相手とのせっかくの実戦の機会だし、この機会をふいにしたくはないし。

王城の近くの兵士の詰め所は、跳ね橋より手前側の外縁部にある。

当然ながら事前の告知なんかもなかったので、彼らからするといきなりこの国の第一王女がやってきたことになる。

迎え入れる準備がまったく整っていなくてあたふたする場面があったり、見られていないからと明らかに怠《なま》けていた様子の兵達はその場で減俸《げんぽう》と配置換えを言い渡される場面もあったりしたのには流石に少しびっくりした。

模擬戦は詰め所のすぐ真裏にある練習場ですることになった。

一緒にやってきたエレオノーラやミラは当然のことだけど、レオニスさんが見学の許可を出したせいで衛兵達も結構な数が観戦にやってきている。

ひ、人の目が多くてなんだかやりにくい……。

ルールは単純。

スキルや魔法の制限無し、時間制限も無し。
勝負がついたと思ったらそこで終わりという至ってシンプルなルールだ。
模擬戦とはいえ全力を出せるように、得物も模造刀ではなく真剣だ。
レオニスさんも自分が持っている魔剣を使うし、俺も当然カルマを使わせてもらう。
「ふぅ……」
戦いが始まる前に、一旦自分の現状を確認しておく。
現状の俺のレベルとスキルは、こんな感じだ。

マルト・フォン・リッカー

レベル46

攻撃Ｃ
防御Ｃ
魔攻Ｂ
魔防Ｃ

俊敏C（A）

スキル魔法　レベル3
元素魔術　レベル7
系統外魔術　レベル7
上位鑑定　レベル3
剣豪　レベル6
不撓不屈　レベル5
全耐性　レベル4
暗殺者　レベル7
万物知覚　レベル6
与ダメージ比例回復　レベル4

火魔法　レベル5
水魔法　レベル4
風魔法　レベル6
土魔法　レベル4

光魔法　レベル5
闇魔法　レベル5
氷魔法　レベル5
雷魔法　レベル5
呪術　レベル5
封印術　レベル6
剣士　レベル3
剣術　レベル4
双剣術　レベル6
槍術　レベル5
投擲術　レベル10（MAX）
タフネス　レベル5
体力増大　レベル5
肉体強化　レベル4
攻撃力増大　レベル4
防御力増大　レベル3
敏捷増大　レベル3

精神力増大　レベル6
魔法攻撃力増大　レベル5
魔法防御力増大　レベル2
夜目　レベル10（MAX）
マジックバリア　レベル2
物理障壁　レベル2
言語理解　レベル10（MAX）
祈祷　レベル3

ステータスの方は魔防が一つ上がったくらいでほとんど変化なし。

そして一度使ったスキルポットを再出現させることができるようになったことで、剣術スキルや魔法スキル、各種ステータス増大系のスキルを再出現させている。

そのせいでスキル欄がすごいことになっているけれど、まあそこはご愛嬌ということで。

そういえばスキルには敏捷増大はあるけれど、ステータスにもなっている俊敏増大はない。俊敏と敏捷って一体何が違うんだろう。

——って、今はそんなことを考えている場合じゃないか。

「では――行くぞッ！」

「はい、よろしくお願いしますッ！」

こうして俺は王国最強の男へと向かっていく。

今の自分の力が、この世界で一体どこまで通用するか――試してやるッ！


「試合――開始ッ！」

エレオノーラが試合開始の声を上げると同時、俺は二重起動を使うことにした。

発動させるのは付与魔術の身体強化と集中強化《コンサスブースト》。

とにかくこちら側のスペックを上げないことには、ただ蹂躙《じゅうりん》されて終わりだ。

早速攻撃が来るかと思い防御姿勢を取りながら思いっきりバックステップで後ろに下がる。けれど予想外なことに、俺が大きく下がってもレオニスさんはじっとこちらを見つめるだけで一歩もその場から動いていなかった。

「ほう……多重起動か。オニキスの馬鹿を思い出すな」

今回は模擬戦ではあるけれど、あくまで俺がどれくらいできるかどうかを見るためのもの。俺の実力をしっかりと見極めるためか、レオニスさんはある程度こちらに合わせてくれるつもりのようだ。

（『魔導王』オニキス……流石『剣神』、出てくる名前もビッグネームだ）

レオニスさんはまだ王国の騎士になる前、各地を放浪しながら強者を探す旅に出ていたという。

彼が経験してきた様々な出会いや別れ、そして数々の激闘は『レオニス・サーガ』というタイトルで一大叙事詩《じょじし》として本にまでなっている。

ちなみに俺も読んだことがあるので、俺からするとレオニスさんという存在は文字通り、物語の中の人だったりする。

「――行きますッ！」

ホルダーを使い、既にステータスは俊敏特化に調整していた。

生ける伝説であるレオニスさんと真っ向から接近戦をするというのはあまりにも悪手。

なのでディスパイルと戦った時同様、とにかく手数と速度を武器に戦っていくしかない。

そのまま二重起動を使い発動させるのは、火魔術と氷魔術を組み合わせて放つことができる、炎と氷の竜巻――そう、ディスパイルが使っていたあの技だ。

「ほう、複合魔法……いや魔術か」

練習の結果、俺はあいつが使っていたこの魔術――ブリザードフレイムを使うことができるようになっていた。

なんと言っても一度見たことがあったから、イメージがしやすかったので、習得までにさほど時間はかからなかった。

素人考えだと氷と炎がぶつかり合って溶けたり温度が下がったりしそうな気がするけれど、そこは流石ファンタジー。

氷と炎は絡み合いながらも互いに独立しており、相手を冷やし同時に燃やすことができる。

竜巻を放ってから、俺は間断《かんだん》なく次々と魔法を放ってゆく。

今の俺が魔術を組み合わせるのにはいささか時間がかかる。

ある程度使い慣れている火災旋風を除くと、ぶっちゃけ単独の魔術を二重起動で倍使った方が与えられるダメージ量は多い。

（ウィンドバースト！　ウィンドストーム！　テンペストタイフーン！）

俺が一番得意なのは風属性なので、とにかく風魔法に他の魔術を織り交ぜるような形で乱打していく。

二重起動を使ったり、互い違いに発動させたり、とにかく一番高速で魔法を飛ばせるよう威力よりも速度重視だ。

出が早い技を中心にしつつ、それだけだとダメージを与えられないので二重起動を使って片方で出の早い魔法を放ち、もう片方である程度溜めを作って魔術を放っていく形で、色々と組み合わせながらとにかく手数を意識する。

使っているのが風属性なこともあり、ものすごい勢いで砂煙が舞っていて視界はめちゃくちゃ悪い。

身体強化で視力も上がっているはずだけど、こちらからだとレオニスさんがどうなっているのかまったく確認することができない状態だ。

ただ万物知覚を使い確認している感じ、一箇所に留まったまま攻撃を受け続けているようだ。

反応が弱くなっている様子もないので、まったくダメージは通っていないらしい。

風の魔術を何発も当ててノーダメージって……こんな化け物相手に、どう戦えばいいんだよ！

続いて魔法を放とうとしたタイミングで、とうとうレオニスさんの方が動き出した。

何をされるのか戦々恐々としながら、とにかく何があっても動けるように攻撃の手を緩めて回避に専念できる体勢を整える。

万物知覚は相手のおよその距離や魔力反応を把握できるスキルだ。

故に俺は牽制をしながら見に徹し続ける。突如として生じた、魔力の爆発的な高まり。

何かが――来るっ！

この場にいるのはマズいとわかった俺は即座に足に力を入れた。

「ぬうぅんっ！」

野太い音が耳に届くのと同時、大きく後ろに下がる。

ものすごい速度でこちらに迫ってくるのは、レオニスさんが放った飛ぶ斬撃だった。

技自体は飛斬に近いけど……威力と込められてる魔力が桁違《けたちが》いだ！

最初は遠く離れたところから発生したはずの斬撃は、既に目前にまで迫っている。

真っ白な光を発しながら、こちらに迫ってくる一筋の光線。

少しでも威力を減衰《げんすい》させようと、咄嗟に風魔術を放ってみるが結果は芳《かんば》しくなかった。

俺が大量に放った魔術は全て真っ二つに切り裂かれ、飛ぶ斬撃が勢いの衰えることのないまま、速度を維持してこちらに飛んでくる。

うーん、これを迎え撃つのは……無理ッ！

瞬時に判断し、タイミングを見計らった上で軽く飛び上がった。

「うおっと⁉」

横一文字のまま飛んできた斬撃は、足下をひやっとする速度で通り過ぎていく。

タイミングを間違えたら足がスパッと切れていたかもしれない。

俺が飛び上がったのを確認したのだろう。

強化している視界が再び動くレオニスさんを捉えた。

レオニスさんは剣を一度鞘に戻している。

彼が持っているのは、『レオニス・サーガ』でも歌われることのあった、愛剣である混《こん》沌《とん》剣ケイオス。

聖剣コスモスで邪竜を討伐した際、邪竜の魂によって変質したといういわくつきの逸品《いっぴん》だ。

若干腰を下げたあれは、間違いなく居合いの構え。

鞘の中を走らせることで剣速を加速させ放たれる必殺の一撃。

神速の居合い斬りが、来るっ！

「——シッ！」

俺目がけて放たれるのは、光の斬撃だった。

先ほどの飛ぶ斬撃とは違い、刀身が光によって伸びている形だ。

刀身の延長線上にある光があり得ないほどの速度でこちらに迫ってくる。

風魔術を使い、強引に動きを制御。

俺にはフェリスのように風を身に纏わせて細かく動きを調整することはできないけど、大雑把《おおざっぱ》に風で加速することくらいならできる。

大きく身体を動かし、再び魔術を使う。

すると先ほどまでと違い、わずかにレオニスさんの生体反応に変化があった。

どうやら攻撃に移っている間だと、多少はダメージが入るみたいだ。

それならまだやりようはある。

完全にダメージが通らないわけじゃないんだ、削りきるのは無理でもぎゃふんと言わせてやる！

「おおおおおおっっ!!」

レオニスさんが距離を詰めながら、こちらへと攻撃を繰り返してくる。

彼が持っている飛び道具は飛ぶ斬撃と刀身伸ばしの二つ。

前者は連射が効くけど速度はそれほどじゃない。

そして超高速で動く刀身伸ばしにもしっかりと弱点がある。

あの攻撃はあくまでも光の刀身を本来の刀身に延長させる形で伸ばすというもの。故に相手の手の動きをしっかり見ていれば、相手の攻撃の軌道を大雑把に推測することができるのだ。

ただ風魔法を使うと砂煙が舞ってしまうので、視認性が著しく下がってしまう。

そこで他の属性を色々と試してみることにした。

「ライトニング！」

俺が積極的に使うようになったのは、雷魔術だ。

雷属性の良いところは、その攻撃に雷の性質がついているところ。

出も早いし、攻撃が相手の下に届くまでも早い。

更に言うと相手の身体をしびれさせることもできる。

……まあレオニスさんには、まったく効いてないみたいだけど。

俺はこちらに近づいてこようとするレオニスさんに対して牽制の魔術を放ちまくり、ある程度近づかれたと感じた時点で、風の魔術を使って無理矢理自分の身体を吹っ飛ばすという戦法を使うことになった。

レオニスさんの移動速度は、こちらが絶えず使いまくっている魔術を食らっているとは思えないほどに速い。

なのでこちらも逃げるための風魔術を全力で放たなければならず、結果として自分の風を食らって結構なダメージを受けたりしてしまった。

光魔術がなければかなり危なかった……。

「むぅ……とんでもない魔力量だな。これだけ魔法を使って魔力切れにならんとは……純粋な魔力量だけなら、邪竜アダルナーヴァクラスだぞ」

どちらからともなく、一旦小休止に入る。

おかげでレオニスさんの声がこちらによく通る。

俺達が使っている練兵場は、俺がぶっ放しまくった魔術のせいで、ものすごい惨状《さんじょう》になっていた。

俺の放った魔術で地面はめくれ上がり、いくつもクレーターが生じている。

更に言うとレオニスさんの光の斬撃でいくつもの地割れができている。

俺もまったく気にしている余裕がなかったけど……すごいことになってるな。

完全に地形が変わってしまっている。

後で賠償《ばいしょう》しろとか言われないよね……。

「なんだこれ……俺達は何を見せられてるんだ？」

「すげぇ……これが『魔族殺しの騎士』と『剣神』の戦いか……」

外野からの声もしっかり聞こえてくる。

ちなみに戦いが激しくなった時点で既に皆待避しているため、怪我人等は出ていない。

ただ攻撃の余波を食らった人間が何人かいたみたいで、気絶している様子の衛兵が何人か担架《たんか》に乗せられて運ばれてる。

あれ、もしかして俺……やりすぎちゃった？

そして『魔族殺しの騎士』って……もしかしなくても俺のことだよね？

なんか変な二つ名みたいのがついてるんですけど!?

「ふぅむ、魔法の腕の方は見せてもらった。模擬戦で本気を出すわけにもいかないし、打ち合いはこれくらいにしておくことにするか」

「あっ、はい」

いささか千日手じみてきたと感じたからだろうか、手を止めたレオニスさんがゆっくりとこちらに歩いてくる。

軽くダメージは通っているみたいだけど、レオニスさんの身体にはまったく傷がついていない。

うーん、想像してたよりずっと硬いな……。

本気を出してるかと言われるとたしかに否ではあるものの、一応俺としては今出せる全力は出したつもりなんだけど……。

ディスパイル戦の時も感じたけど、やっぱり強敵相手だと火力が不足しがちになるのが現状の俺の課題だな。

実際俺が最大威力を放つためには物質魔術を使って魔力ところてんを量産しておく必要がある。

なのでもし戦うなら事前にしっかりと魔力ところてんを溜める必要がある。

物質魔法が物質魔術になったことで魔力ところてんが作りやすくなった気はしてるから……もうちょっと頑張って、二重起動で物質魔術と他の魔法を掛け合わせて即座に火力を上げる方法とかを、なんとかして確立できるようになりたいところだ。

「しかしその若さでこの実力は末恐ろしいな……マルト卿は今いくつだ？」

「こないだ十二歳になりました」

「十二でこれか……俺が十二の時など、何も考えず各地を転戦していたぞ」

遠い目をするレオニスさん。

いや、それも十分すごいと思うんですが……。

「それなら一旦なんでもありの模擬戦は終わりにして、次は剣を使ってみるか。王家から騎士爵をもらったからには、剣も扱えなければいけないぞ」

「承知しました」

たしかに魔法戦を続けても俺が逃げまくって魔法をぶっ放すだけなので、あまり模擬戦としての意味はない。

レオニスさんの方はほとんどダメージを食らわないから、俺の魔力が切れるまで延々と魔法をぶっ放すだけになっちゃうからね。

なので胸を借りて、今度は剣で挑んでみることにする。

俺はまだスキルは剣豪くらいしか持ってないので、最強格の剣神スキルを持っていると噂のレオニスさんも相手としては不足だろう。

けどまあ、今の俺が近接戦だけでどこまでやれるのかを知れる良い機会だ。

再び胸を借りるため、俺は木剣を手にして走り出すことにした——。


「すうぅぅっ……」

大きく息を吸い、そして吐き出す。

改めて全身に付与魔術をかけ直してから､使える手札を脳裏に思い浮かべることにした。

木剣を握る手に力を込めながら、じっと目の前の相手を観察する。

「……どうした、来ないのか？」

レオニスさんは微動だにすることなく、じっとこちらが動き出すのを待っていた。

さっきはとにかく距離を取ることを考えていたからそこまで意識はしていなかったけど
……こうして剣が届くほどの距離まで近づくと、ものすごい気迫だ。

レオニスさんはただ、混沌剣をじっと正眼に構えているだけだ。

にもかかわらず、俺は常に喉元に剣を突きつけられているような危機感を感じていた。

何をどうやったらこの領域に達することができるのだろう。

彼相手に真っ向勝負をすればそもそも勝負にすらならない。

けど最初は敢えて、策を巡らせるのではなく真っ向から向かっていく。

純粋な自分の実力を確かめるために。

「シッ！」

剣を横に薙ぐように振る。

複数のスキルを使い限界ギリギリまで強化している俺の膂力は殴ったオークを吹っ飛ばせるくらいに高いはずだが、レオニスさんは一撃を軽々と受け止めてみせた。

「そんなものか？」

「いえいえ、まだまだこれからです、よっ！」

一閃《いっせん》、二閃、そして三閃。

地を這《は》うような低姿勢から放つ斬撃も、飛び上がって放つ斬り下ろしも、全身のバネを使って逆袈裟《ぎゃくけさ》に斬り上げる一撃も、全てをしっかりと受け止められる。

「は、速ぇ……」

「おい、今姿が消えたぞ！」

「音しか聞こえてこねぇ……模擬戦ってレベルじゃねぇぞ!?」

速度で翻弄するやり方で、とにかく攻撃を繰り返していく。

レオニスさんが防御をすればその真反対から攻撃を、防御姿勢を取ったならそれによって生じる死角から攻撃を。

カカカカカッ！

絶え間ない攻撃の連続。

自身でも完全にゾーンに入っているからか、目の前の光景に遅れて木剣同士がぶつかり合う音が聞こえてくる。

今使える剣技を使う。

まずは武技を使わず、あくまでも素の能力でだけ。

しっかりと動きを捉えることはできているのだろう、レオニスさんの視線は高速で移動するこっちにかなりの割合でついてきている。

「そこっ！」

「甘いですっ！」

レオニスさんが放ってきたカウンターを、俺は見てから避け、すれ違いざまに一撃を放った。

無防備な腹部に一撃が当たるが、巌のようなレオニスさんの身体は変わらず微動だにしていない。

速度は圧倒的にこちらの方が速い。

受け流すのではなく木剣で正面から受け止めているのは、わざわざ受け流す必要がないという余裕の表れだろう。

魔法戦を意識した、ホルダーの能力を全て俊敏に振りスピード特化にした現状のステータス。

純粋な速度だけで言うならレオニスさんより高いんだろうけど、これだとまったく通用していない。

(それなら……っ！)

一度離れてから再度ホルダーの魔術を発動する。

そして付与魔術をかけ直すフリをしながら、一度ホルダーの中身をリセット。

そして改めてゴーレムとゴーレム系の合成召喚獣で埋め尽くすことで、ステータスを攻撃力偏重《へんちょう》に切り替える。

ガクッと身体の重さが急激に変わる。

最初は違和感のせいで上手く身体が動かなかったりもしたけれど、何度も使っているうちにすぐに順応することができるようになった。

「これでっ——どうですかっ！」

先ほどまでよりスピードは明らかに落ちている。

剣士や剣豪といったスキルは持っていると、各種武技を使えるようになる以外にも二つのメリットがある。

まず一つ、剣を使った攻撃をする際に威力が少し上がる。

持っているのが一番初歩の剣術スキルだけだと実際には効果を実感しづらいけれど、剣術・剣士・そして剣豪と三つもスキルを持っていれば、流石に目に見えて威力の向上が実感できる。

そしてもう一つ、こっちの方が個人的にありがたいのだが、剣を振る時にアシストのようなものがかかることだ。

特に意識をしたりすることがなくても、なんとなくこう振るのが正解なんだろうな、みたいなことが、直感でわかるようになるのである。

スキルの力をフルに使い、俺は今の自分にできる最適な方法で剣を振っていく。

「ほう、剣もいっぱし以上に振れるのか。威力もなかなか……」

「恐縮……ですっ！」

剣術・剣士・剣豪という本来であれば複合しない三つのスキルを併用することで、俺の剣技のレベルはかなり高いものになっているはずだ。

おまけにホルダーを攻撃力特化の構成に変えて、攻撃力をAまで上げてるっていうのに。

「――全然、攻撃が通らないッ！　なんていう馬鹿力ですかっ！」

「いや、マルト卿もなかなかなものだ」

握って岩を砕けるレベルまで攻撃力を上げているというのに、レオニスさんはこちらの攻撃をなんでもなさそうな顔をして捌いてくる。

こっちに返ってくる手応えはめちゃくちゃに重い。

多分だけどあっちの方が攻撃力が上なんだ。

見られないけどレオニスさんの攻撃力のステータスはSに届いているだろう。

俺は腕のしびれを感じながらも剣を振る。

純粋に剣技で対応をするつもりだからか、レオニスさんが剣の振り方を変える。

先ほどはどっしりと構えて迎え撃つだけだったけれど、今度はしっかりと受け流したり、カウンターを放ったりする戦法も使ってくるようになる。

流水のように攻撃を受け流され、鋭い切り返しで危うく攻撃をもらいかけ、手加減されているのがわかるのにこっちは攻撃を受けるだけで精一杯だった。

そろそろ腕試しも十分だと思ったからか、レオニスさんの目がキラリと光る。

そして剣の鋭さが一気に上がった。

すくい上げるような一撃を耐えるために思わず重心をずらしたところで、そのまま流れるように逆手で打擲《ちょうちゃく》される。

なんとか剣を取り落とさないように気張るが、その意識の隙間を縫う形で思い切り頭を剣で叩かれた。

「——痛〜っ！　ま、参りました……」

流石にこらえきれずに集中を切らしたところで、木剣の切っ先が鼻先に突き出される。

純粋な剣術だけだと手も足も出なかった……。

魔法を使えばこれほどの人を相手にしても戦えるんだから、やっぱり魔法の力様々だ。

「はあっ、はあっ、はあっ……」

「マルトさんっ！」

思いっきり息を吸い込んで肺に酸素を送り込んでいると、とたたっとこちらに走り寄ってくるエレオノーラの姿が見えた。

彼女は近づいてくると、手に持っていたタオルをこちらに渡してくれた。

「どうぞっ！」

「ありがとう」

遠慮なくタオルで拭かせてもらうと、一気に身体がひんやりとした。

運動で火照《ほて》った身体に、濡れタオルは流石に気持ちが良すぎる。

エレオノーラの心遣いが沁《し》みるね、これは。

痛みを感じる箇所があったので確認すると、打撲や擦《す》り傷、自分が使った魔術による火傷や切り傷なんかがいくつかできていた。

光魔術を使ってしっかりと治していると、目の前に影ができる。

「実力は確認させてもらった。たしかに魔族を討《う》てるだけの実力がある……その若さでとなると、将来が楽しみだな」

最初に会った時は少し剣呑だったが、今のレオニスさんはどこかすっきりしたような顔をしている。

剣を交えたことで気が紛れたのか、なんだかさっぱりした様子だ。

心持ち顔つきも柔和になっているような気がする。

レオニスさんはこちらにやってくると――そのまま勢いよく頭を下げた。

見事に綺麗な直角のお辞儀《じぎ》だ。

動作が素早すぎて、言葉を差し挟むだけの隙間がまったくなかった。

「肝心《かんじん》なことを言い忘れていた。本来であれば腕試しの前に言わなければいけないことだ。マルト卿――姫様達を守ってくれて、ありがとう。貴殿がいなかったら王城はどうなっていたか……考えるだにぞっとするよ」

「いえいえ、王城にいることができたのはただの偶然です。それに僕だけではかなり危ないところでした。あの魔族――ディスパイルを倒すことができたのは、荒鷲騎士団の皆様のご尽力《じんりょく》あってのことです」

「思っていたより謙虚《けんきょ》な人柄をしているのだな……」

一体レオニスさんの目には俺がどんな風に映ってたんだろうか。

ちょっと冷静になって考えてみよう。

王城に入ってエレオノーラを体中にいた寄生虫を倒すことで治し。

そのまま乱入してきたディスパイルをなんとかするために魔法をぶっ放して王城を半壊させながらなんとか倒すことに成功して、そのまま騎士爵をもらう……うん、自分で言っててても意味がわからない活躍をしてるね！

正直こんな人物がいたら、怪しむのは当然だ。

レオニスさんが警戒していたのも、別におかしなことでもなんでもない。

「鼻っ柱を折ってやろうと思って誘ってみたが……これは思わぬ拾いものだったかもしれんな」

立ち上がるとレオニスさんに手を差し出される。

「きょ、恐縮です」

おそるおそる握ってみると、レオニスさんの手は本当に人の手なのかと怪しんでしまうくらいにガチガチに硬かった。

まるで岩と握手でもしてるみたいだ。岩と握手ができるわけないけど。

「私は剣閃を見れば、およその人となりがわかる。マルト卿の剣はまっすぐで、努力をしてきたものの太刀《たち》筋だ。良くも悪くも擦れていなくて単純すぎるのが玉に瑕《きず》といったところか。魔法を使って距離を取られれば私でも苦戦しそうなほどだ。このまま精進を続ければ確実に、一廉《ひとかど》の人物になることができるだろう」

「あ、ありがとうございます」

手も足も出ずにあがいていただけなのに、なぜかレオニスさんからの好感度が爆上がりしていた。

というか剣を見れば人となりがわかるって……俺の剣技ってそんなわかりやすいのかな？

自分で言うのもなんだけど、別に俺の性根ってそれほどまっすぐではないと思うんだけど……。

「すごかったです、マルトさん！」

「そうかな？」

「はい、あれだけの魔法を使えるなら今すぐにでも宮廷魔導師になれると思います！」

なぜかエレオノーラからの評価も上がっていた。

それに続く形で観戦していた衛兵達からもすごい勢いでそうだそうだという歓声が上がる。俺からしたら埋められない差をなんとかするために、魔法の乱打で誤魔化したりステータスを弄った状態の力でぶつかったりしてみただけなんだけど……なぜか周りからの評価がぐっと上がってしまった。

善戦すらできてなかったんだけど、レオニスさん相手にここまで食らいついたってだけですごいと思われたようだ。

俺としてはまだまだ改善点の見えてくる戦いだったので納得いっていないんだけど……これが周囲と自分との評価のギャップってやつだろうか？

「あれだけ剣が使えるなら、宮廷魔導師でなくとも王立騎士団の方でもやっていけると思うぞ。魔法の使える騎士団員は貴重だし、間違いなく重宝されるだろう。もしあれなら口利きもするが」

とレオニスさんからも勧誘を受けてしまった。

宮廷魔導師に騎士団員か……このアトキン王国での社会的なステータスで見るなら多分かなりの大大大大大出世になるんだと思うけど、正直なところまったく惹《ひ》かれない。

冒険者としての生活に慣れちゃった今から堅苦しい宮仕えなんてできないし。

それに宮仕えになって行動が制限されればレベル上げや邪神の使徒捜しをするのも難しくなるし。

丁重にお断りさせてもらうことにしよう。

「そういえばマルトさんは……いえ、なんでもありません」

俺の知っている語彙でなるべく丁寧にお断りの言葉を告げると、なぜかエレオノーラがニコニコと笑い出す。

そしてそのまま流れるような動作で近づいてくると、耳元でそっと、

「女神様の使命について、私は存じておりますので……何かあればご連絡致します」

と囁《ささや》いてくる。

俺一人で探ったところで、その情報量には限界がある。

次期女王がほぼ確定しているエレオノーラから情報を得ることができるのは本当に助かる。

「ありがとう、本当に助かるよ」

ぺこりと頭を下げると、むっとした顔のレオニスさんが近づいてくる。

「しかし姫様との距離が近すぎるのはいただけないな……」

「すみません！」

ガバッと勢いよく距離を取ると、なぜかエレオノーラが眉をひそめる。

そしてそれを見てレオニスさんが更に顔をしかめ……何、これが四面楚歌《しめんそか》ってやつ？

(錯乱《さくらん》)

結果として向かい合う形になり、気付けば俺は再び剣を構えていた。

せっかく生ける伝説に稽古をつけてもらえる機会なのだ。

今の自分がどこまでできるのか、しっかり試させてもらうことにしよう。

「ではもう一度やるか？」

「はい、よろしくお願いします！」

剣だけの戦いだと流石に圧倒されっぱなしだったけど、やられっぱなしは趣味じゃない。

実は前からやりたいと思ってた戦い方がいくつかあるんだ。

こういう時じゃないとやる機会がないから、とにかく今の自分にできることはなんなのか、格上相手の戦いでも通用しそうなものはなんなのか、レオニスさんにボコボコにされながら実地で試させてもらうことにしよう。

「――行きますッ！」

俺はレオニスさん目がけて駆けていき――結果として俺の魔力が切れるギリギリまで、俺とレオニスさんの模擬戦は続くのだった――。

エピローグ

『それだけ力があると相手を探すのにも一苦労だろう。もし良ければ私が暇な時にでも相手をしようか？』


初めて手合わせをしたあの日、俺はレオニスさんにそんな風に誘われた。

俺はそのご厚意に甘えさせてもらうことにした。

なのでここ二週間ほどは、レオニスさんが暇な時を見計らって一緒に模擬戦を行うようになっている。

新たに手に入れたスキルのレベルを上げて新しい上位スキルを作ったり、女神様からもらった新しい祝福《ブレス》に習熟したりとやらなければいけないことが一通り終わるまでは王都でじっとしているつもりだったので、レオニスさんの誘いは俺にとって渡りに船だったと言える。

幸い新たな邪神の使徒の目撃情報なんかも特にないし、今は各地を駆け回るよりもスキルの習熟に時間をかけた方がいいと思ったからね。

それに女神様からもらった祝福に関しても、まだ使いこなせてなかったし。

けどこの二週間積極的に使うようにしたおかげで、使いこなすとまではいかなくとも、とりあえず戦闘の邪魔にはならないくらいに練度を上げることができた。

短いようで長かった、濃密な二週間も終わりを告げる。

どうやら隣国で何やら不審な動きがあったらしく、王国の誇る最高戦力であるレオニスさんが国境付近まで出かけることになったからだ。

なので俺もレオニスさんの出立《しゅったつ》に合わせて、王都を後にさせてもらうことにした。

そして旅立ちの日の前日。

俺はレオニスさんに最後の立ち合いを申し出ることにした。

この二週間の集大成をぶつけて、今度こそ一泡吹かせてやりたいと思ったからだ。

俺の申し出は受け入れられ、俺とレオニスさんは模擬戦をすることになる。

選んだ場所は、王都を北に行った先にある森の中。

見物人もいない中での、真剣勝負だ。

今度こそ……ぎゃふんと言わせてみせる！


「神光刃《しんこうじん》！」

混沌《こんとん》剣ケイオスの刀身が伸び、こちらへと襲いかかってくる。

あの光の刀身を伸ばす技は、その名を神光刃という。距離を無視して襲いかかってくる光の刃は脅威だ。

けれど何度も実際に食らったことで、その性質は良く理解している。

超速で動く光の刃を目で見て避けるのは困難。

故に万物知覚を強めに発動させ、とにかくレオニスさんの手の動きから次の攻撃が来る場所を察知する。

この神光刃を避けるために万物知覚を使いまくりレベルを上げて精度を向上させたおかげで、今では以前よりもはるかに高い精度でこのスキルを使うことができるようになった。

対象のことを最初は光点でしか把握できていなかったけれど、今では3Dマップのように相手の動きを把握することができる。

(本気を出させることができなかったのはちょっと残念だったけど……まあそれは次のお楽しみってことで！)

本人が言っていたけれど、レオニスさんが本気を出す時、彼が放つ武技に黒い闇が混じるようになるらしい。

つまり俺と戦う時はまだまだ本気を出してないってわけだ。

正直ちょっと悔しいけど、目標は高ければ高いほどいいからね。

もっともっと強くなって、いつかは本気のレオニスさん相手にも良い勝負ができるようになりたいところだ。

（――レールショット！）

発動させる魔術は風と雷属性の魔術を組み合わせた俺のオリジナル魔術。

発動させると同時、雷のレールが俺のレオニスさんを繋ぐ。

俺にしか見えないうっすらとした雷は、対象を滑走《かっそう》させるためのレールの役割も果たしているのだ。

そこに発動させた風魔術を乗せる。

すると雷魔術の付与を受けた、雷を伴う竜巻がレオニスさん目がけて飛んでいく。

雷による加速を受けることで、その速度は俺が放つことができる魔術の中でも最高速度に等しい。

――何度命を落としかけたかもわからないこの二週間の模擬戦で、俺はようやく魔術の二重起動をほぼ１００％の確率で成功させることができるようになった。

そうして俺が実戦レベルで発動することができるようになった複合魔法。

風と雷魔術を組み合わせたレールショットは、俺がいくつか編み出した手札のうちの一つだ。

「神光刃！」

けれど俺が放った魔法を、レオニスさんは真っ向から真っ二つに叩き斬ってみせる。

大量の魔力を使ってみても、やっぱりただの魔術だとまともに通らないのは変わらないか……。レオニスさんの戦い方はとても堅実で、悪く言えば面白みに欠ける。

彼はその純粋な攻撃力と防御力の高さを存分に活かし、相手に押しつけてくる。

搦《から》め手の類いは力でゴリ押しして無効化し、どんな手を使われてもそれを真っ向から切り伏せてくるのだ。相手の手を全て叩き潰せば、後は地力の勝負になる。

そしてそうなれば、圧倒的なステータスを持つ彼が負ける道理がない。

フェリスとの戦いの時もそうだったけど、自分よりはるか格上の人と戦うと色々と学びが多い。

基本的に彼らは自分にできることをしっかりと理解していて、絶対の勝ちパターンとでも呼ぶべきものを持っている。

彼らのようなクラスの相手と戦って勝てるようにするためには、俺も自分の必勝パターンを見つけておく必要がある。

っていっても、まだまだ手探り中だから、うすぼんやりとしか見えてきてはいないんだけどね。

「光錬刃《こうれんじん》！」

魔術発動の継ぎ目を狙ってくる形でこちらへ襲いかかってくるのは、以前も出していた飛ぶ斬撃だ。

ただしその速度は、初めて戦った時と比べものにならないほどに上がっている。

最初に戦った時どれだけ手加減されてたんだよ……と凹んでから奮起《ふんき》したのも、今となっては良い思い出だ。

（レールロード）

避けながら俺は距離を取るべく、再び風と雷の魔術を二重起動させる。

再び雷のレールを引くが、その方向はレオニスさんではなく真横。

ぐっと息を止めると、魔術によって生み出された強風が俺の背中をものすごい勢いで押し出した。

以前レオニスさんと戦った時に使った苦肉の策である、風魔術による加速。

ただ無秩序に吹っ飛ばされるだけだったこの魔術を雷属性と組み合わせることで改良した。雷魔術で磁気を発動させて誘導してやることで、俺は移動するおおよその軌道を事前に決めることができるようになったのだ。

加速して一撃を避け、再び魔術を使って時間稼ぎを行う。

以前のように、何もわからずただ無為無策《むいむさく》で粘ろうとしているわけじゃない。こんな露骨な時間稼ぎをしているのは、もちろん勝算があってのこと。

それを察したからだろうか、基本的に受け身だった今までとは違い、レオニスさんはゆっくりとこちらに近づいてきていた。

自分一人で黙々と修行しているだけではわからなかった、自分にできることとできないことがしっかりと可視化されていく鍛錬の日々。

この二週間という時間は、自分の持っているスキルと戦い方を見直すいい機会だった。

まず俺の現状の一番の難点は、火力不足だ。

レオニスさんクラスのこの世界の最強格を相手にすると、現状の俺では痛打を与えることが難しい。

故に俺はこの二週間、スキルの有効化とレベル上げ以外にももう一つのことを頑張ってきた。

それこそが――ディスパイルを倒したことで新たに手に入れた二つ目の祝福だ。

「すううっっ……」

突如として現れる空間の裂け目。

俺が発動させたのは、時空魔法であるアイテムボックス。

本来であれば生物を入れることができないその真っ黒な空間の端を、がしっと掴んで何かが出てくる。

音もなくにゅにゅっと現れるのは――後ろの景色が透けている半透明な腕だ。

幽霊の腕部分だけを切り取ったかのようなその腕こそが、俺が手に入れた祝福――『分《ぶん》ディスパイルは左右の肩に口を作っていたけれど、あれはどうやら独立した存在ではなく、己を分けるような形で生み出したものだったらしい。

恐らく契約の内容が進んでいくとディスパイル自身が何体にも分裂し、それぞれが本体のディスパイルと同じくらいの戦闘能力を持つようになっていっていただろうということだった。

変身能力や洗脳能力なんかを持ち人を操ることに長《た》けていたというディスパイルが、分身を使って王国に対してやったように各地に根を張り巡らせていたとすると……放置していたら恐ろしい脅威になっていただろう。

そう考えると早めの段階であいつを倒すことができたのは、間違いなくラッキーだった。

っと、今はそれはいっか。話を戻そう。女神様からもらった祝福では、ディスパイルがしていたようなたいそうなことはできないことがわかった。

口をいくつも出してそれぞれに魔法詠唱をさせるディスパイルみたいな使い方をすれば多重起動も簡単にできるかなぁと思ってたんだけど、この分体の祝福でできるのは、精々が自分の一部分を自身と切り離すくらいだった。

けれどこの分体は、ちょうど今の俺に足りていないものを補ってくれる、かゆいところに手が届く力を持っていたのだ。

俺が切り分けたこの分体には魔力を分け与えることと、ある程度自律した状態で動かすことができることが判明したのである。

またこの分体は非生物カウントされるらしく、アイテムボックスに収納することも可能だった。

するとどうなるかと言うと……分体をアイテムボックスに入れてしまい、魔力ところてんを生産させることができるようになったのである！

戦いながら魔力ところてんを同時並行で充填するというのが最初は難しかったけれど、並列思考スキルを取ることでその問題も解決。

こうして俺は戦いながらでも、魔力ところてんを充填することが可能になったのである。

そして後は簡単だ。作った魔力ところてんを分体の手を使ってこんな風に——。

（ウィンドバースト！）

風魔術を打つ時にぶち込んでやれば、ぐっと威力が上がるって寸法だ。

俺が放った風魔術がレオニスさんの下《もと》へ届く。

レオニスさんはそれを神光刃を使って真っ二つに切り伏せた。

彼は基本的に受けられる魔法攻撃は何もせずに受けることが多い。

つまり純粋な風魔術でも、対処が必要なくらいの威力にはできるようになってるってわけだ！

その後も複合魔術を魔力ところてんで強化しながら放つ形で、有効打を与えるべく魔術を連発していく。

今回は俺も本気で逃げまくっているが、あちらも本気で俺目がけて駆けてくる。

なので、最終的に戦いはいかに俺が逃げるかという形になった。

「そらっ！」

そして俺は最終的に、戦いで注意力が散漫になっているところで、レオニスさんに捕捉されてしまった。

彼が放った巨大な光錬刃が背後にぴったりとついていることに気付かずに、接近を許してしまったのだ。

いくら武技の二重発動もできるようになったとはいえ、接近戦のエキスパートを相手にして勝てるほどの実力はない。

なんとかしてもう一度距離を取ろうと、最近練習している魔法を使いながらの接近戦で戦おうとしたけどあっという間に追い詰められてしまった。

「ま、参りました……」

「いい戦いだった。今回ばかりは何度かひやひやするところもあった……いや、将来が楽しみだな」

そう言って笑うレオニスさんの身体には、いくつかの傷跡が残っていた。

既に体力強化系のスキルの効果で治りかけではあるが、それでもたしかに傷をつけることができたのだ。

うーん……頑張ったんだけど最後まで一勝もできなかった。

魔力的にはまだまだ余裕があったんだけどなぁ。

今度レオニスさんと戦う時は、勝てるだけの実力をつけてからにしよう。

そう思いながら俺は彼が差し出してくれた手を、ゆっくりと取るのだった——。


次の日。

一日ゆっくりと休んだ俺は王都を後にすることにした。

エレオノーラからは引き留められたけど、色んなことが一段落した今は、王都を出るにはちょうどいいタイミングだからね。

「これを持っていてください、邪神の使徒について何か情報があれば伝えますので！」

別れ際彼女から手渡されたのは、前世のホワイトボードを彷彿とさせる真っ白な板だった。これは古代の遺跡から掘り出されたアーティファクトというやつで、二個で一つのペアになっている。

どれだけ遠く離れていても、このホワイトボード間で連絡が取れるという代物のようだ。めちゃくちゃ貴重なものなんじゃ……と思ったが、何組かあるので問題ないと言われれば断れるはずもない。

何せ今はこうして気さくに接しているけれど、彼女はアトキン王国の次の王様だしね。

何か書かれれば無視できないのはあれだけど、王族の諜報網《ちようほう》を使って邪神の使徒の情報が手に入るようになったのは非常にありがたい。

これで見当違いの方向へ向かっていても、すぐに現地に急行できる。

あ、ちなみに前日にミラ達『左傾の天秤』の三人とも別れは済ませている。

「さて、それじゃあ帰りますか――懐かしの我が家に」

次に行く場所は決まっている。

とりあえず騎士爵をもらったので、一旦実家に帰って報告をしなくちゃいけない。

後のことは、そこから決めるつもりだ。

実は実家に帰る目的はもう一つある。

それは――フェリスに強くなった今の俺の姿を見せること。

そして可能であれば――彼女に勝ちたい。

フェリスは俺にとって、育ての親で、大切な人で……そして同時に、初恋の人でもある。

そんな人に格好つけたいと思うのは、当然のことだろう？

（よし、そのためには――）

ひとまず分体スキルのおかげで、俺の火力不足は大きく改善されたと言っていい。

ただ、俺にはまだやっていないことが一つある。

それは——スキルポットを満タンになるまで溜めずに取っておいてある、スキル群を有効化させること。その中には勇者等の持っているだけで色々と問題が起きそうなスキルも数多く存在している。

けれど騎士爵になって一代とはいえ貴族になり、更にエレオノーラという王国のトップに多少なりとも事情を知ってもらったおかげで、下手にスキルを取っても魔女狩りみたいなことを受ける可能性は大きく下がった。

とはいってもリスクがないではないのでなかなか踏ん切りがついていなかったんだけど……今後のことを考えれば、自重を止めて強力なスキルを取るべきだろう。

「よしっ」

覚悟を決めて頬を叩きながら、俺はチャーターした馬車に乗って王都を後にする。

きっともう一度ここにやってくる時、俺は良くも悪くも大きく変わっているだろう。

その変化がよりよいものであることを願いながら、俺は小さくなっていく王都を、じっと見つめていた——。

特別書き下ろし番外編――『終焉《ビー・オーバー》』

森の守人《もりびと》などとも呼ばれているエルフ。

彼らが暮らしている場所はその二つ名に違《たが》わず、森林地帯の奥深くにある。

里の周囲には精霊魔法によって作られた極めて強力な結界が張り巡らされており、エルフ以外の人間が侵入することがほぼ不可能な隠蔽工作がなされていた。

「はぁ……つまんないな」

そんなエルフの里に暮らす、一人のエルフの少女がため息をこぼす。

誰あろう、少女時代のフェリスである。

「お父さんも族長様も、どうしてわかってくれないんだろう……」

エルフは他種族との関わりが極めて少ない。

そして彼らは基本的に、同族以外に心を開かない。

彼らは以前その見た目の美しさから、人間達から珍重されていた。

迫害の歴史があるからこそ、エルフは極めて排他的で、閉鎖的な社会を築き上げていた。

簡単に言うと、彼らは種族全体が一丸となって引きこもっているのだ。

フェリスはそんなエルフの中では珍しく、外の世界に興味を持つ少女だった。

「エルフは外との関わりを持たなくちゃいけない。自分達の身を守るためにも、社会との接点は必要なはずなのに」

エルフ達は侵入者の襲来を阻《はば》む結界に絶対の信頼を置いている。

それが破られたらどうなるか、などということを考えもしない。

その考え方はフェリスからするととてもおかしなものにしか思えなかった。

魔法は練習をすればするほど上達してゆく。そして時の流れの中で知識は集約され、より高度な術が生まれるのは当然の道理。

過去の大魔法である結界も、時間の流れと共に廃れてゆくに違いない。フェリスはそう、確信していた。

けれどそんな彼女の先進的な考えを、大人は理解してくれない。

「ああもう、むかつく！」

フェリスはエルフの里の大人達が大嫌いだった。

何事も慣例主義で前例のないことをしようとせず、その三百年を超える寿命のせいで何をするにも動き出すのが遅い。

過去を見てばかりで未来のことを考えもしないなど、愚かとしか言いようがない。

フェリスは大人達の凝り固まった考えが嫌で、そして自分がそんな大人になるのを何よりも恐れていた。

「——よし、決めた」

我慢の限界を迎えたフェリスはとうとう里を脱出する決意を固める。

自分で外の世界を見るのだ。エルフの里という世界は、彼女にとってあまりにも狭かった。即断即決、一度覚悟を決めれば後は早い。

彼女は既に同年代のエルフの中では抜きん出た才能を持っており、結界を内側から破るのなど造作もないことであった。

こうしてフェリスは故郷であるエルフの里を抜け出す。彼女は姓名を捨て、一人のフェリスとして生きていくことになる——。


それからの生活は何もかもが順風満帆……とは言えなかった。

エルフの中では先進的だったフェリスだが、彼女は自分が井の中の蛙《かわず》であることを知ることになる。

同年代では優れた精霊魔法の使い手であった彼女も、冒険者の中では比較的強い程度の実力しか持っていなかったのだ。

世界は広く、そして奥行きがあった。

フェリスは時に挫折し、そして困難を乗り越えながら、着実に成長していくことになる。

彼女は冒険者として生きていく中で、自分がどれだけ狭い了見《りょうけん》で生きてきたのかを知った。人間の持つ底知れぬ悪意に晒されたことも、一度や二度ではない。

どうやらエルフの持つ稀少価値は、それほどまでに人を狂わせるらしい。

大人のエルフ達が里の外へ出るなと口を酸っぱくして言っていた理由も、少しはわかった気がした。ただそれでも、里に戻ろうとは微塵《みじん》も思わなかったが。

フェリスは時間をかけることで、着実に強くなっていった。

そして同時に、その美しさにはより磨きがかかっていくことになる。

彼女は自分の周りにやってくる有象無象《うぞうむぞう》が嫌で、基本的にソロで活動していた。

フェリスが運命の出会いをするのは、冒険者稼業を始めて数年が経ち、彼女がソロでCランクまで上がってからすぐのことだった。

「よぉ、お前がフェリスか？」

「そうだけど……あなた、誰？」

「私はレヴィ──人呼んで『迅雷』のレヴィだ！」

フェリスは、とある冒険者パーティーに誘われた。

そのパーティーの名前は『終焉（ビー・オーバー）』。

大層な名前をつけるパーティーは少なくないが、彼女達はその中でも極めつきだった。

「私達の手で、魔王を倒す。『終焉』はそのために作ったパーティーだ」

人間と魔族の戦いは激化の一途を辿っている。

魔族によって滅ぼされる街が片手の指では利かなくなるほどに。

彼らが散発的な行動を繰り返すのでなんとかなっていたのだけれど、ここ最近活発に動いている魔族がいた。

邪神の寵愛《ちょうあい》を受けていると噂の魔族は、その名を魔王ジュラと言う。

ジュラの下に魔族が集まることで、その脅威は誰もが無視できないほどに大きくなっていた。

自身が優れた魔法の使い手である彼は、エルフの結界を破ることすら可能だった。

潰された里はフェリスの故郷ではなかったが、その魔の手が伸びてくるのは時間の問題だった。

「……わかった、私も戦うわ」

魔族の討伐は人類の悲願だ。

フェリスは『終焉』への加入を決めた。

Bランクパーティーだった『終焉』では、フェリスが足手まといになってしまった。

けれど『終焉』のメンバーは、誰もフェリスのことを咎《とが》めなかった。

彼女のことをエルフだからと差別することも、ひいき目に見ることもなかった。

それ故にフェリスは生まれて初めて、エルフとしての自分ではなく、一人の冒険者として生きていくことができるようになった。

まだフェリスが足手まといだった頃、彼女のことを助けてくれたのはレヴィだった。類い稀《まれ》なる雷魔法の使い手である彼女は斥候でありながら誰よりも速く戦場を駆け、その圧倒的な速度と殲滅力で敵を蹂躙した。

斥候にもかかわらず最もキルレートを稼ぐ彼女と共に死地を転戦しながら、フェリスは魔族を相手に一歩も引くことなく戦い続ける日々を過ごしていくことになる。

「どうした、そんなもんかよ？」

「……まだまだいけるわよっ！」

レヴィの背中を一番近くで見続けることになるフェリスが発奮したのは、言うまでもない。

魔族との戦いの中でフェリスの才能は開花し、その風魔法は風魔術へ、そして風魔導へと昇華していった。

そして『終焉』はそのまま魔王ジュラとの決戦に向かい……辛くも魔王を倒すことに成功する。

魔王ジュラは大きな災いをもたらす前に、勇者達の手によって討たれることになったのだ。

けれどその潜在的な脅威を理解していた冒険者ギルドによって、『終焉』はその功績を認められSランクへと昇級した。

　魔王との戦いが終わっても、戦いがこの世からなくなるわけではない。

　フェリスは今までと同じような日々を送ることになるとばかり思っていたのだが……。

「す、好きです！　僕と結婚してください！」

「……はぁ？」

　レヴィがとある豪商から求婚を受けることで、事情が大きく変わり始める。今までどれだけのアプローチを受けても陥落《かんらく》することのなかった不落の城壁が、まだ女性のなんたるかも知らぬ新兵に陥落したのだ。

「あー……悪い。私冒険者辞めるわ」

「ちょ、ちょっと本気なの!?」

「ああ、本気も本気。大マジさ」

　レヴィはあっさりヴァルハイマーと恋に落ち、嫁入りをした。

『終焉』はその役目を果たしたかのように解散し、フェリスは再びソロの冒険者に戻ることになる。

　そして次に会った時には、驚いたことにレヴィのお腹は膨らんでいた。

「いいもんだぜ、子供ができるって。つわりはしんどいし動きづらいのも勘弁だが……次代に己のバトンを託すってのも、案外悪いもんじゃない」

「あなたがそんなこと言うなんて、明日は槍でも降るんじゃないかしら」

「槍くらいなら全部打ち落としてやるさ」

そう言って笑うレヴィの笑顔は、今までフェリスが見てきたものと違っていた。

人は母になるとここまで変わるのかと思うほど慈愛《じあい》に満ちた、不思議な顔だった。

「生まれた子は、男でも女でも私より強くしてやるんだ。この世界の荒波に負けないように」

「ふふっ、母の期待が重いわね」

そう言って二人は笑い合う。

そして時は流れ……マルト・フォン・リッカーがこの世に生を享《う》けることになる。

誰よりも強く……そんな母からの願いを込められた彼は、願いを託されたフェリスに鍛えられ、強くなっていった。

一つの終焉を迎えた物語は、子へと受け継がれていく。

マルトが母の背を超えてゆくのは、きっとそう遠いことではないだろう――。

この作品に対するご感想、ご意見をお寄せください

【あて先】

〒154-0002
東京都世田谷区下馬6-15-4
(株)コスミック出版
ハガネ文庫 編集部

「しんこせい先生」係
「samo*cha 先生」係

ハガネ文庫

今世《こんせ》は悔《く》いの無《な》い人生《じんせい》を!
~転生《てんせい》したら貴族《きぞく》の三男坊《さんなんぼう》でした。
女神《めがみ》の祝福《ブレス》で俺《おれ》だけスキルを取《と》り放題《ほうだい》~

●

2024年12月25日　初版発行

●

著者：しんこせい

発行人：松岡太朗

発行：株式会社コスミック出版
〒154-0002　東京都世田谷区下馬 6-15-4

代表 TEL 03-5432-7081
営業 TEL 03-5432-7084　FAX 03(5432)7088
編集 TEL 03-5432-7086　FAX 03(5432)7090

https://www.hagane-cosmic.com/
振替口座：00110-8-611382

装丁・本文デザイン：RAGTIME
印刷・製本：中央精版印刷株式会社

●

Printed in Japan ISBN978-4-7747-6618-8 C0193

ハガネ文庫